LA MÉMOIRE DE LA MÉSANGE

JOFFREY GABRIEL

LA MÉMOIRE DE LA MÉSANGE

NOUVEAUX AUTEURS 2

DU MÊME AUTEUR

Et l'amour continue, éditions Les Nouveaux Auteurs (septembre 2020)

Éditions Les Nouveaux Auteurs
16, rue d'Orchampt 75018 Paris
www.lesnouveauxauteurs.com

Éditions Prisma
13, rue Henri-Barbusse 92624 Gennevilliers Cedex
www.editions-prisma.com

Papa,
tu méritais bien
qu'une peluche te tienne compagnie.

« If I could save time in a bottle,
The first thing that I'd like to do,
Is to save every day 'til eternity passes away,
Just to spend them with you. »

Jim Croce, *Time in a Bottle*, 1973

« C'est un mal qui vole les cœurs,
les âmes et les souvenirs… »

Nicholas Sparks, *Les Pages de notre amour*, 1996

Chapitre 1

Nice, le 15 avril 2019

Mes mains sur le clavier martèlent le dernier accord. C'est un *si* mineur. J'aime finir mes concerts par un *si* mineur. C'est une harmonie nostalgique qui se décompose dans ces notes. Le public se lève pour me saluer. Le régisseur abaisse le rideau. Un épais voile rouge descend. Une séparation entre l'artiste et son auditoire. Avant que le tissu ne touche le parquet, j'entame une dernière révérence. Je relève la tête et contemple mes spectateurs d'un soir malgré la lumière qui m'éblouit. Ce soir encore, ils sont peu nombreux. Je distingue que l'ouvreuse a rassemblé mon public sur les premières rangées de fauteuils. Au-delà de la troisième lignée, je n'observe que des sièges vacants. Personne ne s'est assis sur le velours rouge depuis des dizaines de soirées. Que c'est triste un théâtre vide ! Personne pour s'émerveiller des colonnes qui soutiennent la voûte, les jolies peintures accrochées aux murs ne sont plus admirées, des centaines de places dans l'attente d'un public qui ne vient pas face à un pianiste insatisfait de ceux qui sont présents. Même toi, tu n'es pas venue. Tu ne prends plus la peine de te déplacer pour me voir.

Le coton frotte ma joue et efface l'épais fond de teint. Mon régisseur m'a convaincu que la lumière accrochait mieux sur la peau avec ce maquillage. Je regarde cet homme dans le miroir. Il a l'air si fatigué, las d'être là. Je détends mes doigts avec quelques exercices d'étirement que me conseille mon kinésithérapeute, j'aimerais éviter l'arthrose de ma grand-mère et mon auriculaire commence à se courber. Où est la passion de ce qui m'animait ? Je n'ai pas le temps – ou l'envie – de répondre à cette question que l'on frappe à ma porte. Mon producteur passe sa tête dans l'entrebâillement.

– Tu as assuré Noël ce soir !

– Pour qui ? Pour quoi, Robert ?

Je me retourne vers lui et l'invite à entrer. C'est un homme qui a de l'embonpoint, son ventre a grossi avec son portefeuille. Il est l'archétype du banquier dans un dessin animé : lunettes rondes, moustache grisonnante précieusement entretenue, un grain de beauté qui fait mouche sur la joue avec deux, trois poils qui en émanent, un costume taillé sur mesure par un artisan du vieux Nice, une mallette en cuir à la main et une prestance remarquable. Il s'assied dans l'unique fauteuil de la pièce mal éclairée.

– Ma femme est venue avec une amie. Elles ont toutes les deux adoré.

– Je me disais bien que c'était trop beau pour être vrai. Les gens, dans la salle, c'étaient des invités, n'est-ce pas ?

– Pas tous. Trois spectateurs ont acheté leur billet, se désole-t-il.

Il ne veut pas me faire de peine, c'est pourtant inévitable.

– Noël, je suis obligé de donner des invitations. J'ai un théâtre à remplir moi ! Il y avait un reporter d'une chaîne régionale qui va certainement faire une minute sur toi, et quelques amis.

C'est sa technique, inviter des gens de tous horizons pour parler de ma dernière œuvre à leur entourage. Elle ne porte pas ses fruits pour l'instant. Il a le mérite d'essayer. Robert a le goût de la musique bien composée, il aime les jolies harmonies, les mélodies complexes et les émotions que transmettent les accords frappés. S'il a un carnet d'adresses important, il est un piètre gestionnaire. Son assistante mérite une médaille pour accompagner cet homme depuis plusieurs années dans ses oublis, ses choix indécis, ses changements d'avis et ses annulations à la dernière minute.

Il y a tellement de moi dans ce récital, tellement de colère et de nuits d'insomnie que les places devraient se vendre comme des petits pains en temps de guerre. Le théâtre est bien situé, il a bonne réputation. Il se trouve dans une rue du vieux Nice, un lieu connu des initiés. Ce n'est pas une arène avec des milliers de sièges, juste une salle de quatre cents fauteuils. J'en ai déjà rempli des centaines avant, quand *il* était encore là… Mais depuis deux ans, je me retrouve seul face à l'adversité.

*

Je suis né le 25 décembre 1988, à l'heure où la lumière du soleil couchant rasait les toits du village de Saint-Paul-de-Vence. À l'hôpital de Nice, j'étais le troisième garçon de la soirée à se faire baptiser Noël. Papa et toi, sans y chercher une quelconque rationalité chrétienne, vous trouviez en manque d'inspiration et enclins à une originalité fulgurante. Ce soir-là, tu devenais mère pour la première fois. Tu devenais mère et je me demande encore parfois si tu le souhaitais vraiment.

Je suis né en criant, il n'était pas nécessaire que l'on me tape sur les fesses pour que je m'époumone. J'avais déjà des choses à dire, déjà envie que le monde m'entende. Pour autant, c'était moins mélodieux que ce que je compose aujourd'hui. J'étais un beau bébé. C'est ce qu'il m'a été dit. En ce premier jour au monde, je fus couvert de cadeaux. Mes grands-parents maternels affluèrent au centre hospitalier pour m'offrir toutes sortes de présents : gourmette en or, peluches, vêtements… J'étais l'enfant choyé comme Jésus face aux Rois mages. Sur les photos de la maternité, Papé et Mamé semblent plus heureux que papa et toi.

Je pourrais faire le récit de tant de souvenirs de cette époque, mais ils n'en seraient pas pour autant vrais. À force de t'avoir entendue me répéter des histoires, j'ai l'impression de les avoir vécues. C'est souvent ainsi avec la mémoire. La réalité, c'est que je me suis bercé d'illusions dont je ne pourrais attester la véracité. Tu racontes que je ne m'endormais qu'aux sons de morceaux de musique classique et que je me réveillais en pleurs dès que le CD arrivait à sa fin. Je pense que tu fabules et que tu t'es créé un univers qui te rassurait, mais j'ai continué de colporter cette légende dans les magazines.

Nous habitions non loin de Nice, dans le village de Saint-Paul-de-Vence. Les ruelles, qui étaient encore des ruelles pittoresques au charme provençal du temps de ma jeunesse, se sont transformées en galeries d'art à ciel ouvert. Les peintres ont envahi mes rues. Là où était la poissonnerie de Nini se trouve désormais le vaste et coloré atelier de Jean-Claude : des couleurs saturées, des campagnes de la région déstructurées, des toiles inachevées et un sourire commerçant. Un peu plus loin, *Chez André*, où tu achetais tes légumes quand j'étais haut comme trois pommes, a fermé ses volets définitivement. C'est désormais une artiste, ancienne horticultrice, qui s'attache à peindre des compositions florales et méditerranéennes dans ces lieux.

Tu étais vendeuse dans la boulangerie du village. Jusqu'à ce que je sois en âge d'aller en crèche, tu gardais le couffin derrière le comptoir et j'apaisais les douleurs de mes poussées dentaires en suçant des quignons de pain rassis. Pour ainsi dire, rien ne me prédestinait à la carrière que j'ai eue. Je fus bercé aux sons des « et avec ceci ? », « trois et sept qui font dix », « pas trop cuite ? Comme celle-ci ça vous irait ? » et des « en vous remerciant, bonne journée ». Tu tenais la boulangerie de la rue Grande. Tu animais la vitrine et le commerce de ton accent chantant, pendant que le patron, M. Gérard, pétrissait les baguettes et enfournait les viennoiseries. C'était un brave homme. Je l'observais de mes grands yeux ronds de bambin lorsqu'il ouvrait le four et s'essuyait le front du revers de la manche. Il avait une épaisse moustache dans laquelle aimaient à se loger quelques miettes de friandises enrobées de pâte feuilletée.

Papa travaillait les matins en contrebas du village, au cimetière de Saint-Paul-de-Vence, et les après-midi à la fabrique de jouets en bois, juste à côté de notre maison. Ces métiers, pourtant en opposition complète, lui apportaient l'harmonie qui l'habitait. Autour des tombes, il assurait l'entretien des allées, débarrassait les fleurs fanées, accueillait les âmes en peine et nettoyait d'un chiffon les marbres après les jours de pluie d'automne. Puis, il s'arrêtait manger une quiche ou un morceau de ficelle salée, que tu lui faisais rarement payer, avant de retrouver la boutique d'artisanat où il laissait une certaine créativité en liberté entre ses mains. Je n'ai que peu de souvenirs de l'atelier de jouets. Il doit exister un coffre à jouets quelque part avec les dizaines de figurines et jeux qu'il m'avait fabriqués : dominos, chenille, trotteur et différentes statuettes de chevaliers et d'archers médiévaux. Je ne sais plus trop où tu l'as rangé.

Nous habitions un appartement de taille aussi modeste qu'étaient vos revenus. Il y avait un grand escalier en tomettes dans les parties communes qui nous conduisait au premier étage. Sur le palier extérieur, deux portes. L'une menait chez une voisine sympathique que nous croisions rarement, l'autre dans ce que nous appelions notre cocon. L'entrée débouchait sur une salle à manger étroite attenante à la cuisine. Depuis la pièce à vivre, on accédait à un balcon de quelques mètres carrés, à peine de quoi y poser une table à déjeuner de mars à octobre. Le luxe de cet espace demeurait en sa vue par-delà les remparts de Saint-Paul-de-Vence : en face de nous, les collines s'étendaient jusqu'au

Var. Sur la droite, en tournant légèrement la tête et lorsque les arbres avaient perdu leurs feuillages, on apercevait les plages de Cagnes-sur-Mer. Une mer d'un bleu profond, d'un calme légendaire. Sur la gauche, « La Miette », la maison qu'habitait Jacques Prévert quelques années plus tôt. Tu t'en enorgueillissais en récitant la pluie et le beau temps.

Mes premiers souvenirs remontent à mes six ans, alors que j'étais à l'école La Fontenette. L'établissement primaire était à cinq cents mètres à peine de notre appartement. Nous traversions par le centre du village, à l'intérieur même des fortifications, pour sortir par la porte de Vence. Ensuite, nous traversions la place de Gaulle où, de bon matin, les retraités partageaient déjà une partie de pétanque, et arrivions à l'école. Ma journée préférée était le mardi, car les mardis soir j'échappais à l'enfer qu'était devenu votre mariage pour aller chez mes grands-parents. Si les murs de notre appartement pouvaient parler, ils crieraient. Parce que c'était la seule manière de communiquer que vous connaissiez.

Papé Joseph et Mamé Jeannine venaient me chercher à la sortie des classes, et j'étais systématiquement le premier enfant à me glisser entre les battants du portail lorsqu'il ouvrait. Je me précipitais dans leurs bras et ils me couvraient de baisers. J'ai en souvenir le parfum aux lys blancs qu'elle portait. C'était un flacon de chez Fragonard qu'elle achetait régulièrement dans leur usine, à Grasse. Je lui en offre encore souvent, même si les occasions de s'apprêter, pour elle, se font rares.

Nous faisions ensuite le trajet jusqu'à Coursegoules, dans leur grande Vento. J'étais assis à l'arrière, sur mon siège rehausseur, et nous chantions *Foule sentimentale* d'Alain Souchon à tue-tête. Les bords de route étaient des frontières de platanes et de cyprès jusqu'à ce qu'un panneau nous annonce la bienvenue dans le parc naturel des Préalpes d'Azur. Entre mélèzes et maquis provençaux, la chaussée sillonnait les paysages de mon enfance. Je regardais bêtement par la vitre baissée du véhicule, assoiffé d'une liberté que je n'osais imaginer. Quand Alain Souchon avait fini de chantonner, Elton John nous demandait *Can You Feel the Love Tonight ?* Et oui, je pouvais sentir l'amour en ces soirs-là.

Nous arrivions à *La Mésange* – c'était le nom de leur maison – lorsque le soleil se couchait sur la région, après une demi-heure de route à peine. Les ocres épousaient la façade de la bastide. Mes grands-parents habitaient un grand mas provençal sur un terrain dont je n'ai jamais eu l'occasion d'explorer la totalité. Le domaine de plusieurs hectares avait une vue à couper le souffle sur les collines sans aucun vis-à-vis, à une centaine de mètres à peine du cœur du village. La bastide était sur deux niveaux et j'adorais courir dans l'imposant escalier qui ornait l'entrée. Je le montais et le descendais vingt fois par jour, toujours en courant, parfois pieds nus ou en chaussettes. Mamé Jeannine me répétait toujours :

– Tu vas finir par te casser la margoulette !

C'était un petit bout de femme qui donnait envie de la protéger. Elle n'était pas très grande, elle ne l'est toujours pas d'ailleurs – rester alitée à l'hôpital ne lui rend pas honneur –, et portait un tablier qui lui couvrait le corps jusqu'au-dessous des genoux. Dans la maison, c'était un jardin botanique d'odeurs : thym, romarin, ail, échalote, farcis au porc, champignons à la crème, raviolis… Mamé transmettait tout son amour dans sa passion pour la cuisine. Chose que tu ne savais pas faire. Parce que tu ne savais pas cuisiner, tu disais, mais je pense qu'en réalité c'est que tu n'avais pas d'amour à donner.

Pendant que Mamé préparait le repas du soir, Papé m'emmenait dans le cabanon au fond du jardin pour l'aider à récupérer quelques bûches que nous allumions ensuite dans la cheminée. Si, à mes six ans, je n'avais pas encore le droit d'apposer l'allumette sur le papier journal dans le foyer, j'avais tout de même la chance de pouvoir la gratter sur la boîte et en enflammer l'extrémité. Systématiquement, le papier journal devenait cendres en moins d'une seconde et les teintes jaunes et rouges dansaient sur les bûches de chênes ou marronniers. Des années plus tard, Papé m'avoua que pendant que je récupérais la boîte à frotteuses dans la commode de l'entrée, il imbibait l'antre d'alcool à brûler. Mon grand-père était un sacré tricheur. Il n'aimait pas perdre, encore moins face à une allumette.

Pendant que les légumes reposaient au four, je regardais un épisode de *Tom et Jerry* que Mamé m'enregistrait sur des cassettes. J'étais assis sur le fauteuil, mon doudou sous le bras – un vieil ours blanc qu'ils m'avaient offert à la naissance –, et ne bougeais plus jusqu'à ce que l'on m'appelle pour dîner. Nous nous asseyions autour de la grande table en bois, sur des chaises à l'assise au cannage rotin, qui par les journées chaudes nous laissaient ses empreintes sur la peau. Nous mangions tous les trois, discutant de nos plus belles aventures familiales accompagnées des meilleurs mets que Mamé confectionnait : farcis de tomates, beignets de fleurs de courgette, salade de riz au thon, daube, pieds paquets, cannellonis à la brousse, encornets… Chaque mardi soir était un festin, un repas préparé avec amour que je dégustais sans jamais rechigner. Dans sa tête, Mamé possédait un livre de recettes entier, une encyclopédie à elle seule. Nous pouvions voir le soleil laisser place à la lune depuis notre place. Ce sont certainement mes plus beaux souvenirs d'enfance.

Puis, pendant que Mamé nettoyait la vaisselle, Papé Joseph m'accompagnait dans ma chambre et me lisait une histoire. Ma piaule, légèrement mansardée, avait une fenêtre de toit qui m'offrait une vue merveilleuse sur le ciel étoilé. Il déposait sur mon front un tendre baiser, sa moustache me chatouillait la peau, et éteignait la lumière de ma chambre, mais laissait la porte entrouverte.

Dans *La Mésange*, il y avait plein de bruits la nuit. Je pouvais entendre les chaussons de mon grand-père traîner sur les tomettes, le feu de la cheminée crépitant les soirs d'hiver, le vieux pendule dans le salon qui sonnait chaque heure de huit heures du matin à vingt heures, le vieil escalier craquer, les volets battre contre la façade, le vent souffler dans les pins, les criquets chanter dans la prairie champêtre et les étoiles murmurer. Mais il y avait un son à nul autre pareil. Un son qui méritait le sacrifice de tous les autres : le son de mon grand-père qui s'asseyait à son piano.

Dans le salon, dans un coin de la pièce à vivre, entre les fenêtres donnant sur le jardin, trônait un grand Pleyel de 1923. Le piano à queue en palissandre possédait une sonorité puissante et chaleureuse. Le concert commençait systématiquement par le bruit que créait le tabouret en se frottant contre les carreaux. Papé tirait son assise jusqu'à être installé confortablement, puis il martelait ses doigts sur les notes d'ivoire. Il était un grand pianiste : sa posture ne courbait jamais, ses poignées étaient souples, chaque note résonnait en lui. Dans ses concerts, il pouvait jouer la *Sonata n° 8* de Mozart les yeux fermés. Si on posait sur le chevalet de son piano une nouvelle partition, en quelques secondes à peine il était capable de la reproduire. C'était au doux son de ces mélodies que je m'endormais les mardis soir, heureux et fier d'être de leur famille.

Chapitre 2

Le fait d'être la dernière personne à quitter le théâtre apporte, avec la nuit, une certaine mélancolie. Le serveur termine ses fonctions à minuit. Les verres sont nettoyés, les alcools rangés, la caisse comptée. Comme chaque soir, il part avant moi. Il mérite le généreux pourboire que je lui tends, taisant ses questions et son admiration, il accepte de verser le liquide dans mon ballon jusqu'à ce que j'en oublie mon nom. Je récupère mes affaires dans ma loge aux murs décrépis, change ma chemise pour un polo de saison – un que Mamé m'a offert à mon anniversaire d'il y a trois ans – et donne un coup de clef dans la serrure de la grille fermée, pensant à toutes ces vies qui s'éteignent sur mon passage. Dans les coulisses, des dizaines de costumes, des dizaines de rôles attendent qu'un autre s'en empare, comme des milliers avant moi et des centaines après moi.

La nuit est déjà tombée depuis longtemps, mais le mois d'avril se montre clément sur la côte cette année. Je longe le port et les coques de ses bateaux s'entrechoquent au gré des vagues. Je passe devant des bars et restaurants, des lieux de convivialité qui ont su nous accueillir, mes amis et moi, à l'époque où j'en avais encore. Pour composer mon dernier opus, je me suis renfermé sur moi-même, travaillant pendant deux années, ne quittant mon appartement qu'à de rares occasions. Je me suis coupé du monde, parce qu'*il* n'en faisait plus partie. Son départ a précipité ma noyade. Je marche les yeux fixés vers le goudron, ses plaques d'égout et la pisse des ivrognes qui ruisselle le long des murs aux crépis ternis. L'air est humide. Des nuages empêchent la lune de se refléter dans la mer. Quelques baigneurs nocturnes s'aventurent déjà, en cette saison prématurée, dans l'eau tiède, laissant leur maillot sur les galets. Au niveau de la grotte du Lazaret, je tourne sur la gauche et gravis les marches qui me permettent de prendre la hauteur nécessaire pour rejoindre le boulevard Carnot.

L'appartement que j'habite est au dernier étage d'un immeuble assez ancien. J'ouvre la porte du hall et jette un œil au courrier dans ma boîte aux lettres. Elle déborde de prospectus en tout genre et du mensuel d'un magazine auquel je me promets de me désabonner chaque mois, puis j'oublie. Je grimpe les escaliers tapissés de moquette quatre à quatre. Sur le palier, pendant que l'ampoule clignote ses derniers moments, j'entends ma voisine derrière sa porte. Il est plus de minuit et comme chaque soir, elle est au rendez-vous. Je l'imagine m'observer au travers du judas. Depuis que j'ai aménagé ici, je l'entends chaque soir, comme un animal qui m'attendrait avant que je n'insère la clef dans ma serrure. J'ai souvent pensé à aller la saluer, me présenter, mais n'en ai jamais eu l'occasion.

Je pousse la porte de bois qui me protège du monde extérieur depuis dix ans, depuis que j'ai acheté cet appartement. Le long couloir de l'entrée est bordé de miroirs. Ils reflètent un homme fatigué, les cheveux mi-longs précipitamment lavés. J'ai trente ans, et j'ai l'impression d'avoir passé dix ans à chercher le bonheur au mauvais endroit. Je marche jusqu'au portemanteau et y dépose mes affaires. Dans le salon, un grand piano à queue impose sa présence. Il est là pour me rappeler chaque seconde que ma vie n'a qu'un seul but. Au-dessus du canapé, sur une étagère en bois, trônent quelques trophées que j'ai gagnés : Jeune compositeur, Jeune talent 2010, Étoile du piano 2011 et 2012, Prix du Conservatoire 2013 et 2014, Prix de la Presse musicale en 2015, Artiste classique de l'année en 2016 et tant d'autres. Plus rien après 2017… Plus rien depuis qu'*il* est parti, comme si mon inspiration m'avait déserté alors qu'*il* poussait son dernier soupir.

J'observe la nuit depuis ma fenêtre aux volets écaillés. J'aimerais souffler si fort que les nuages partiraient. Pas forcément ceux qui sont dans le ciel d'ailleurs. Tu sais de quoi je parle. Tu les as eus toute ta vie, ces cumulus qui noyaient ton cœur. Un verre en main, je m'allonge dans le fauteuil et allume le téléviseur. Je zappe en vain dans l'espoir de trouver une émission qui attirera mon attention. Sur une chaîne publique, il y a une rediffusion des *Parapluies de Cherbourg*. J'adore cette comédie musicale. Ma grand-mère aussi l'adore. Je suis convaincu qu'elle est réveillée et la regarde en ce moment même, depuis sa maison de retraite. Michel Legrand me berce dans un sommeil profond, l'alcool aidant.

L'exposition de mon appartement rend les lueurs de l'aube imperceptibles depuis mon canapé. Ce n'est que lorsque le soleil feint d'atteindre son zénith que ses rayons me sortent de ma nuit. Il est onze heures et demie. Nice est déjà attablé, le petit jaune posé allègrement sur les tables des terrasses, noyé de glaçons. Les plis des coussins du canapé se sont imprimés sur l'ovale maigre de mon visage, comme un tatouage éphémère. Mon frigo est vide. Seule une bouteille de vin blanc l'habite. Dans la corbeille à fruits, sur le comptoir, se côtoient une banane et une pomme qui commencent à flétrir. J'attrape la golden et les clefs de mon coupé.

Je m'installe confortablement au volant et allume la radio. Sur RTL, ils diffusent la chanson préférée de mon grand-père : *La Vie par procuration* de Jean-Jacques Goldman. Inévitablement, cette mélodie me renvoie à *La Mésange.*

Dans chaque pièce, du matin au soir, on entendait résonner des notes de musique. Le matin, Papé allumait son poste en prenant son petit-déjeuner. Il n'attendait pas après les informations – non, ce qu'il se passait dans le monde, loin de son bonheur quotidien, loin de sa famille, il s'en moquait. Il s'impatientait d'entendre ses artistes préférés : les Jacques Brel et Claude François de sa jeunesse, mais aussi des chanteurs plus contemporains tels que Goldman et Alain Souchon. Après le déjeuner, lorsqu'il faisait chaud dehors, ma grand-mère m'interdisait de sortir et croisait les volets pour retenir l'obscurité. Elle insérait dans le magnétoscope une cassette de mauvaise qualité enregistrée à une heure tardive. Nous regardions ensemble des comédies musicales : *Grease*, *Sister Act*, *Fame*, *Hairspray*, ou encore *Footloose*. Bien souvent, Mamé laissait échapper une larme, trop émue par les histoires d'amour, à l'heure où Papé faisait la sieste dans un fauteuil en velours près de la boîte à images. La télévision était petite et cubique. J'étais persuadé que ces mercredis-là avaient un parfum d'éternité et d'invincibilité. À son réveil, Papé Joseph prenait un café, bougon, et un carré de chocolat qui lui redonnait le sourire. Malgré son intolérance au sucre, il s'octroyait un instant de plaisir avec un chocolat noir. Puis, nous nous asseyions à son piano, et il m'apprenait les gammes et les arpèges, les accords et les harmonies, les dièses et les bémols.

Il y avait une contradiction entre mon grand-père et l'artiste qu'il était. On n'imagine pas un grand pianiste qui joue du Chopin et Mozart et écoute du Souchon ou du Goldman en savourant son café. Pourtant, il battait le rythme avec sa pantoufle et sifflotait les mélodies qui faisaient danser ma grand-mère. Il a toujours gardé une approche populaire de sa musique. Il était doté d'une grande patience et, avec moi comme élève, il en avait considérablement besoin. J'étais indiscipliné, j'avais envie de faire mille choses à la fois. À peine commençait-on une leçon que je pensais déjà à la suivante. Ce qui me plaisait le plus dans cet art était la possibilité d'exprimer des sentiments sans y mettre les mots. Je n'aimais pas raconter ma vie. Je n'aimais pas parler de votre séparation. Je détestais que l'on me demande comment je me sentais à ce sujet.

Papa et toi avez divorcé alors que j'entrais en CE1. La maîtresse expliqua par la suite qu'il était normal que je me désintéresse des cours, que j'aie des difficultés à me concentrer étant donné les circonstances. Ces quatre mots étaient devenus une rime quotidienne. « Ça va Noël, étant donné les circonstances ? », « ce n'est pas grave si tu n'as pas appris par cœur le poème, étant donné les circonstances ». C'était un passe-droit, une autorisation à un laisser-aller dont j'ai profité pendant mes années de primaire. Assez bon élève, mais la tête dans les étoiles, j'avais pris le parti d'utiliser votre divorce comme excuse dès que je le pouvais. J'avais même réussi à sauter mon CM2 et à passer en sixième un an avant, ce qui me donnait la chance de me retrouver dans la même classe que Mathieu, un voisin du village. Comprenant mon manège, mes grands-parents ont décidé d'arrêter de financer mon école privée avec leur retraite, et j'entrais au collège public pour la première fois. En entrant dans l'établissement secondaire, des années plus tard, je n'étais plus l'enfant aux parents divorcés, nous les étions tous. Vingt-six élèves sur trente dans ma classe. La donne était inversée.

Sur la promenade des Anglais, je fais quelques allées et venues afin de trouver une place pour me garer. La saison touristique commence légèrement et quelques étrangers se sont approprié mes rues. Je finis par céder devant un parking privé et marche jusqu'au grand parc arboré qui abrite sa maison de retraite. Si j'avais pu lui laisser son indépendance à *La Mésange*, bien sûr que je l'aurais fait. Mais après le départ de Papé, elle se laissait mourir à petit feu : elle ne mangeait plus, faiblissait à vue d'œil, s'endormait à quatorze heures et ne se couchait pas avant le petit matin, restait habillée de sa robe de chambre du matin au soir.

Elle menait la vie d'une adolescente, sans en avoir la santé. Elle répétait qu'elle souhaitait s'éteindre, mais j'ai compris que malgré toute sa volonté de rejoindre Papé Joseph, ce n'était pas elle qui décidait. Avec les tournées, les concerts, les interviews, je n'avais pas le temps de lui en consacrer. Et toi, tu étais trop occupée à vivre ta vie. Je ne sais pas bien ce que tu faisais, tu ne me disais pas grand-chose. Moi non plus d'ailleurs. Alors, pour la rapprocher de moi, je l'ai installée dans cette maison de retraite, à quelques minutes de mon appartement.

De l'extérieur, l'établissement est accueillant. Le panneau indiquant les *Ombrages* donne même envie de s'y rendre. Il est d'une écriture lyrique, soigneusement calligraphiée sur ce qui semble être une planche de pin. Le parc floral est bien entretenu, la pelouse proprement tondue et les ornements joliment choisis. C'est un lieu harmonieux avec des bancs en bois, des lauriers roses, deux grands figuiers qui viennent d'être taillés, des arbousiers et des orangers en fleurs. L'air conditionné me frappe de plein fouet lorsque j'entre dans le bâtiment. L'établissement dispose de toutes les facilités modernes, et est aux antipodes de ce que l'on imagine. Ici, les personnes âgées semblent heureuses. Celles que l'on croise dans les couloirs s'échangent des sourires, dans la salle de repos au rez-de-chaussée, des grands-pères commentent ensemble une émission télévisée, une dame laisse reposer ses bigoudis en lisant un roman et une aide-soignante valse entre les tables pour subvenir à leurs besoins. À l'accueil, une nouvelle stagiaire me sourit.

– Bonjour, je viens rendre visite à ma grand-mère, Mme Beaupré.

– Vous pouvez me donner votre nom s'il vous plaît ?

Elle tend une oreille alors que ses yeux sont rivés sur son écran d'ordinateur.

– Beaupré. Noël Beaupré.

Elle tape sur son clavier. Elle a les doigts soigneusement manucurés, des bagues à chaque phalange. Son poste de travail est lent. Il date certainement de l'ouverture de l'établissement, il y a plus de vingt ans. Elle peine à accéder à la page demandée et m'autorise l'entrée.

– Je vais vous accompagner jusqu'à sa chambre, si vous le souhaitez.

– Ce n'est pas la peine, je connais le chemin, merci.

Elle me sourit en retour. Depuis deux ans, je viens toutes les semaines. Je prends le couloir qui mène aux ascenseurs, tourne à droite et appuie sur le bouton du deuxième. Mamé a une chambre au dernier étage du bâtiment. Les portes se referment derrière moi. Je n'aime pas les ascenseurs. Je m'arrange pour monter les escaliers habituellement, j'aime rester en possession de mes moyens, ce qui n'est clairement pas possible dans un appareil qui peut lâcher à tout moment. Je n'aime pas l'avion, les trains, être assis du côté passager dans une voiture, la météo, la maladie, la mort, le temps… toutes ces choses qui me sont impossibles à contrôler. Les portes se rouvrent et une aide-soignante me salue. Cela fait plusieurs fois que je la croise dans les couloirs de la maison. Elle s'appelle Sandrine. Elle a les cheveux courts avec un dégradé dans la nuque. Les mèches du dessus sont un peu plus longues et coiffées vers l'avant dans des teints cuivrés. Elle a le besoin de mettre de la couleur dans sa vie. Sandrine a un fils, un beau garçon qui porte le nom d'Eliott. Ce gamin de huit ans est un gosse comme un autre malgré son syndrome d'Asperger. Je ne sais pas dans quelles ressources Sandrine puise la force de soigner les personnes âgées et de s'occuper de son foyer. Elle m'impressionne.

Je longe le couloir que je connais tant. De jolis tableaux sont affichés de part et d'autre, pour tenter de faire voyager des gens pour lesquels le temps s'est arrêté entre ces murs. Je tape à la porte et n'attends pas qu'elle me réponde, sa voix trop douce, trop faible pour transpercer les murs ne me parviendrait pas. Elle est, comme à chaque fois que je la vois, allongée sur son lit, la télécommande fermement tenue dans sa main aux doigts si fins, légèrement tordus par l'arthrose, dans une chambre trop petite pour contenir tout l'amour que j'ai pour elle. La pièce est meublée sommairement : un lit, une table de chevet, un fauteuil pour les visiteurs ou pour la patiente, et une grande armoire pour y ranger tous ses vêtements. Une commode de trois tiroirs s'adosse au mur blanc, sur lequel a été cloué un imposant cadre d'un paysage provençal. Ce sont des champs de lavande en fleur. À défaut d'en avoir les odeurs, le personnel de l'établissement a jugé bon de mettre une bombe désodorisante du même parfum à côté des toilettes. Sous la fenêtre qui offre une très jolie vue sur Nice, son fauteuil roulant plié semble ne plus servir. L'écran montre le journal télévisé.

– Bonjour Mamé, tu vas bien ? je lui demande en posant un bisou sur son front.

Sa peau est flétrie et teintée de taches de soleil. Elle était de ces femmes qui faisaient du sein nu sur les plages de galets, un pan-bagnat à la main, un morceau d'anchois se faisant la malle entre les deux pains ronds, sans crème solaire, jouant au tarot avec ses amies, étendues sur des serviettes de bain. Elle était de ces femmes d'une autre génération, la joie de vivre comme arme pour se reconstruire après la guerre. L'envie et le besoin de se découvrir avant de s'offrir à un autre. Pourtant, à la voir entre ces draps blancs, j'en oublierais que cette vénus a existé. Je peinerais à le croire si je n'avais pas vu les photos en noir et blanc de ma grand-mère dans la fleur de l'âge, celles qu'elle cache dans un album photo poussiéreux. N'est-ce pas fascinant, cette capacité que nous avons de négliger que les personnes âgées ont été jeunes également ?

– Oh tu sais, je vais comme une vieille dans un mouroir, me répond-elle.

– Sottises, l'aide-soignante m'a dit au téléphone que tu avais la forme et le corps d'une jeune de vingt ans.

– Si elle le dit…

Elle a le regard fuyant, obnubilée par son poste de télévision. Les images défilent, mais le son est trop faible pour qu'elle s'y intéresse réellement.

– Malheur… J'ai prié pour cette grande dame, tu sais ?

Je ne comprends pas de quoi elle me parle. Je me tourne vers la chaîne d'information en continu et découvre le spectacle de la cathédrale Notre-Dame de Paris en feu.

– Ça s'est passé quand ? je réponds, constatant les images avec effroi.

– Hier soir, mais ils ont réussi à maîtriser l'incendie.

J'augmente le volume de la télévision afin d'avoir les dernières actualités.

– Tu étais où petit, que tu es le seul à ne pas être au courant d'un tel événement ?

– Oh tu sais, chez moi c'est comme à *La Mésange*, la télévision n'est allumée que pour les comédies musicales. Tu te rappelles quand Papé te faisait danser sur *Singin' in the Rain* ?

– Si tu savais comme ton grand-père me manque, glisse-t-elle entre ses fines lèvres, dans un soupir presque inaudible.

– Oh je sais Mamé, je le vois encore se diriger sur la terrasse, son plateau de sardines à la main, prêt à les faire griller sur le barbecue.

– Elles étaient bonnes ses sardines, tu te rappelles de ça ? C'est marrant.

Elle esquisse un sourire qui crée une fossette entre ses rides.

– Parfois, le mercredi matin, nous allions ensemble chez le marchand de journaux à quelques minutes à pied. Tu te souviens Mamé ? Tu m'achetais des bonbons de toutes les couleurs, des têtes brûlées, des fraises Haribo, et toi tu te prenais un sachet de graines de tournesol et me sommais de garder le secret auprès de Papé. Je ne lui ai jamais dit, tu sais.

– C'était le bon vieux temps.

– Heureusement que je vous avais, parce qu'à la maison, ce n'était vraiment pas la joie…

– Comment va ta mère ? me demande-t-elle.

Elle me demande des nouvelles de toi, puisque tu ne prends pas la peine de venir la voir. Toi et moi avons une relation particulière. On ne s'appelle pas, on ne prend pas des nouvelles l'un de l'autre. On se suit sur les réseaux sociaux, à coups de *likes* et de commentaires. On s'observe à distance, comme un chasseur qui apprivoise l'animal, sans jamais pour autant faire le premier pas. On se croise, on s'envoie des messages pour les anniversaires et les Noëls, le même jour dans mon cas, cela te fait économiser une discussion. Je crois que je ne t'en veux pas de ne pas t'intéresser à moi, mais je t'en veux éperdument de pas prendre soin d'elle. Un coup de fil. Une visite. Tu habites à dix minutes à peine.

– Ça va, je crois. Tu sais, je n'ai pas trop de nouvelles.

– J'ai eu le malheur de mettre au monde une femme qui n'a jamais été heureuse, glisse-t-elle dans un soupir.

Elle éteint son poste de télévision et remonte le drap sur sa peau. Au loin, j'entends des vieux chanter un « joyeux anniversaire ». Toutes les syllabes ne sont pas présentes dans leurs beuglements, ils ont certainement oublié de remettre leur dentier avant de se mettre à chanter.

– Ce n'est pas de ta faute Mamé, je lui réponds en séchant une larme qui coule sur sa joue.

– Tu l'as vue récemment ?

– Pas depuis le Nouvel An dernier, où elle était venue me voir pour mon récital de la Saint-Sylvestre.

Tu as pris cette habitude de poster sur les réseaux sociaux des photos de chacun de tes repas qui, soit dit en passant, n'ont rien d'extraordinaire. Je sais que tu as mangé une salade de tomates ce midi, mais je suis incapable de savoir si tu es heureuse ou pas. J'ai vu que l'assiette était posée sur une toile cirée, certainement une table en plastique d'extérieur, le soleil brillait sur le plat. Tu devais être chez ton nouveau copain, Jean-Pierre ou Jean-Jacques, je ne sais plus très bien, tu me pardonneras, je ne l'ai croisé qu'une fois.

Dans la chambre de Mamé, j'ai le sentiment que le temps ne passe pas. J'attrape un yaourt sur le plateau-repas installé sur son chevet qu'elle ne paraît pas vouloir manger. Je gobe la crème laitière et m'essuie les lèvres d'un revers de ma manche. Les minutes me semblent des heures. J'éprouve ce besoin de combler les vides, de parler en permanence, alors qu'elle se contente de ma présence pour être heureuse. Je joue avec les clefs de ma MX-5, je triture le porte-clefs qui les unit. C'est un piano miniature en caoutchouc que mon grand-père m'avait offert petit.

– Papé va bien ? me demande-t-elle.

Aussitôt, je culpabilise. Je ne me suis pas rendu sur sa tombe depuis des mois. C'est un moment délicat que je préfère ne pas m'infliger. Il est au cimetière de Coursegoules, à quelques pas de leur ancienne maison. La pierre est taillée dans un joli marbre blanc. Il aimait la sobriété. Son nom est inscrit en dessous de celui de ses parents. Mamé et moi avions choisi l'épitaphe ensemble : « Sans toi, la musique n'est plus la même ».

– Je ne suis pas allé le voir récemment Mamé. Tu sais, avec mes concerts et les entraînements, je n'ai pas beaucoup de temps.

Elle n'est pas dupe. Elle fait semblant de me croire pour me faire plaisir.

– Je sais, se satisfait-elle de me répondre.

Ses paupières commencent à s'alourdir et je la sens sombrer peu à peu dans sa sieste. Je l'embrasse sur le front, elle est si chétive. Ses beaux cheveux blonds d'été ont laissé place à la froideur de la neige. Elle a toujours essayé de les coiffer et de s'apprêter pour ses visiteurs, mais le temps passant, les gestes sont tremblants, le peigne trop lourd pour ses mains, elle déteste demander de l'aide. C'est une femme du Sud, une femme avec du caractère. Elle a mis ses boucles d'oreilles, celles que je lui avais offertes pour ses quatre-vingts ans, il y a huit ans déjà. Autour de son cou ridé, elle porte son alliance en collier. Les infirmiers le lui ont retiré de son annulaire qui commençait à se couder autour de l'anneau, courbé par l'arthrose.

Je ferme la porte derrière moi, en marchant sur la pointe des pieds, capturant dans la pièce les odeurs aseptisées des produits d'entretien qui se mélangent au parfum Fragonard et ses lys blancs qu'elle a vaporisé sur sa peau avant de me recevoir. Sandrine, l'aide-soignante, vient prendre de mes nouvelles. C'est une de mes auditrices les plus fidèles. Je lui avais offert deux billets pour venir me voir jouer mon récital, *Lettre à Lune*. Elle était venue seule, jouissant d'une place privilégiée au premier rang, alors que la salle était pleine à craquer. C'était au début de la tournée, quand les spectateurs se déplaçaient encore.

– Alors, s'enquit-elle, comment se passent les concerts ?

Elle a le sourire dans la voix. Elle ôte sa charlotte et se frotte les mains de gel hydroalcoolique.

– Eh bien, disons que depuis deux mois, je joue à perte. Enfin, moi je n'ai rien à perdre à part mon temps, mais mon producteur va finir par avoir les cheveux aussi blancs que ceux de ma grand-mère.

Elle semble gênée.

– C'est dommage, c'était très joli comme spectacle. En tout cas, je l'ai trouvé très plaisant, peut-être que je ne m'y connais pas assez, je ne suis pas une férue de musique classique, mais c'était un beau moment.

– C'est curieux comment la musique classique semble être réservée à une élite, comme s'il fallait apprendre à l'écouter. J'ai remarqué que les gens ont peur de dire qu'ils aiment le classique, de crainte d'être confrontés à des questions ou des avis plus techniques. Mais il ne faut pas oublier qu'il existe des morceaux classiques pour un usage populaire, et que Mme Toulemonde est libre d'apprécier un prélude de Bach ou une sonate de Beethoven si bon lui chante, au même titre que l'on peut se délecter d'un roman de gare et ne rien comprendre à un Zola ou Balzac.

Poursuivant notre débat sur les mœurs et usages du classique, nous prenons les escaliers qui conduisent au rez-de-chaussée. Elle semble fatiguée par ses journées. Son fond de teint s'estompe et trahit les cernes sous ses yeux.

Arrivés à l'accueil, elle me remercie de la conversation et m'invite à patienter :

– Mon responsable souhaiterait vous voir, vous pouvez attendre quelques instants ?

– Bien sûr, vous voulez que j'aille chercher un CD ? J'en ai un stock dans le coffre de ma voiture que je pourrais lui dédicacer.

– Oh – elle semble gênée – je suis convaincue que cela lui ferait plaisir, mais ce n'est pas à ce sujet. C'est à propos de Jeannine, votre grand-mère…

Chapitre 3

Le chef du service est un homme de grande taille, assez jeune, ce qui n'entache aucunement sa crédibilité. Il m'invite à prendre place dans son bureau et, en attendant que son ordinateur s'allume, j'observe les photos de sa famille qu'il présente fièrement sur un meuble. Je suis persuadé que l'on peut définir bien des personnes à la manière dont ils décorent et arrangent leurs espaces professionnels. Cet homme a un bonzaï près de la fenêtre, dans un rayon de soleil, qui se pose sur une commode. Il a une boule antistress, manifestement offerte par un groupe parapharmaceutique, à côté de son clavier fortement usé, des photographies de sa femme et deux petites filles, un pot à crayons plein de trombones multicolores et un sous-main calendrier dont il coche les journées passées. Quelle angoisse d'imaginer notre vie comme une frise chronologique à durée limitée vers laquelle nous avançons ! Chaque jour, cocher sa croix, rajouter un trait sur les murs du prisonnier, se demander si nous avons vécu correctement, si demain nous ferons mieux. Certaines personnes s'affolent du temps qui file, de la date de fin qui approche. J'essaie de ne pas y penser.

– Merci monsieur Beaupré de m'accorder quelques minutes de votre précieux temps, me dit-il.

– Je vous en prie.

– Je suis Henry Tulipe, responsable de cet Ehpad, et je crois que nous n'avons pas encore eu la chance de nous rencontrer.

– En effet, je réponds, quand j'ai inscrit ma grand-mère dans votre établissement, votre prédécesseur était toujours en place.

– M. Roy profite tendrement de sa retraite dans le nord de la France. Un comble pour quelqu'un qui a passé sa vie au soleil du Sud de s'isoler là où rien ne pousserait dans un potager.

Je ne vois pas où il veut en venir avec sa conversation météorologique, mais je le laisse conduire son entretien.

– Votre mère ne nous a pas rendu visite depuis plusieurs mois, j'aurais aimé la croiser également pour lui en parler, mais j'imagine que vous ferez le messager.

Je n'en reviens pas. Même ici tu réussis à te faire remarquer.

– Le messager de ?

– Il n'y a pas de bonne manière de faire part de mauvaises nouvelles, donc je ne vais pas y aller par quatre chemins.

Au sein de mon corps, je sens mon estomac se contorsionner. Nous n'étions donc pas dans son bureau pour bavarder météo.

– Votre grand-mère est atteinte de la maladie d'Alzheimer.

Je reçois l'annonce avec surprise. Il doit y avoir une erreur, nous ne parlons pas de la même personne.

– Vous plaisantez ? J'ai passé un peu de temps avec elle, je vous assure qu'elle a toute sa tête. Nous venons de discuter de la maison de mon enfance, elle se souvenait encore que mon grand-père cuisait des sardines au barbecue.

– Je comprends votre étonnement. Nos équipes ont été alertées par la perte d'orientation de votre grand-mère. Elle ne retrouvait plus sa chambre, ne cessait de se perdre pour rejoindre la salle de déjeuner.

– Ça doit sûrement arriver à tout le monde de s'égarer de temps en temps.

– Bien sûr, monsieur Beaupré, c'est pour cela que nous avons demandé à un neuropsychologue avec qui nous travaillons régulièrement de la recevoir. Son diagnostic a été sans appel : incohérence de langage, oubli à court terme, irritabilité selon les moments…

– Vous réalisez que vous parlez de ma grand-mère comme un garagiste traite d'une voiture ? Vous semblez négliger que c'est une personne humaine. Elle a perdu son mari il y a deux ans après soixante-cinq années de vie commune, vous ne pensez pas que c'est une bonne raison d'être irritable ? m'emporté-je.

Le responsable de l'Ehpad garde son calme face à ma colère et tourne l'écran de son ordinateur afin que je puisse le voir.

– Vous avez raison, entièrement raison, et c'est justement pour cela que nous ne nous basons pas seulement sur le diagnostic cognitif. Avant-hier, nous lui avons fait passer une TEP dans un centre spécialisé, rue Molière. La tomographie par émission de positons permet d'identifier les zones du cerveau ayant un trouble de fonctionnement. Regardez, ici c'est le cortex cérébral de votre grand-mère, et en rouge ce sont les surfaces affectées par la maladie, ce sont des plaques amyloïdes.

Il me parle en chinois. Je ne comprends rien à son langage. C'est une technique de défense, comme quand l'escargot rentre dans sa coquille pour ne pas se faire attraper, l'homme bloque les informations qu'il ne veut pas entendre. J'observe l'écran, je reconnais bien la forme du cerveau, il y a beaucoup de zones bleues, un peu de rouge, c'est vrai. Au fur et à mesure que M. Tulipe avance dans la vidéo de modélisation, les zones rouges s'accentuent, se multiplient. Je ne vois plus que ça. Du rouge. Andrinople. Carmin. Fraise. Sang. Coquelicot. Vif. Rubis. Extincteur. Rouge comme un panneau stop. Comme un message d'alerte.

– Je suis sincèrement désolé de vous apprendre cette nouvelle, mais le diagnostic est sans équivoque. Toutefois, je tenais à vous rassurer et vous confirmer que la maladie d'Alzheimer s'encadre aujourd'hui. Si les médecins et chercheurs ne sont pas capables de la soigner, il est possible de ralentir sa progression.

– Elle le sait ? demandé-je.

C'est la seule question qui m'importe. Comment peut-elle continuer de vivre dans un corps qui n'enregistre plus les informations ?

– Non, bientôt nous lui communiquerons cette information. Mais nous l'avons préparée au fait qu'elle allait déménager de chambre. C'est un sujet que nous n'avons pas encore abordé avec vous, mais le traitement de la maladie nécessite des soins plus réguliers, nous avons un service dédié de l'autre côté du bâtiment, les chambres ont la vue sur la mer.

Il m'annonce ceci comme si j'étais en train de réserver une location de vacances.

– C'est un moindre réconfort pour quelqu'un qui perd la tête, réponds-je.

Il sourit de gêne et se rend compte de sa maladresse.

– La vitesse de l'évolution de la maladie varie selon les individus, mais votre grand-mère, à quatre-vingt-huit ans, risque d'être confrontée rapidement à de lourdes fatigues.

– Et la vue sur mer va ralentir le processus ? ironisé-je.

Je ne peux plus supporter son discours. Je me lève, il n'essaie pas de me retenir, et claque la porte derrière mon passage.

Sandrine m'attend devant le bureau de son supérieur. J'ai appris à l'apprécier, à admirer ses gestes maternels et réconfortants lorsqu'elles s'occupent des personnes âgées, le débit de sa voix, tout en douceur, qui conte de jolies histoires. Elle pourrait narrer le bottin que je l'écouterais.

– Je suis désolée pour votre grand-mère. M. Tulipe ne voulait pas que je vous en parle avant que vous ne l'ayez vu.

– Voilà chose faite.

J'ai du mal à encaisser. Je me trouve irritable, détestable, j'ai envie de tout envoyer valser. Je ne peux pas dire que je n'y ai jamais pensé, bien sûr j'ai remarqué certaines de ses absences, à regarder le mur blanc pendant des heures, sans entendre ce qu'il se passe autour, mais jamais je n'aurais pensé que le couperet descendrait si rapidement.

– Elle me parle souvent de votre grand-père.

J'acquiesce. Je ne sais que répondre. Bien sûr qu'elle parle de lui. Comment oublier un homme pareil ?

Je remercie l'aide-soignante et avant de prendre congé de l'établissement de santé, je m'autorise une dernière visite. Je retourne au deuxième étage et longe le couloir. J'ouvre délicatement la porte en prêtant attention au silence qui règne dans sa chambre. Sa tête semble imbriquée dans son oreiller. Elle dort profondément et j'observe sa poitrine soulever le drap au rythme de ses respirations. Ses lèvres tremblent dans son repos. Je vois cette femme attendrissante comme pour la première fois, dans ses draps blancs elle ressemble à un ange. Cela me rappelle mes vacances à *La Mésange*. Je me levais aux aurores, avant que mon grand-père ou ma grand-mère n'émerge de son sommeil, et me précipitai dans leur chambre pour les couvrir de câlins. J'ouvrais les rideaux, sautais sur leur lit et, bougons de la surprise, ils mettaient quelques secondes à me pardonner. Nous nous nichions dans leur lit et nous nous racontions nos rêves tour à tour. J'adorais relater mes aventures nocturnes. Je faisais de grands gestes, parlais fort, faisais des démonstrations de mes combats. J'ai compris rapidement que Papé inventait ses rêves et que Mamé transformait les siens pour les rendre plus intéressants. Et nous restions là, assis dans les draps froissés, avec le soleil hachuré qui frappait pour entrer sur les persiennes, et nous riions jusqu'à en avoir mal au ventre. Je les aimais si fort. Ils ont été les fondations de mon enfance. Dans chacune de mes compositions, dans chacun de mes concerts, j'ai toujours une pensée pour eux. Ils ont rempli mes souvenirs de jours joyeux, et aujourd'hui j'en ai suffisamment en mémoire pour les partager avec elle. J'ai assez de souvenirs heureux pour deux.

Il est quinze heures et le soleil brûle les briques de la Côte d'Azur. Sur la place de l'Île de Beauté, les Niçois sont nombreux à se prélasser en terrasse, inconscients de leur chance. Je m'assieds parmi eux, face au port. Les façades ocre et orangées des bâtiments agrémentent l'embarcadère de chaleur humaine. Dans l'eau, c'est symétriquement ordonné : les voiliers sur ma gauche, avec quelques acolytes qui ouvrent une bouteille de rosé premier prix sur le pont, et les yachts sur ma droite qui, à cette heure de l'après-midi, en sont déjà à l'ivresse du champagne. Les gens se baladent, main dans la main, heureux d'un rayon de soleil et du bruit lointain des vagues, sans savoir que ma grand-mère est en train de perdre la mémoire, de se perdre elle-même. Ils s'en moquent. Elle devient l'ombre de la femme qu'elle a toujours été, vidée de son essence, de son existence. Après lui avoir pris son mari, la vie lui dérobe les souvenirs de lui aussi.

– Vous avez choisi ? me demande une serveuse, la main sur son visage pour faire obstacle au soleil.

– Je vais vous prendre un café s'il vous plaît.

Après ma visite aux *Ombrages*, j'ai reçu un message de mon producteur pour que l'on se retrouve dans le vieux Nice. J'avais un tout autre programme en tête, un grossier mélange d'alcool, d'obscurité et de désespoir dans mon appartement, mais ce début d'après-midi si ensoleillé semblait m'envoyer des signaux contraires.

En l'attendant, je patiente sur Instagram et constate que tu cuisines une omelette pour deux. La présentation de l'assiette est plutôt médiocre, tu as jeté vulgairement des brindilles de ciboulette et tu t'estimes fière. Les jours où tu postes des photos sur les réseaux ont toutefois le mérite de m'informer que tu as réussi à te lever et que tu es sortie de ton lit, et cela suffit à me faire sourire. J'aimerais te sortir de tes rêveries, de tes cauchemars plutôt, pour te mettre face à la réalité. Ta mère perd la tête, mais tu accordes plus d'importance à des brins de ciboulette. Il faudrait que je t'appelle, que je prenne de tes nouvelles, mais tu ne fais jamais le premier pas. Après tellement de silences, on en oublie de communiquer facilement.

Au loin, je l'aperçois sur le quai des docks. Il dévore une boîte de macarons. Il contraste parmi tous ces joggeurs qui courent autour de lui. Tu ne l'as jamais aimé, tu as toujours pensé que c'était un vautour qui rôdait autour de mon talent. Moi, je l'aime bien. Il devrait faire attention à son régime alimentaire, mais c'est un trop fin gastronome pour renoncer à quoi que ce soit. Il a passé sa carrière à inviter ses artistes dans les meilleurs restaurants étoilés de la région, il s'est habitué à la cuisine raffinée et je ne pourrais le blâmer.

– Mettez-m'en un deuxième s'il vous plaît, je vais être rejoint d'ici quelques instants, annoncé-je à la serveuse.

Je me lève pour l'accueillir, il essuie sa bouche d'un revers de la manche pour disperser les miettes qui se sont glissées dans sa moustache. Au niveau de ses aisselles, deux auréoles teintent sa chemise bleu ciel. Le printemps amène les premières chaleurs. Après avoir échangé quelques formalités, nous nous asseyons et profitons de cet instant.

– Qu'est-ce qu'il fait beau !

– Un vrai temps estival.

– Je vais profiter du pont du 1er mai pour prendre quelques jours à Marrakech, me dit-il.

– Tu aurais tort de t'en priver, c'est la meilleure période pour y aller.

Je ne vois pas où il veut en venir. J'ai l'esprit encombré, des dizaines de choses en tête. Le soleil m'éblouit, je baisse mes lunettes de soleil jusqu'alors posées sur mon crâne. Robert joue avec son imposante gourmette. Il triture le bracelet, comme s'il s'apprêtait à passer un entretien d'embauche.

– Je vais devoir arrêter ta tournée Noël, je suis désolé.

La nouvelle me frappe de plein fouet. Je n'arrive plus à penser clairement. Pourquoi ? Enfin, je sais pourquoi, les places ne se vendent pas. Mais quand ? Dans un mois ? Je comprends, il ne veut pas que je joue pendant l'été, c'est compliqué les ventes de classique pendant la saison estivale, les amateurs préfèrent profiter de l'air chaud et du soleil sur la plage.

– C'est parce que tu pars à Marrakech que tu veux annuler ?

– Noël, ne rends pas cela encore plus difficile que ça l'est déjà.

– Parce que c'est moi qui rends les choses difficiles ? Tu m'appelles, me demandes de te rejoindre sur le port, me fais attendre et quand enfin tu daignes arriver, c'est pour m'annoncer la fin. Ne te casse pas la tête Robert, je comprends tout à fait, c'est à cause des ventes, c'est ça ?

– Tu sais bien que si je le pouvais, je paierais de ma poche pour remplir ce théâtre chaque soir, je paierais le prix de quatre cents sièges pour t'écouter quand la nuit tombe, mais je ne suis pas tout seul dans cette histoire. Je n'arrive même plus à payer le salaire de ton régisseur ni le tien. Le mien non plus d'ailleurs ! J'ai deux mois de retard sur la location de la salle, l'accordeur vient d'augmenter ses prix et je ne vais pas pouvoir suivre, je vais être contraint d'en trouver un autre... Je suis obligé d'arrêter là. Le contrat que nous avons nous lie jusqu'à cet album, mais il n'est pas question de t'abandonner ! Tu peux me faire confiance, tu me feras signe dès que tu te seras remis d'aplomb et que tu nous auras composé une nouvelle merveille.

La serveuse nous apporte les cafés et les pose sur la table. Le silence s'installe entre nous et il trempe le sucre dans le liquide encore chaud, avant de le faire fondre sur sa langue.

– Ma femme a beaucoup aimé ce que tu as joué hier soir.

– Ma grand-mère a la maladie d'Alzheimer.

– Merde... Je suis désolé mon petit.

Je déteste quand Robert prend ce ton paternaliste avec moi. Il essaie de m'infantiliser, de me garder sous sa coupe, de me rappeler que sans lui, je ne serais rien. Il était le premier à croire en moi, après Mamé et Papé bien sûr, le premier à mettre de l'argent sur la table pour que je puisse enregistrer une démo. Tu avais peur, tu ne voulais pas que je signe avec un manager, tu ne voulais pas que je te quitte, que quelqu'un d'autre ait de l'emprise sur moi. La musique en avait. J'ai signé.

– Je ne cherche pas ta pitié, c'est la loi des séries, j'imagine, répondis-je.

J'ai de la colère en moi, beaucoup trop, mais personne contre qui la canaliser. Jouer du piano est la seule chose que je sais faire, si je n'ai plus de producteur, je redeviens un indépendant, un solitaire, un amateur. Je ne visualise pas ma vie passer de la lumière à l'ombre, j'ai suffisamment travaillé pour garder mes distances avec l'obscurité.

– Je pense qu'il serait chouette que tu joues encore ce soir, me dit Robert, une dernière fois avant que le rideau ne tombe définitivement.

Je ne m'attendais pas à ce que l'ultime de la saison soit si précipitée, mais j'imagine qu'il n'y a pas de réservation pour les prochaines dates, alors pourquoi retarder l'échéance ? Il faudrait que je te prévienne, peut-être que tu viendrais si tu savais que c'était la dernière. Tu as toujours aimé les derniers moments : le dernier épisode d'une série, le dernier baiser avant un départ, le dernier souffle que l'on respire.

– Oui, bien sûr, dis-je en baissant les yeux.

– Je vais essayer de remplir le théâtre ce soir : amis, famille, journalistes… Sait-on jamais, cela relancera peut-être les ventes de l'album et les diffusions en ligne si on arrive à décrocher quelques articles dans la presse.

– Je vais rentrer chez moi me préparer, je te laisse prendre les cafés.

– Petit, m'interpelle Robert alors que je me lève de ma chaise, ne le prends pas personnellement. Tu sais très bien que je suis ton premier fan.

Robert est un homme intelligent. C'est un bougre qui a créé sa société, employé des gens, mis dans la lumière des dizaines de talents. Il est un personnage de raison, qui a un avis critique sur beaucoup de choses, mais qui a souvent raison. Pourtant, ce jour-là Robert a tort, il n'est pas mon premier fan. Mon grand-père était mon premier fan.

Chapitre 4

La Mésange, le 16 avril 2017
Deux ans plus tôt

Mes pas courent sur le gravier devant la terrasse. Je monte les deux marches qui me séparent de la porte d'entrée, le cœur battant la chamade. Je frappe au carreau. J'observe au travers de la vitre ma grand-mère se précipiter pour m'ouvrir. Elle tient un torchon dans ses mains, un de ses chiffons usés qu'elle utilise pour essuyer la vaisselle. Dans la maison, elle est toujours affairée, débordée par le travail. Elle court à droite, à gauche, un plat dans la main, une lessive à étendre, un courrier à poster, un coup de fil à décrocher, elle monte les escaliers, les descend avec le linge à repasser, elle aime être occupée pour se sentir vivante. J'ai hérité cela d'elle. En entrebâillant la porte, elle constate mon sourire que je ne sais garder secret. Ses yeux pétillent. Elle m'enlace de fierté, se tourne vers Papé et lui clame la nouvelle.

– Notre petit a gagné le trophée !

J'ai le bronze dans la main, je le brandis fièrement, mon cœur débordant de reconnaissance.

– Je suis si fier de toi Noël, ajoute mon grand-père.

Il a le regard perçant, l'iris animé d'étoiles. Ses grands yeux bleus fixent les miens et ne dévient pas. Il est heureux. Il m'intimide, il m'impressionne, et j'observe mes mains pour l'éviter. J'ai vingt-huit ans et je me comporte tel un enfant. J'ai toujours marché dans ses pas. Je l'admire pour avoir réussi sa carrière de pianiste tout en étant le mari parfait.

– Tu as entendu, Jeannine ? crie-t-il au travers de la maison, alors qu'elle se tient juste à ses côtés. Notre petit-fils est l'artiste de l'année !

Il le chante avec fierté, il le clame sur les toits du village, les pelouses entretenues, les champs alentour et les collines de Coursegoules.

Je suis venu leur apporter la nouvelle. La remise des trophées était la veille au soir et – même si mon producteur m'avait mis dans la confidence alors qu'il n'en avait pas le droit – je ne pouvais annoncer ma victoire avant que ce ne soit officiel. Je leur ai offert ma récompense en bronze, polie avec des grains d'abrasifs et de la pâte à lustrer pour qu'elle irradie de mille feux et réfléchisse la lueur des flammes de la cheminée. Posée sur le vaisselier, à côté du pendule et devant la table à manger, elle trône au milieu de photos de mon enfance et de jours heureux. Mamé la regarde avec amour, avec fierté. J'ai la sensation d'apporter la pièce manquante à la carrière de mon grand-père. Mon Papé, ce brillant pianiste classique qui m'a donné le goût de l'écoute attentive. Lui qui a autant caressé les touches de son clavier qu'aimé ma grand-mère. Il n'avait que deux amours dans la vie, il le disait toujours.

Mes grands-parents vieillissent. Je le constate chaque fois que je viens les voir. Ce matin, ils sont allés marcher dans les rues de leur village avec des pancartes en carton clamant une atteinte à leur vie privée. Le maire de leur village entreprend un quadrillage de chacune des rues de Coursegoules par un système de vidéosurveillance. Alors, ils se sont pris au jeu, retrouvant leur jeunesse soixante-huitarde. Ils sont fatigués d'avoir longtemps manifesté, d'avoir scandé des chants de rébellion jusqu'à l'heure du déjeuner. Papé s'installe dans son fauteuil pour regarder l'Amstel Gold Race. Comme tous les grands-pères, il peut passer des heures, devant son écran, à encourager des cyclistes dévaler une montagne. Il visite les Pays-Bas ce jour-là, les yeux scotchés à son favori. Mamé essuie la vaisselle et je désherbe leur jardin. Il n'a plus le dos pour s'en occuper. Se baisser lui cause de terribles douleurs au coccyx et je me sens investi d'une partie de l'entretien de cette grande maison. Mamé Jeannine me rejoint à l'extérieur. Elle a le sourire malicieux et les yeux amoureux. Le ciel est bleu et le printemps fleurit dans les champs.

– Dis, Noël, on ne s'éclipserait pas pour une petite séance de cinéma tous les deux ?

La La Land est encore joué dans les salles. Quand j'ai raconté qu'une comédie musicale moderne, mais reprenant les codes du cinéma ancien, avait été un réel succès au début de l'année, elle a arrêté son choix. Robes colorées, mélodies joyeuses, histoire d'amour, piano endiablé… Un cocktail savamment dosé dans la ville de Los Angeles. Je donnerais tout ce que j'ai au monde, tous mes trophées, toutes mes possessions, pour chérir ce souvenir et garder cette image d'elle, assise dans son fauteuil de cinéma, un sachet de pop-corn posé sur ses genoux dans lequel elle pioche minutieusement le maïs soufflé sucré. C'est une de ces rares soirées que l'on s'autorise, laissant Papé à *La Mésange*. Il vaque alors à ses occupations : lecture de romans historiques, dépoussiérage de ses bibelots, course de cyclisme à la télévision et piano bien sûr.

Quand je la raccompagnais après avoir assouvi nos besoins en septième art, à Coursegoules, ils se retrouvaient plus amoureux que jamais. En l'attendant, il jouait du blues ou un morceau plus classique. Il jouait pour la faire revenir, c'était sa manière à lui de lui faire la cour. Je les embrassais et les quittais alors qu'ils s'aimaient dans la nuit.

Pourtant, ce 16 avril 2017, la voiture garée devant leur maison, Mamé Jeannine me regarde d'un air inquiet. La portière ouverte, elle n'entend pas les notes de piano résonner au loin. Elle se précipite dans l'allée, sa canne s'enfonçant dans les graviers, et je cours avec elle. Elle semble perdre tous ses moyens, son souffle haletant, ses doigts s'agrippant autour de son aide.

– Joseph ! s'époumone-t-elle.

Son cri transperce la colline. C'est le beuglement d'une louve au travers de la nuit, le hurlement d'un chien affamé, le grondement de l'orage, le rugissement d'un volcan, le grincement des portes du Paradis.

Nous poussons le volet de la maison pour le découvrir assis dans son fauteuil, un journal de mots fléchés posé sur ses genoux. Mamé le secoue pour le réveiller. Elle le secoue de toutes ses forces, s'agrippe à son bras, l'agite dans tous les sens, appose sa main frêle sur son torse à la recherche d'un mouvement respiratoire, en quête d'un signe de vie. Les larmes commencent à couler sur les joues ridées de ma grand-mère, elle pleure son cœur, toute son âme, tout son amour pour l'homme qui a partagé sa vie pendant soixante-cinq ans. Elle pleure des rivières.

Elle ne veut pas que j'appelle le médecin ni le Samu. Elle ne souhaite pas qu'une autorité quelconque établisse déjà un certificat de décès. Pas encore. Il est trop tôt. La main de Papé refroidit. Mamé me demande d'allumer un feu et de lui apporter une chaise que je pose à côté du fauteuil. Elle s'assied et lui prend la main, installe sa tête sur son épaule, en guise de derniers gestes de tendresse. Elle passe la nuit blottie à côté du corps immobile, partageant avec lui un ultime moment au coin des flammes.

Quelques jours plus tard, nous enterrons Papé dans la tristesse d'une journée ensoleillée. Il fait chaud, trop chaud pour que mes larmes coulent sur mes joues. Dans l'église, l'air est étouffant. J'ai souhaité faire un discours, mais face à l'assemblée, aucun mot ne sort de ma bouche. Je tire un siège devant l'orgue et je pose mes mains sur le clavier. La musique est la seule communication que je connaisse. Je ne fais pas preuve d'une grande technique, je ne suis pas organiste, mais les touches sont les mêmes, et tant que l'émotions est là, c'est le principal dans mon œuvre. Je joue, peut-être trop longtemps. J'oublie le temps, j'oublie le monde autour de moi. C'est mon adieu, mon dernier message à l'homme qui m'a inspiré, l'homme qui m'a élevé.

Plusieurs voisins de Coursegoules se sont installés sur les premières rangées. Tu es venue tenir la main de ta mère. Vous êtes assises au premier rang et tu passes ton bras autour de l'épaule de Mamé. Elle pleure et j'observe des larmes couler sur tes joues aussi, mais tu essaies d'être forte. Parfois tu sembles t'ennuyer de la cérémonie, tu regardes les vitraux et les peintures sur les murs, tu observes derrière toi, regardes l'heure sur ton téléphone, joues avec.

Depuis, Mamé vit dans l'absence de son amour. Elle souhaite ne plus respirer, ne plus vivre sans lui. Elle aimerait s'évaporer à ses côtés, que ses souvenirs l'emportent. Le ruisseau de la mémoire continue de creuser son chemin jusqu'à son cœur. Depuis son décès, elle navigue en eaux troubles, les yeux fermés. Rapidement, le bassin s'est transformé en lac, puis en un océan de lui. Elle se noie, manque d'oxygène. Elle halète à la recherche d'un souffle. Elle flotte à peine en surface, son corps attiré par les profondeurs. Elle se laisse mourir dans son lit médicalisé. Et les soignants et le personnel de la maison de retraite s'occupent bien d'elle, ils font tout pour qu'elle soit heureuse, mais comment être en fête quand une partie de soi fait défaut ? Elle ouvre les yeux chaque matin et se demande pourquoi elle voit encore la lumière du jour. Elle souhaite que tout ne soit qu'obscurité, partir le plus tôt possible, et si la grande dame en noir passe à plusieurs reprises dans l'établissement de santé, ce n'est jamais pour elle.

Chapitre 5

J'ai passé l'après-midi enfermé dans la prison qu'est devenu mon appartement. J'ai tiré les rideaux devant la baie vitrée, obstruant la vue dégagée sur la mer, et j'ai cherché à m'entraîner pour mon ultime concert. J'ai essayé de délier mes doigts bientôt rouillés sur le clavier, de me concentrer et ne pas laisser la discussion avec le responsable des *Ombrages* polluer mes pensées, en vain. Il est déjà dix-neuf heures et mon producteur m'envoie un message :

> Je te souhaite le meilleur
> pour ta dernière.
> Je serai présent dans la salle,
> j'ai mis le paquet sur
> la communication.

Je donne un tour de clef dans la serrure et descends les escaliers de mon immeuble. Ce soir, je me sens le cœur lourd, dramaturge. Je n'ai pas d'appétence pour la légèreté. J'hésite encore à changer le *set* prévu. Je songe à modifier le morceau d'ouverture, peut-être celui de fermeture aussi. Je n'en ai pas envie. Un dernier spectacle se doit d'être chargé en émotion. Ce n'est pas comme l'ultime date d'une tournée qui s'accomplit, mais une fin disruptive inattendue.

Bien qu'*Au-dessus des étoiles* soit une belle composition pour clôturer un concert, elle laisse une amertume d'inachevé, elle demande un « encore », une seconde écoute. Ce morceau est un point de suspension après « à suivre… », il convie au prolongement du désir, de la passion, de l'âme dans sa version charnelle. C'est une invitation pour un rendez-vous, une date sur un calendrier, un « à bientôt ». Ce soir, j'ai envie de tourner la page, de mettre le point final à cette tournée non portée par la chance, de clamer un « au revoir » haut et fort, d'arrêter cette mascarade.

J'ai appelé la maison de retraite de Mamé, pour demander s'ils pouvaient la laisser sortir exceptionnellement en cette occasion. Sandrine semblait gênée au téléphone :

– Dans sa situation, nous ne recommandons pas qu'elle sorte de l'établissement, m'a-t-elle dit d'une voix si douce qu'elle en était presque inaudible.

Ce sera donc moi, moi seul face à cette audience d'inconnus. Moi et mes notes, moi et mes morceaux, pour une dernière fois. J'aurais aimé qu'elle soit là comme elle l'a toujours été.

Devant le théâtre, un modeste troupeau est rassemblé, attiré par les promotions à prix cassés que mon producteur a mises en ligne. En dessous de mon nom, sur la devanture de la salle, un bandeau rouge a été ajouté : « Dernière – complet ».

Ces mots sont en contradiction. Pourquoi me mettre à nu devant ces inconnus ? Chacune de mes notes ce soir, martelée ou caressée, sonnera dans un écho d'échec. Même la lumière qui vacille dans ma loge a une lueur étrange, comme un réverbère dans une ruelle sombre du quartier Cimiez. Le maquillage semble révéler le visage de cet homme que je méprise. Quel est ce reflet qui m'observe fatigué ? Comment en suis-je arrivé là ?

Derrière le rideau, j'aperçois une salle comble. Je suis surpris de t'y voir. Tu es assise au premier rang, tu as un brushing impeccable, des ongles manucurés et un nouveau petit ami sur le siège à ta droite. Tu es belle, Maman. Mon régisseur annonce aux haut-parleurs qu'il est nécessaire de couper les téléphones portables. C'est le moment. Inévitablement, je sens mon estomac se serrer. Mes mains tremblent. Je pense à ma grand-mère. J'ai peur pour elle. Je n'ai pas envie d'être là, pas envie de jouer pour un public inintéressé par mon art. Ils sont venus pour passer le temps, parce que ce n'était pas cher ou qu'ils ont été contraints de le faire par mon producteur, par un ami ou un voisin. Je m'assieds sur ce tabouret qui a su m'accueillir pendant tant de soirées de solitude, et j'oublie le reste.

Le rideau se lève, c'est un *sol* dièse aigu que je caresse du bout de l'index. J'appuie légèrement sur la touche, à intervalles réguliers. Chaque note, dominante, médiante ou tonique, même lorsqu'elle ne fait pas partie d'un accord, semble s'évanouir dans un millier d'harmonies. Il y a tant de complexité dans une note, elle fait écho en nous. Ma main droite est calme, un seul doigt sur le piano, ce *sol* dièse qui résonne dans la salle, qui capte l'attention de mon public. Je pose la gauche non loin, pour éviter de trop grands écarts d'octave dès le début, je dois d'abord amener mes spectateurs dans mon univers. C'est un arpège, je décortique un accord en *do* dièse mineur. Les accords mineurs sont mes préférés. Ils provoquent des larmes que j'aime pleurer, des soirées de mélancolie et des nuits d'insomnie. Je mets mon cœur à l'ouvrage en leur présentant une de mes dernières compositions. C'est un morceau plus élémentaire que mon précédent répertoire, j'ai jeté aux oubliettes les complexités et délivre une œuvre simple, pure.

Lorsque je joue, je me sens gagné d'une émotion qui semblait m'avoir quitté. Je me souviens pourquoi je fais ce métier, pourquoi j'aime jouer du piano. Je me remémore ces journées à *La Mésange,* bercées par les leçons que me donnait mon grand-père, avec l'odeur des légumes farcis au four et un chocolat chaud fumant m'attendant sur la table basse.

Alors que je plaque le dernier accord de ce morceau, je tourne ma tête vers mon audience : tu es sur ton téléphone, certainement en train de t'amuser sur Candy Crush, tu parais déjà regretter d'être présente. Tu n'as jamais su admirer l'extraordinaire dans l'ordinaire. Pourtant, tout autour de toi, des yeux me fixent, certains sont même embués de larmes. Les applaudissements ne se font pas attendre. Un grondement émane de la salle, le public frappe si fort dans ses mains, j'en ai le cœur tremblant. Je me lève et prends le micro qui est à ma portée :

– Bonsoir à tous, premièrement je voudrais vous remercier d'être ici ce soir pour partager ce moment si particulier.

Une femme s'approche de l'estrade et dépose un bouquet de roses rouges sur le plancher.

– Merci, merci beaucoup. Pour commencer le concert de ce soir, j'avais envie de vous présenter un de mes derniers morceaux, *La Mésange*.

Ton regard se tourne vers moi, j'ai l'impression d'avoir enfin attiré ton attention.

– C'est une œuvre très intime qui fait appel à beaucoup de souvenirs en moi, alors j'espère qu'elle vous a touchés également. Pour la suite, je vais reprendre la programmation initialement prévue, et je vous souhaite de passer une belle soirée.

Je me rassieds à mon piano, les touches se courbent sous mes doigts, la technique reprend le dessus. Compositions personnelles et interprétations d'œuvres complexes de la musique classique se succèdent. *Fantaisie impromptue* de Chopin, du Beethoven et quelques morceaux de Mozart au milieu de mes inspirations. Je clôture le concert par mon accord en *si* mineur préféré et me lève de mon siège pour saluer.

Il y a tout une idéologie autour de l'artiste et son métier. Mais ce soir, j'ai plus que jamais la sensation d'effectuer un travail, au même titre qu'un menuisier ponce du bois et qu'une actrice se place devant la caméra pour réciter ses lignes. C'est un travail, rien de plus.

Alors que les gens sortent du théâtre qui les a accueillis le temps d'une soirée, je me positionne à la fenêtre de ma loge qui donne sur l'extérieur et l'entrouvre pour tendre une oreille. Je me sers un verre de cognac et écoute religieusement. J'entends des rires dans la rue et je me concentre sur les conversations.

– C'était bien mieux que je ne pensais, dit l'un.

– Tu as ronflé tout le long, dit l'autre.

– J'ai adoré le premier morceau, c'était vraiment différent.

– Si c'est pour écouter des musiques pareilles, autant mettre une playlist Deezer ou Spotify.

– Heureusement que ce n'était pas cher.

– Il est célibataire, je crois.

– Tu m'étonnes, s'il tire la gueule comme ça toute la journée, ça ne doit pas être facile à vivre.

– J'ai réussi à passer douze niveaux, dit une voix que je reconnaîtrais parmi mille autres.

Toi, tu es déjà dehors, tu n'as pas pris le temps de venir m'embrasser ou me féliciter. À quoi m'attendais-je ? Je te vois enlacer ton nouveau compagnon que tu n'as pas jugé nécessaire de me présenter. Je t'observe et te trouve changée. Tes cheveux sont brossés, tes racines colorées, et tu t'es vêtue d'une jolie robe noire et de tes plus beaux bijoux. Cela faisait bien des années que tu ne t'apprêtais plus. Je suis heureux pour toi, heureux que tu retrouves la joie de vivre qui t'avait fait faux bond depuis mon enfance. Ton ami semble plus jeune que toi, la cinquantaine tout au plus. Dix ans d'écart, après tout, ce n'est plus un problème dans notre société actuelle. Tu as joué sur ton téléphone pendant plus d'une heure, la luminosité de l'écran éclairant ton visage. Tu n'as même pas essayé de t'en cacher, mais tu étais là, présente. Mon espionnage est écourté par un son que je n'entendais plus depuis quelques mois : on frappe à la porte.

C'est valorisant de donner de sa personne pendant tout un concert et d'être remercié et félicité par la suite. Il fut une époque, je recevais des dizaines de bouquets de fleurs et boîtes de chocolats par soir. C'est Mamé qui s'en réjouissait à chaque fois que je lui rapportais mes provisions. Papé, lui, aurait préféré que son cœur ne l'empêche pas de se délecter de sucreries. « Interdiction formelle », lui répétait Mamé à chaque tentative pour obtenir un bonbon acidulé. Mamé a toujours pris pour argent comptant tout ce que le médecin disait. Elle suit ses ordonnances à la lettre, ne manque jamais un jour de prescription et doit avoir une carte de fidélité auprès de la pharmacie du village.

– Théâtre avec moulures, costume queue de pie, piano à queue, sourit une jeune femme en passant le pas de la porte de ma loge, nous voilà cent ans en arrière ou plongés dans un épisode de *Downtown Abbey*.

– J'ai voulu revenir à mes premières amours, le classique.

Je me lève pour la saluer. Elle a de jolies dents. Un sourire éclatant, avec un mini-fossé situé entre les incisives. Je me demande si elle a assumé ses dents du bonheur dès son jeune âge ou si elle a réclamé un appareil dentaire à ses parents. Est-ce qu'elle s'empêchait de rire, mettait-elle sa main devant ses lèvres pour masquer l'objet des moqueries de ses camarades de classe ? Elle se présente en passant la main dans ses cheveux bouclés :

– Manon Lagarde, pigiste pour *L'Univers du piano*.

Elle accompagne son annonce de l'exhibition de sa carte de presse accrochée autour de son cou. Je la remercie de cet entretien et m'installe confortablement dans mon fauteuil, face à un miroir encerclé d'ampoules. Elle pose son dictaphone sur la commode depuis laquelle je me démaquille et le voyant vert s'allume.

– Monsieur Beaupré, je vous suis reconnaissante d'avoir accepté cette interview pour notre journal. Vous êtes en tournée depuis trois mois pour présenter votre dernier opus *Lettre à Lune*, et vous clôturez précipitamment car le public n'était pas au rendez-vous. Dans ce microcosme musical, il se veut audacieux, étonnant, j'irais même jusqu'à dire déroutant. Contrairement à vos précédents albums, qui avaient plus de rondeur dans les graves, où chaque note faisait écho avant d'en entendre la suivante, on sent ici comme une urgence de frapper les ivoires, comme si le temps pressait. Vous voilà fraîchement arrivé sur un répertoire extrêmement classique, qui n'est pas là où l'on vous attendait. Pouvez-vous nous expliquer ceci ?

La journaliste a fait ses recherches. Contrairement à d'autres qui souhaitent simplement écrire quelques lignes dans leur carnet culturel, Mlle Lagarde a la volonté de rédiger une double page sur ma carrière. Cette double page, c'est l'occasion d'atteindre un nouveau public, un appui élitiste.

– Chopin, Bach et Liszt étaient les compositeurs préférés de mon grand-père. C'est à ses côtés que j'ai appris la musique. Et vous parlez d'une certaine urgence, comme si le temps pressait. Je confirme que le temps presse. On l'apprend parfois à nos dépens.

– Mais ne pensez-vous pas qu'un auditeur vient écouter un récital pour suspendre le temps ? Le morceau qui m'a le plus séduite ce soir était celui joué en toute simplicité. Justement, j'assistais la semaine dernière à un cours donné par un romancier sur la volonté de toujours en faire plus, de toujours vouloir aller plus loin, et en oublier parfois qu'un lecteur, ou un auditeur dans votre cas, n'est pas en mesure d'emmagasiner autant d'informations. Il cherche aussi une fluidité, que ce soit dans l'écriture ou la musique.

– Vous êtes étudiante ?

– Vous êtes condescendant.

– Ce n'est pas ce que je voulais dire, je saluais juste la qualité de votre travail et de vos recherches.

Dans le ton de ma voix, un mélange de gêne et de maladresse se précipite.

– En dernière année de master spécialisé en journalisme. Je travaille mon mémoire sur le sujet de « La recherche de l'identité de l'artiste au travers de son œuvre ».

– Vaste sujet.

– Vous m'en direz tant.

– Et vous n'avez pas d'autres artistes à citer, vous ne voulez pas utiliser Marcel Pagnol et sa trilogie, ou bien, je ne sais pas moi, pourquoi pas Anne Frank ou Simone Veil ? Elles sont quand même plus inspirantes que Noël Beaupré.

– Je ne cherche pas un thème trop facile, me sourit-elle. Dans votre musique, il y a une vraie dualité entre la technique et l'émotion, c'était notamment l'intérêt de ma question.

– Qu'est-ce que vous voulez dire par une dualité ?

– Vous l'avez bien vu ce soir, votre morceau d'ouverture a conquis le public. C'était sublime, et pourtant c'était de loin le moins complexe techniquement parlant.

Touché.

– Et en quoi consisterait mon rôle, comment puis-je vous aider ?

– C'est très gentil d'accepter, il faudrait juste que…

– Je n'ai pas encore donné mon aval, la coupé-je dans son enthousiasme.

– J'aurais simplement besoin d'échanger avec vous, d'en apprendre plus sur votre vie, sur votre passé, celui que vous êtes devenu et comment vous avez composé vos œuvres.

– Mes « œuvres », vous employez un bien grand mot, mademoiselle Lagarde.

– Appelez-moi Manon, ce sera moins formel.

– Très bien Manon, mais n'êtes-vous pas en retard pour rendre votre mémoire ?

– Il me reste encore un mois, j'ai le temps de rajouter l'élément principal, vous, et de broder autour. Je dois le rendre le 30 mai et je soutiens en juin, je n'ai pas encore eu la date.

– Vous n'avez pas peur des délais. J'étais un étudiant similaire, à toujours préparer mes devoirs la veille pour le lendemain. Attendez-moi au bar du théâtre, je vous rejoins et vous raconte tout.

Son sourire s'agrandit et ses yeux semblent pétiller.

– Cela veut dire que vous acceptez ?

– Disons que j'ai du temps libre devant moi, et que je n'ai pas encore réfléchi à une solution pour l'occuper.

Chapitre 6

– J'avais six ans quand mon père est parti. À l'époque, je pensais que c'était un monstre d'avoir abandonné sa famille, de m'avoir délaissé. Je l'ai haï pendant des années. C'est dur de détester son père, surtout qu'à la maison il laissait son poste vacant. Déserter une femme seule qui doit s'occuper d'un enfant était pour moi la plus grande preuve de lâcheté. Avec le recul, et le temps aidant, je réalise surtout que je le détestais de ne pas m'avoir emmené.

Le serveur nous apporte nos boissons. C'est dans le cognac de Hennessy que mes souvenirs semblent se délier. Manon a commandé un verre de chardonnay.

– Ma mère est… était… Enfin, je ne sais jamais trop comment parler d'elle. Quand on est enfant, notre mère représente notre monde, notre univers. C'est la personne que l'on souhaite protéger plus que tout. Et en grandissant, j'ai réalisé que mon monde s'était déjà écroulé. Bien sûr, et je la comprends encore, au départ de mon père elle lui en a voulu. Elle l'a traité de tous les noms et a forcément planté une graine dans mes pensées qu'elle espérait voir germer le plus rapidement possible. Mais parfois, les racines de l'arbre se dirigent sur un autre chemin que celui imaginé. Je ne voyais mon père qu'un week-end sur deux et la moitié des vacances scolaires. Il louait un appartement de taille modeste à Grasse. Il y avait juste une chambre et une salle de bains avec si peu de rangements que, quand il ne prenait pas sa douche, la baignoire lui servait de stockage pour son aspirateur et ses valises. Il n'était pas malheureux pour autant. Quand je dormais chez lui, il m'offrait la jouissance de son lit et s'installait sur le canapé. Nous laissions la fenêtre du salon ouverte et les parfums de la ville aux fleurs embaumaient la pièce. Tous les jours, il faisait le trajet en voiture jusqu'à Saint-Paul-de-Vence, c'est une grosse demi-heure, mais avec un paysage plutôt agréable. Plus tard, il a démissionné du cimetière et de la fabrique à jouets, et s'est trouvé un poste au musée du Parfum de Grasse. Il racontait avec fierté qu'à force de côtoyer les fleurs et les bouquets sur les pierres tombales, il avait fini par en tomber amoureux. Il voulait juste tout quitter, ne plus la croiser dans les rues du village, ne plus se souvenir de ce qui avait été. J'aimais bien lui rendre visite. Mon père avait beaucoup d'affection à me donner.

– Vous faites partie de ces chanceux qui ont la joie d'avoir deux Noëls ? ponctue la pigiste.

– C'est effectivement ce que l'on pense au début : *Chouette, deux fois plus de cadeaux, deux fois plus d'amour.* C'est faux. Alors oui, premièrement mon père a essayé de se racheter une conscience et a essayé de me convaincre qu'il était le meilleur des deux parents. Parce qu'une fois le divorce prononcé, ce n'est qu'une bataille pour leur fierté égoïste. « Qu'est-ce que tu manges chez Maman ? », pour qu'il essaie de faire mieux. « Il t'a offert quoi à ton anniversaire ? », afin que son cadeau soit encore plus gros. « Vous avez fait quoi cet après-midi ? Très bien, le week-end prochain on ira au zoo ». Ce n'est qu'une surenchère, non pas pour le bonheur de l'enfant, mais pour que le messager qui vacille d'appartement en appartement puisse prouver à son parent que l'autre s'en sort très bien, et qu'il est heureux sans lui.

Je bois une gorgée de mon verre, et les saveurs du cognac me plongent dans les caves de Hennessy. Manon semble absorber mes paroles. Le voyant de son enregistreur clignote et elle écrit sur son carnet. Son écriture est soignée, ronde, joliment calligraphiée.

– Vous vous êtes servi des émotions de ce divorce pour composer ? me demande-t-elle.

– Je vois très bien où vous voulez en venir : vous essayez de rapprocher chaque sentiment d'une technique ou d'un morceau d'un album. C'est marrant cette idée que vous avez de la composition, vous n'êtes pas la seule et ce n'est nullement un reproche. Mais la vérité est très différente. Autant, cela peut m'arriver de m'asseoir à mon piano avec une idée bien particulière en tête, la volonté de raconter un souvenir en musique, mais bien souvent, je fais face à ce que les auteurs appellent « la page blanche ». Je m'assieds et je compte les lattes du parquet. J'ouvre la fenêtre. Je passe l'aspirateur. Je bois un thé. Je mange un fruit. J'attends tout simplement que cela vienne. Alors je pianote une mélodie qui ne me convainc pas vraiment, puis je l'améliore jusqu'à ce que mon producteur l'apprécie. Vous avez une image des artistes assez éloignée de celle d'un travail, pourtant je ne fais rien de plus qu'un cordonnier lorsqu'il ouvre sa grille le matin.

– Et vous ne pensez pas que ce détachement se ressent dans votre musique ? Vous ne présumez pas avoir perdu l'envie de transmettre des émotions ?

– Sa mort a tout changé, je m'en rends bien compte.

– Votre grand-père ?

– Oui, Joseph. C'était un homme formidable. Il a connu ma grand-mère pendant la Seconde Guerre mondiale. Il disait souvent que les Allemands avaient au moins fait une chose de bien. En mai 1943, alors que Nice était occupé par les Italiens, Papé rencontre Mamé. Elle a onze ans, il en a quinze. C'est le début de sa carrière. Il s'est fait remarquer pour sa maîtrise et sa technique des plus grands morceaux. Elle n'est qu'une adolescente qui vient admirer celui dont toute la promenade parle. Ce n'est qu'après la guerre, en 1948 – ou 1949 je ne sais plus –, qu'ils officialisent leur relation.

– C'est une belle histoire, malgré le contexte, admet la journaliste. Votre grand-mère n'a connu qu'un seul homme dans sa vie, son amour de jeunesse.

– Oui, chaque famille détient ses secrets. Mamé l'a accompagné dans son ascension au sommet de son art tout en multipliant les fausses couches. Ce n'est qu'en 1959 qu'ils ont eu la joie de mettre ma mère au monde, Mamé avait vingt-sept ans.

– C'est à la limite du tardif pour cette époque.

– La nature ne fait pas toujours ce qu'on attend d'elle. Et ils ont vécu heureux à *La Mésange*. Ils se sont construits un nid imperturbable. Vous l'auriez rencontrée encore deux ans plus tôt, ma grand-mère était une toute autre femme. Le décès de son mari l'a transformée.

– Et à son départ, qu'avez-vous fait de *La Mésange* ?

– Mamé souhaitait y rester, elle m'avait fait jurer de ne pas la mettre en maison de retraite. J'avais promis et même craché. Quand ma grand-mère a quelque chose à l'esprit, il ne vaut mieux pas lui tenir tête. Mais la maison était trop grande, huit chambres seulement à l'étage, imaginez un peu l'entretien. Mamé commençait à se plaindre de douleurs au dos, dans ses jambes, et de son arthrose dans les mains. Tout la fatiguait, la moindre corvée. Je lui ai pris une femme de ménage, mais Mamé trouvait que tout ce qu'elle nettoyait nécessitait un deuxième coup d'éponge. Aussitôt que l'aide partait, elle reprenait tout à zéro. Elle avait besoin de compagnie aussi… On a tous besoin de compagnie, non ? Alors j'ai pensé que c'était la meilleure chose à faire. Je lui ai promis de ne pas toucher à *La Mésange*, qu'un jour elle pourra y retourner si elle souhaite se faire un bain de souvenirs. Je lui ai juré que *La Mésange* garderait toute sa mémoire.

J'ai la tête qui tourne et trop d'émotions qui se bousculent. Je ferme les yeux et je vois Papé Joseph prendre tendrement la main de son épouse. Leurs mains tremblent ensemble. Mes doigts chauffent mon cognac au travers du verre. Je remue le liquide à l'intérieur dans un sens circulaire et le porte à mes lèvres. Je le sens couler dans mon œsophage, il me brûle la gorge.

– Vous voulez que je vous appelle un taxi ? me demande Manon.

Je refuse poliment et propose de reprendre notre entretien un autre jour.

– Est-ce que demain à partir de quinze heures vous irait ?

Nous nous échangeons nos cartes de visite et je lui promets de revenir vers elle rapidement.

La nuit est chaude et noire. Dans mon lit, les draps qui se frottent sur mon corps semblent devenir les ennemis de mon sommeil. Des centaines de pensées se bousculent dans mon esprit. Je ferme les yeux et plonge la tête dans mon oreiller, mais rien n'y fait. Je retire le tissu qui me couvre, enlève le sous-vêtement qui me colle à la peau et me glisse sous la douche. Le liquide frais qui ruisselle sur mon torse me dessaoule rapidement. J'ai le sentiment que les effluves d'alcool s'écoulent avec le savon. Je me frotte les mains jusqu'à ce que le shampooing mousse et me caresse le crâne. Que vais-je devenir désormais ? Les concerts, même face à un public restreint, me créaient une routine, une habitude que je rechignais, mais qui, dans le fond, me maintenait debout.

Je sors de la douche et m'enveloppe d'une serviette en coton. Je m'assieds sur le tabouret de mon bar et observe autour de moi. Mon appartement est devenu le reflet de ma solitude. Plusieurs vêtements jonchent le sol, la vaisselle dans l'évier s'accumule et je n'ai pas nettoyé d'un coup de chiffon le dessus de mes meubles depuis plusieurs mois. Dans la bibliothèque, juste dans l'ombre de mon fauteuil, se trouvent de grands classiques de la littérature française. Je ne les ai jamais lus, j'estime que les posséder donne une bonne image de moi. Sur une des étagères, une photo de mes grands-parents est encadrée. Je la prends entre mes mains et cherche le souvenir associé à cette image. Ils sont à *La Mésange*, je reconnais le jardin derrière eux : le potager au dos de sa bordure en brique, la table à manger et sa toile cirée, les chaises en plastique installées près du barbecue sur la terrasse, sous la tonnelle, les cyprès qui délimitent le terrain, la pelouse soigneusement tondue, le platane centenaire, le préau sous lequel nous garions les voitures… Mon grand-père est souriant, il est déjà très âgé, ce devait être peu avant son départ. Mamé le regarde avec des yeux amoureux, elle l'a toujours contemplé ainsi. Je repose le cadre et m'assieds dans mon fauteuil. L'écran de mon téléphone affiche trois heures du matin et quelques minutes passées. Je n'ai aucune envie de dormir. Instantanément, je regarde ma banque mobile. Cela fait plusieurs années que je n'ai pas à me soucier de mes revenus, mais pour une fois, je m'attable et fais mes calculs. À compter du mois prochain, je ne pourrai plus compter sur les cachets de mes concerts. Les ventes de mon dernier album sont stables depuis plusieurs mois, mais ne me permettent pas de me sortir un salaire décent. Avec les plateformes de streaming, j'arrive à générer un bénéfice confortable qui, malheureusement, finance entièrement le coût de la maison de retraite de Mamé. J'observe l'espace autour de moi, cet appartement trop grand pour ma propre solitude.

Quelques minutes plus tard, les valises en cuir ouvertes sur ma table à manger, j'y place frénétiquement les vêtements de ma penderie. Le contenu de ma bibliothèque et toutes les partitions anciennes que je collectionne depuis le début de ma carrière se retrouvent empilés dans un carton dont les parois se fissurent déjà. Je loge ma porcelaine de Limoges dans un autre, prenant le soin préalable de l'enrober de linges et de tissus. Je retire les cadres qui ornent mon entrée et range les produits de ma salle de bains. Après deux heures de rangement, alors que les étoiles brillent et semblent clignoter dans le ciel, l'appartement s'est vidé de son âme. Depuis dix années j'essaie de faire de cet endroit mon espace, le lieu de ma créativité, mon chez-moi qui me satisferait et, en une nuit, il a perdu toute sa personnalité. Je prends mon téléphone et allume toutes les lumières du logement. Je choisis les angles qui le valorisent. Je sais que ce n'est pas malin de photographier de nuit, que la luminosité qui transperce les carreaux lorsque le soleil est à son zénith est plus gratifiante que l'obscurité. Mais j'ai la sensation de ne plus avoir de temps. Si je m'endors sur cette réflexion, il se peut que je me lève en regrettant mon projet. Je mitraille l'appartement sous toutes ses coutures, je bouge le piano pour visualiser l'espace sans ce meuble encombrant. Heureusement que je l'avais fait mettre sur roulettes. Soudain, j'entends que l'on frappe à ma porte. C'est un son léger, comme une caresse sur le bois. J'ai dû faire trop de bruit sans m'en rendre compte. Il est bientôt cinq heures du matin, je n'ai pas réalisé que l'immeuble était endormi. Je regarde au travers du judas et distingue mal la silhouette dans l'obscurité du palier. J'ouvre la porte et la lumière de mon appartement vient baigner la cage d'escalier dont l'ampoule semble avoir rendu l'âme.

C'est une femme d'une soixantaine d'années, peut-être moins, mais elle a l'air fatiguée. Elle a les cheveux courts, si gris, si blancs. C'est une coupe approximative, probablement qu'elle se coupe les cheveux elle-même. Elle a de grands yeux ronds qui m'observent en contre-plongée. Je baisse la tête et présente mes excuses :

– Je suis sincèrement désolé si je vous ai réveillée, je n'ai pas réalisé le bruit que je faisais.

– J'étais seulement inquiète avec tout ce raffut, ce n'est pas dans vos habitudes ! Mais ne vous inquiétez pas, vous ne m'avez pas réveillée, je ne dors jamais.

– Jamais ? demandé-je.

– Oh si, parfois je m'endors dans mon fauteuil, quelques minutes ou quelques heures tout au plus, avant de revenir à ma réalité.

Pour ponctuer son propos, elle me présente de ses mains son fauteuil roulant. Elle repose les mains sur les roues et les pousse en arrière pour reculer d'un mètre, jusqu'à la porte de son appartement.

– Vous êtes mon seul repère dans la journée, me dit-elle.

– Moi ?

– Quand vous rentrez le soir, après vos concerts, je m'approche de ma porte et je vous entends ouvrir celle de votre appartement. Selon le nombre de verres que vous avez pris, l'entrée dans la serrure est plus difficile pour la clef. Et puis, les meilleures nuits, mes plus belles en tout cas, vous vous asseyez à votre piano et cherchez l'inspiration.

– Je suis vraiment désolé d'avoir été un mauvais voisin et d'avoir osé jouer en pleine nuit, je ne me rendais pas vraiment compte que les murs étaient si fins.

– Oh, ne vous excusez pas, sincèrement.

– J'insiste, mais ne vous inquiétez pas, je déménage.

De dire ces mots à voix haute, je réalise les actions que j'entreprends pour mon avenir. Ma voisine a toutefois l'air déçue, elle se pince la joue entre ses dents. Ou est-ce la moue qu'elle fait lorsqu'elle est surprise ? Je ne saurais dire.

– Vous partez ?

– Oui, demain je ne serai plus là, j'ai pris ma décision.

– Je ne peux pas vous laisser déguerpir sans me signer un autographe. Venez, entrez, prononce-t-elle en poussant la porte de son appartement entrouverte.

Je prends soin de fermer la mienne et la suis dans son intimité. Son intérieur semble plus petit que le mien, plus étroit pour sûr. Les meubles sont bas, au niveau de leur propriétaire. Toutes les occupations sont à portée de mains : les livres jonchent le sol, les disques s'empilent en tourelles de défense autour de sa table basse, les albums photo sont proches de la télévision, recouverte d'une épaisse couche de poussière.

– Je m'appelle Cécile, dit-elle en cherchant dans ses range-CD un album que j'aurais composé.

– Enchanté Cécile, je suis…

– Noël Beaupré, je sais très bien qui vous êtes. Je dois reconnaître que je n'étais pas fan de vos premières compositions. Vous réussissiez bien mieux les reprises de grands classiques. J'ai commencé à prêter attention à votre travail avec *La Mélancolie de l'aurore*. C'était doux, c'était beau. Je fredonne souvent la mélodie.

– C'est très gentil à vous, la remercié-je en signant le disque qu'elle me tend. Vous devez avoir du Joseph Beaupré dans vos disques, c'était mon grand-père.

Je suis gêné, mes joues rougissent, mais elle ne réagit pas.

– Pour moi votre révélation, votre plus grand album, le moment où vous avez réussi à vous faire une place dans mon cœur, c'est avec *La Tempête des émotions*. Tout l'album est un bijou.

Je sens des frissons parcourir mon corps. Alors que je suis à deux doigts de tout plaquer, d'envoyer valser mon producteur comme il l'a fait pour moi quelques heures plus tôt, de détruire le piano qui ferait ses preuves comme éléments combustibles dans un antre de cheminée, Cécile m'apparaît au milieu de la nuit. Ce petit bout de femme qui ne semble pas avoir été épargné par la vie frappe à ma porte pour me couvrir de compliments.

– Surtout le deuxième mouvement, poursuit-elle. Vos aigus pétillaient comme du champagne sous le palais, et vos graves, vos basses, étaient si chevaleresques, si audacieuses, presque sous-marines, ces notes me transportaient dans un autre monde. Comme j'ai pleuré sur votre album.

– Eh bien, je suis vraiment reconnaissant, merci beaucoup pour tous ces compliments. Une journée comme aujourd'hui, ça me fait fichtrement chaud au cœur.

– J'ai entendu sur Radio Classique que votre tournée s'était arrêtée. Comment s'est passée votre dernière de ce soir ?

– Mais vous auriez dû me dire et frapper à ma porte plus tôt, je vous aurais invitée à venir me voir.

Elle me sert un verre d'eau et me convie à m'asseoir sur son canapé. Les coussins sont parfaitement dodus, rebondis, ils semblent avoir si peu servi.

– Vous m'auriez invitée et portée dans vos bras jusqu'au théâtre, je ne serais pas venue. Écouter les horreurs que vous composez actuellement ? Non merci.

Cécile avale son verre et le pose sur la table basse qui s'impose entre nous. Elle vient, sans s'en rendre compte, de m'anéantir.

– Vous aussi ? Vous êtes unanimes sur ce point au moins.

– Oh, ne faites pas l'abattu, il y a pire comme situation dans la vie.

Inévitablement, je pose mes yeux sur son fauteuil roulant et acquiesce. Qui suis-je pour m'apitoyer sur mon sort quand la vie m'a souri jusqu'ici ?

– Basta ! Je vous interdis de faire ça !

– Quoi ? demandé-je.

– Je vous interdis de me regarder avec pitié. Il n'y a pas de plus grands chagrins chez les autres, chaque peine mérite d'être vécue.

– Je suis désolé, vraiment...

– Vous vous excusez beaucoup trop. Vous voulez un café ?

Alors qu'elle glisse jusqu'à sa cuisine sans attendre ma réponse, je lui demande comment elle est devenue férue de musique. Je regarde autour de moi un nombre inimaginable de disques d'artistes classiques.

– Je travaillais pour une radio. J'adorais ça ! J'ai exercé pendant quinze ans. Puis, quand j'ai eu mon accident, les locaux étant inadaptés à ma situation, j'ai trouvé un autre poste. Je gérais la programmation musicale d'un théâtre niçois, pas loin de l'hôtel de ville. Et après cinq ans, le jour de mes quarante balais, ils ont fermé leurs portes définitivement. Je me suis terrée ici et n'en ai plus bougé.

Par la fenêtre de sa cuisine, l'aube perce ses premiers rayons sur la Méditerranée. Je n'ai pas vu le temps passer. Il faut que je poste l'annonce pour la location de mon appartement, que je commande un camion, que je déménage toutes ces babioles qui constituent ma vie. J'ai encore tellement de choses à faire et pourtant j'ai envie de rester ici, de créer une parenthèse dans le temps.

– Je regrette sincèrement de ne faire votre rencontre que le jour de mon départ.

– C'est l'histoire de ma vie, de tout oser, mais une fois qu'il est trop tard.

– Vous vivez seule ?

– Depuis vingt ans. Je n'ai vu personne entre ces murs depuis vingt années. Quelques livreurs de temps en temps, il faut bien se nourrir quand même, intellectuellement et gustativement, et mon kinésithérapeute, qui prend mes jambes pour de la pâte à pain et s'efforce de pétrir ce qu'il en reste.

– Vous n'avez pas pu trouver un appartement mieux localisé ? Cela ne vous facilite pas la tâche d'être au cinquième et dernier étage d'un immeuble sans ascenseur.

– On se fait à tout Noël, vous verrez, même à la solitude. Je lis, j'écoute de la musique, je regarde quelques programmes à la télévision. Les journées passent, confinée dans cet appartement que je ne quitterai jamais. Je me suis fait une raison depuis quelque temps déjà. Et j'ai eu le loisir de maîtriser la torréfaction du café. Goûtez par vous-même s'il n'est pas exceptionnel.

Un sourire s'esquisse sur ses lèvres avec le matin. Derrière ses yeux et son expression de façade, je peux lire la vie brisée de cette femme. Elle a raison, son café est exceptionnel.

Chapitre 7

– Non, ce n'est pas un utilitaire que je souhaite, plutôt quelque chose comme ça, expliqué-je au vendeur en pointant du doigt un Citroën Berlingo.

Le conseiller a l'air surpris. Il fronce ses épais sourcils.

– Vous nous avez habitués à d'autres bolides, monsieur Beaupré.

Je suis souvent venu dans cette concession louer des voitures pour épater la gent féminine et faire vrombir les moteurs dans les collines de ma Provence. Mais aujourd'hui, la femme que j'espère impressionner n'aurait pas sa place à l'avant d'un cabriolet ou d'un coupé.

– Je vous assure, c'est celui-ci qu'il me faut.

Derrière le comptoir, il rédige la paperasse en photocopiant mon permis de conduire.

– Vous le prenez pour combien de temps ?

– Un mois, minimum.

– Ce que je vous propose, si vous ne savez pas la durée exacte, c'est de partir sur un contrat de *leasing*, jusqu'à ce que vous me le rapportiez.

La vérité, c'est que je n'en ai aucune idée. Je n'ai pas envie de m'encombrer de détails et acquiesce à ce qu'il me conseille. J'accepte tout : l'assurance complémentaire, le retour du véhicule avec le réservoir à vide, l'option avec le GPS inclus, les cartes internationales aussi, l'assistance 24 heures sur 24… Il sait qu'il a en face de lui un client pressé. Il me donne les clefs de l'utilitaire et son collègue de travail me le livre devant l'entrée du parking.

– Bonne route, monsieur Beaupré !

Je m'installe au volant, règle le rétroviseur, vérifie le tableau de bord, allume la radio et appuie sur l'accélérateur. *Fada que c'est haut !* J'ai l'impression d'être aux commandes d'un minibus. Je n'ai pas pour habitude de conduire ce genre de véhicules. Je longe la promenade des Anglais foulée par les touristes. Je ne peux m'empêcher d'avoir un pincement au cœur quand je passe sur les lieux de l'attentat. Pourtant le temps file vite, c'était déjà il y a trois années, il a laissé une marque indélébile dans le cœur des Niçois. Je roule devant la Villa Masséna qui abrite en ses murs un musée à la mémoire des malchanceux qui ont souhaité être heureux un soir, dans l'attente d'un séjour plus définitif qui saura accueillir les pleurs des proches des victimes. Le soleil chauffe dans l'habitacle et je bataille avec la puissance de la climatisation, trop écologique pour mon confort. J'abandonne et descends la fenêtre. L'air marin me fouette en plein visage. Les odeurs de ma ville : le bitume récemment posé sur la voirie, les pins et cyprès alentour, les soccas dans le Vieux-Nice, les chichis sur la plage, les effluves de cuisine des terrasses embaumant le zénith de bouillabaisse, légumes farcis, thym, romarin, basilic… Et le soleil qui brille sur la mer sans vague. Ils sont peu nombreux à s'aventurer dans l'eau encore fraîche en ce début de saison, les audacieux nagent jusqu'au-delà de la bouée, mais la plupart se contentent de jouer sur les galets.

Arrivé devant mon immeuble, je gare mon véhicule et descends mes cartons un à un. Des déménageurs viendront demain pour entreposer mon piano dans un dépôt-vente. J'ai transmis toutes les photos de mon appartement à un agent immobilier dont l'agence se trouve en bas de la rue des Ponchettes, et j'ai profité du soleil de ce jour pour alimenter la collection. Il m'a garanti qu'il n'aurait pas de mal à le louer. Ce marchand de tapis m'a proposé d'augmenter les loyers : « Vous verrez, il partira comme des churros sur la plage en été. » Dans son sourire, je peux lire le montant de sa commission.

Je dépose tous mes cartons dans un garage fermé qui, jusqu'à présent, n'accueillait que mon abondance de disques d'adolescents et des meubles que je n'avais pas voulu jeter en redécorant mon logement. Désormais, la porte se referme sur un local rempli d'emballages débordant d'une vie trop encombrée. Entassés les uns sur les autres, j'ai la sensation d'abandonner une partie de mon essence derrière moi, mais je pense qu'il est nécessaire de faire table rase d'une époque pour permettre à une nouvelle de fleurir.

Le cœur plus léger, l'esprit aussi, je me dirige vers ma prochaine destination, et mon plan ne m'a jamais semblé si simple.

Dix minutes plus tard à peine, j'arrive à bon port. Le frein à main enclenché, je jette un coup d'œil dans mes rétroviseurs. Le soleil est au rendez-vous. Ce n'est pas une journée très populaire pour les maisons de retraite. Les vieux, on les visite quand on a le temps, un dimanche pluvieux ou pendant les vacances scolaires. On ne va pas s'emmerder à faire un saut aux *Ombrages* pour voir les grands-parents alors que le printemps nous offre ses plus beaux aperçus de l'été. Sur le parking de l'Ehpad, les voitures se font rares. Je raccroche le téléphone et sors de mon Berlingo. Si longtemps méprisé, je me surprends à le penser fort confortable.

Le jardin de l'établissement est proprement entretenu. Pivoines et géraniums en bordent l'allée. Mes pas font crisser les graviers qui mènent à l'accueil de la résidence spécialisée. Les portes vitrées s'ouvrent et je me dirige vers le comptoir.

– Bonjour Sandrine, vous allez bien ?

– Mieux que vous apparemment monsieur Beaupré, vous avez l'air épuisé.

Je n'ai pas dormi de la nuit, les cernes creusés sous mes yeux jouent la carte de l'honnêteté. Contrairement à Sandrine qui est lourdement maquillée, je n'ai pas voulu tricher.

– J'ai assisté à votre concert hier soir.

– C'est vrai ? demandé-je, agréablement surpris.

Elle acquiesce d'un signe de la tête et se lève de son assise.

– Vous auriez dû me le dire, je vous aurais obtenu de meilleurs sièges.

– Oh vous savez, la salle était pleine, nous étions déjà heureux d'avoir eu des places.

– Vous ?

Nous appuyons sur le bouton du deuxième étage dans la cabine d'ascenseur.

– Je suis venue avec mon fils. Vous n'avez pas dû nous voir, les associations ont toujours des places sur le côté ou à l'arrière de la salle. Mais c'est déjà une chance d'avoir pu y assister.

Je fronce les sourcils d'un air interrogateur, je n'ai pas le souvenir qu'elle m'ait parlé d'une association. Pourtant, Sandrine et moi prenons le temps de converser à chacune de mes visites. J'en découvre un peu plus sur sa vie à chaque passage.

– L'association dans laquelle est mon fils, pour son syndrome, vous savez.

Bien sûr, je demande aussitôt pardon de cette maladresse et elle me sourit en retour. Sandrine a quarante et un ans. Elle vit avec son fils, son trésor comme elle l'appelle systématiquement. Elle aime que les choses soient bien organisées, que la poussière soit époussetée, les livres catégorisés dans la bibliothèque, les casseroles les unes dans les autres, triées par ordre de grandeur, les stylos la pointe vers le bas dans le pot à crayon, les feuilles mortes retirées des plantes, les draps tirés sur le lit, les coussins gonflés, l'aspirateur passé, la paroi de la douche nettoyée et les épices rangées par ordre alphabétique. Elle n'a pas toujours été ainsi, elle l'est devenue, pour elle, mais surtout pour lui, pour son fils. Pour qu'il soit heureux.

– Et vous en avez pensé quoi ? risqué-je alors qu'elle me guide à travers les couloirs vers la chambre de ma grand-mère.

– J'ai adoré le morceau avec lequel vous avez ouvert le spectacle. C'était un nouveau ?

– Décidément, j'ai l'impression que tout ce que j'ai composé jusqu'ici s'est tapi dans l'ombre pour faire briller cette mélodie. À croire que l'entièreté du concert était fade et que seulement le début avait un peu d'acidité.

– Plutôt de douceur, corrige Sandrine.

– Mais tout le reste était vraiment insipide ?

– Nous y voilà ! annonce-t-elle avec un grand sourire dans la voix lorsque nous arrivons devant la chambre.

Le message est limpide. Si mon admiratrice de la maison de retraite n'ose pas me blesser, j'en comprends le fond tout autant que la forme.

– Comment ça s'est passé depuis hier, vous lui avez dit ? demandé-je.

– Le docteur de l'après-midi, celui que vous avez vu justement, lui a appris son changement de chambre après votre passage. Il n'a pas parlé des raisons qui l'ont motivé à prendre cette décision. En tout cas, elle n'a rien dit. Elle m'a même aidée à ranger ses affaires, vous savez comment elle est organisée. Je l'aime bien votre grand-mère, elle me raconte des souvenirs quand les autres résidents me questionnent sur le repas du midi. Elle me fait voyager, me cause de sa maison, de son mari. Il avait l'air formidable votre grand-père.

– Il l'était, je vous l'assure. Je vous remercie en tout cas d'en prendre aussi grand soin.

Sandrine me salue et m'invite à ouvrir la porte.

La chambre n'a pas encore la personnalité que sa précédente avait acquise au fil des mois. La superficie semble plus importante, le lit médicalisé trône en roi au centre de la pièce. Les draps sont propres, sans un pli. Je pousse la porte de la salle de bains pour découvrir une douche à l'italienne avec un siège sous le pommeau, et des espaces équipés pour recevoir une personne en fauteuil roulant.

– Mamé n'est pas ici ? dis-je à Sandrine restée sur le palier.

– Comment ça ?

– Comment ça « Comment ça » ?

– Eh bien, je veux dire, elle devrait être dans sa chambre. Elle ne sort jamais toute seule. Je vais appeler à la réception pour demander si elle est dans la salle de repos.

Je fais les cent pas dans cette chambre qui soudain me semble beaucoup trop grande. Mon cœur bat à une vitesse effrénée alors que Sandrine dégaine un téléphone de sa blouse et contacte le 0.

– Oui Jules, c'est Sandrine. Peux-tu me dire si Mme Beaupré est dans la pièce commune ? Je suis avec son petit-fils là. J'attends, j'attends.

Elle pose sa main sur le micro de son portable et me murmure :

– Ne vous inquiétez pas, je suis sûre qu'elle est juste descendue prendre l'air.

Pourtant, je réagis à l'inverse de ce que l'aide-soignante m'annonce. Je panique.

– Oui, allô. Alors ? Ah mince. D'accord. Tu ne l'as pas vue passer à l'accueil ? Très bien. Tu peux demander à M. Tulipe de descendre à l'accueil s'il te plaît ? Je te remercie, on arrive.

Elle raccroche le téléphone et paraît tellement embarrassée que j'aurais envie de la consoler. Mais au lieu de cela, je lui crie dessus comme un parent punirait son enfant :

– Vous êtes en train de me dire que vous avez perdu sa trace ?

– Non, juste qu'elle n'est pas là où on pense qu'elle est, suivez-moi.

Elle appuie de ses doigts fins sur la commande d'appel de l'ascenseur et les minutes semblent si longues qu'elles pourraient être des siècles. Mon cœur bat à cent à l'heure, j'ai les mains moites, les jambes qui tremblent, la langue ankylosée, et plus aucun mot ne sort de ma bouche. Contrairement à ma situation, Sandrine comble son stress par un excès de tout. Elle s'agite dans l'habitacle, ses bras balancent dans tous les sens, elle presse frénétiquement le bouton du rez-de-chaussée pour accélérer la machine et surtout, elle parle. Un moulin à paroles.

– Cela n'arrive jamais. Et d'autant moins aux résidents de l'aile médicalisée. Il est quasiment impossible qu'un patient s'en aille sans que l'on s'en rende compte. Peut-être qu'elle est juste partie se promener dans le jardin, on ne peut pas les retenir non plus. Moi je la comprends votre grand-mère. Passer ses journées enfermée dans une chambre, qui n'aurait pas envie d'un peu de liberté ? Et puis c'est dans le guide à l'accueil. C'est écrit noir sur blanc. « Les personnes âgées ont le droit de choisir leur domicile. » Alors peut-être qu'elle a voulu se balader un petit peu plus longtemps que d'habitude, mais nous ne pouvons pas les retenir prisonniers.

L'ascenseur ouvre ses portes et le directeur, en personne, me tend la main pour m'accueillir. Il a le regard ferme et rassurant quand il m'annonce qu'il a prévenu le commissariat de police le plus proche et qu'il fera tout ce qui est en son pouvoir pour la retrouver.

– Je tiens à vous donner ma parole d'homme, me dit-il en me fixant droit dans les yeux, je ne dormirai pas tant que votre grand-mère n'aura pas regagné sa chambre.

Au-dehors, dans le jardin orné d'arbustes en tout genre, entre les buis et les pins, les aides-soignants cherchent ma Jeannine comme l'on étudierait les trèfles à quatre feuilles. Ils semblent avoir perdu un chat et l'appellent en criant son nom. Cette situation me donne envie de rire, mais mon sérieux reprend le dessus et je m'impatiente face à cet homme qui n'a aucune nouvelle à me communiquer.

Je dégaine mon téléphone de la poche de mon pantalon et demande à m'excuser quelques instants. Je porte l'appareil à mon oreille.

– Oui, non. Quand ? Je ne peux pas. Je suis à la maison de retraite de ma grand-mère. Eh bien, figure-toi qu'ils l'ont perdue ! Mais non, pas ça, ma grand-mère !

Je jette un regard noir au directeur de l'établissement pour lui transmettre ma colère tout en m'éloignant de l'entrée. Marcher soulage mon angoisse.

– Oui oui, je t'entends. Eh bien, faisons ainsi. On n'a qu'à continuer comme on a commencé.

Je me dirige sur le parking où mon véhicule d'occasion est garé. Là, loin de l'effervescence des recherches, ma grand-mère me sourit, cachée entre deux voitures. Elle est assise sur son fauteuil roulant, son sac à main posé sur les genoux. J'ouvre la grande porte à l'arrière du Citroën, à la pression d'un bouton. La rampe sort du décaissement. Je regarde autour de moi, des coups d'œil furtifs pour analyser la situation, et referme la porte dès que Mamé s'est calée dans le coffre de chargement. Elle rigole dans son châle, comme une enfant complice d'un vol de bonbons.

Je m'assieds rapidement sur le siège conducteur et je lui souris dans le rétroviseur.

– Tu serais un piètre comédien mon petit, heureusement que tu as voulu devenir musicien, me dit-elle.

– Tu n'as pas tout entendu Mamé, quand j'étais devant le directeur j'ai feint d'être vert de colère.

– Peut-être, mais quand tu as pris ton téléphone pour faire semblant d'appeler, tu n'as convaincu personne !

J'appuie sur l'accélérateur et relâche lentement la pédale d'embrayage. La seconde passée, la maison de retraite des *Ombrages* ne me semble être qu'un lointain souvenir. J'observe Mamé qui se blottit dans son châle, emmitouflée dans son rire. Ses rides n'ont jamais été autant creusées par son sourire qu'aujourd'hui.

Chapitre 8

Alors que, sur la Provençale, les panneaux bleus indiquent la prochaine autoroute à embrancher, ma Mamé s'est déjà endormie dans son fauteuil. Solidement attaché, les roues ancrées dans les rails, ce dernier ne vacille dans aucun virage et semble même résister à ma conduite de fuyard. J'ai baissé le son sur Radio Classique pour la laisser dormir calmement. Cela n'a pas dû être facile de tirer ses roues jusqu'au parking de l'établissement sans lever les suspicions des aides-soignants.

Sur ma droite, par-delà les buissons séchés qui bordent la route, le village de mon enfance se dresse de toute sa hauteur. À plus de cent vingt kilomètre-heure, Saint-Paul-de-Vence s'efface vite du paysage pour ne céder qu'un lointain souvenir.

Cette autoroute est celle de mes voyages à l'arrière de la Vento de mes grands-parents. Papé conduisait, Mamé me parlait. Lors de mes vacances d'été, et quand mes parents ne pouvaient pas me garder, je partais avec eux et pouvais goûter à leur bonheur. Entre eux, il n'y avait jamais un mot plus fort que l'autre, ils avaient toujours le regard bienveillant. Même quand Papé Joseph conduisait, Mamé s'exprimait avec douceur, le guidait entre les panneaux avec l'aide du plan. Et, si de nombreux couples avaient divorcé après la lecture d'une carte routière, Mamé lui parlait des chemins comme d'aventures, et jamais ils ne se trompaient de voie ensemble. Quand le doute s'installait, ils pesaient en équipe le pour et le contre et ne prenaient de décision seulement lorsque le consensus naissait. Papé m'expliquait qu'un compromis n'était pas une bonne chose, mais qu'un consensus était parfait. À peine plus haut qu'une quinzaine de pommes, je n'en comprenais guère la différence.

Pourtant aujourd'hui je sais combien il avait raison. Combien les compromis ne satisfont personne. Combien la tapisserie de votre chambre parentale ne te plaisait pas, toi qui avais toujours eu un penchant pour le bleu. Combien mon père préférait son travail à la fabrique de jouets à côté de la maison plutôt que celui dans le cimetière malgré l'argent supplémentaire que rapportait le nettoyage des tombes. Je sais combien mon père avait envie d'un duplex dans la ville fleurie de Grasse et toi, tu gardais le rêve d'une demeure en bord de mer, et que le compromis d'un appartement à Saint-Paul-de-Vence ne satisfaisait ni l'un ni l'autre. Je sais combien ton regard s'est empli de larmes devant le juge pour enfants quand vous êtes arrivés à trouver un accommodement sur la garde alternée, combien personne ne peut s'estimer heureux de cette bataille, combien les blessés collatéraux sont toujours réduits au silence, combien le petit n'a pas le choix, pas le droit de s'exprimer, d'avoir son opinion prise en considération.

Je sais désormais qu'un compromis ne laisse que des malheureux sur le bord de la route, deux personnes déçues de ne pas voir leur souhait réalisé, mais d'acquérir un demi-bonheur aux teintes atténuées.

Une journaliste de Radio Classique me sort de ma rêverie lorsque j'entends mon nom prononcé. Le son grésille faiblement, les stations sont mal calibrées dans cette voiture, je tourne la molette afin d'écouter la critique, mais n'en saisis que des bribes :

« Hier soir… la dernière de Noël Beaupré au théâtre… inattendu… tout en douceur, la mélodie est maîtrisée et envoûtante… la suite n'est qu'un ennui mortel… pèse mes mots… les applaudissements de fin m'ont réveillée… très bien… ce soit la dernière ! »

– Elle ne mâche pas ses mots celle-là !

Mamé est sortie de son sommeil. Elle entrelace ses doigts fins et pose ses mains sur ses genoux, sur le tissu plissé de sa jupe.

– La critique en général n'a pas été conquise par mon album.

– Tu as enregistré un album, mon petit ?

J'observe son regard dans le rétroviseur. Au travers de ses lunettes à la monture dorée, ses yeux se froncent pour comprendre ce que je lui explique. Mon cœur se serre lorsque j'entends sa question. Les mots du responsable de la maison de retraite me reviennent comme une rengaine, un refrain que j'aimerais sortir de ma tête, mais reste présent contre mon gré : *Incohérence de langage, oubli à court terme, irritabilité selon les moments.*

– Oui, tu sais Mamé, je suis pianiste.

– Comme ton grand-père, me répond-elle.

Ses yeux s'agrandissent lorsqu'elle parle de lui. Les miens se meurent dans une larme. J'aurais aimé qu'elle me réplique « Mais oui je sais » ou « Tu me prends pour une folle ? Bien sûr que je sais ! ». Mais non, elle est surprise par ma réponse.

– Tu veux que je te le fasse écouter ?

D'un hochement de tête, elle acquiesce et, après avoir quitté l'autoroute du Soleil pour rejoindre la route, je connecte mon téléphone à la radio de mon véhicule de location. J'aperçois un message de Manon, il est quinze heures passées et je n'ai pas honoré notre rendez-vous du jour. Je m'en veux, je répondrai plus tard. Je lui expliquerai, elle comprendra. Je diffuse alors mon dernier opus *Lettre à Lune*. Les premières notes s'enchaînent, les aigus se prononcent et laissent place à la mélodie dans les enceintes de la voiture.

– C'est celui-ci ton dernier, petit ? me demande Mamé.

– C'est le dernier enregistré en studio, oui.

– Je le connais celui-ci, je pensais que tu en avais fait un autre.

En une fraction de seconde, je sens mon corps se réchauffer. J'inspire et expire ces montagnes russes, mon rythme cardiaque se calme, comme sur un prélude de Bach, *piano piano*.

Après un rapide passage dans une station essence, nous continuons le chemin au travers de villages que je reconnais : Solérieux, Montségur-sur-Lauzon, Chamaret… Je baisse la vitre et les cyprès et oliviers viennent parfumer l'habitacle tel un sapin accroché à mon rétroviseur. Je sens la chaleur du soleil caresser mon bras, accoudé à la portière. Les routes sont étroites, rendant presque impossible le croisement avec une autre voiture. Un homme heureux s'est arrêté sur le bord de la route pour acheter quelques fraises dans une cagette à un marchand ambulant. Il porte le sourire triomphant du citadin qui découvre la campagne, du travailleur qui a posé un jour de congé pour élucider que la vie existe en dehors de son quotidien. Je réalise que moi aussi, j'avais oublié de vivre. Sur les plaines de la Drôme provençale, des dizaines de champs de lavande se retenant d'éclore tapissent le paysage.

Je gare le Berlingo dans une allée de platanes, bordant un tapis de buissons aux couleurs argentées, semblables à du romarin, qui donne une vue imprenable sur Grignan. Au premier plan, les tiges valsent avec le léger vent qui se lève, au deuxième le village provençal se dresse fièrement dans le ciel bleu déserté des nuages que forme l'arrière-plan.

– Où est-ce que nous sommes ?

– Tu ne te souviens pas ? Nous sommes à Grignan, nous étions venus passer quelques jours ici quand j'étais au CM1, pendant les vacances d'été avant mon entrée au collège.

– Il y avait de la lavande, me dit-elle alors que je pousse son fauteuil dans la montée des remparts.

Mamé a raison, il y avait de la lavande à m'en enivrer le cœur. Je me rappelle encore cet horizon violet dont le parfum éveillait mes narines. De part et d'autre de la route, tel un tapis de fleurs parsemé de guêpes et d'abeilles, les champs coloraient la carte postale. Papé avait coupé quelques tiges de lavande qu'il avait rangées dans une enveloppe, comme pour en capturer l'essence. Mon grand-père était un chasseur de souvenirs, il essayait de capturer l'instant présent de chaque moment. À *La Mésange*, il y avait un vaisselier sans vaisselle dans son bureau. Les verres avaient été remplacés par des cailloux et des morceaux de roche, récupérés de-ci de-là. Dans les tiroirs, en lieu et place des couverts, des bouts de bois, qui n'auraient aucune valeur aux yeux de ceux qui ne connaîtraient pas son histoire. Et puis, il avait fait sécher des fleurs ou des feuilles de ses voyages dans différents volumes d'herbiers, ou entre deux pages d'un livre quand la place manquait. Ainsi, il n'était pas rare, en tournant la page d'un roman de Balzac, de tomber sur un coquelicot séché ou une feuille d'olivier. Il y avait aussi une armoire dans son bureau. Une armoire que je n'avais pas le droit d'ouvrir, car elle renfermait tous ses précieux trophées, trop fragiles pour mes mains d'enfant.

Sur notre chemin, les remparts de pierre sont recouverts de vigne. Il fait chaud, mais j'ai pensé à emporter plusieurs bouteilles d'eau dans mon sac à dos. Je n'avais pas le souvenir que Grignan était un village sur un piton rocheux. Peut-être parce qu'enfant, Papé m'avait pris sur ses épaules pour monter jusqu'au château, ou bien est-ce à cause du poids de ma grand-mère dans son fauteuil que je pousse. J'ai la sensation de grimper l'Everest. Mon Everest à moi, c'est elle. Je la vois s'émerveiller au détour d'une ruelle, elle découvre le village comme pour la première fois.

À cette heure de l'après-midi, les volets sont clos ou entrebâillés, et les façades chaudes. La pierre garde la mémoire du soleil dans la Drôme. Mamé s'extasie du paysage : *Regarde là, la balustrade en fer forgé, comme elle est jolie ! Regarde ici, comme elle est originale cette pergola, et cette croix de Jésus sur un piédestal, tu crois qu'elle est là depuis longtemps ? Si tu es fatigué Noël, tu peux t'asseoir sur le banc juste à côté et profiter de la vue quelque temps. Il fait chaud. Je me souviens, ça y est. Joseph voulait à tout prix venir ici pour te parler d'histoire. Il était persuadé que l'on ne pouvait pas apprendre tout cela dans des livres d'école et avait réservé un petit hôtel en bas du mont. Je m'en souviens comme si c'était hier. Il y avait du pain frais le matin, l'aubergiste le pétrissait lui-même. Et sa femme avait préparé de la confiture de coings. Tu te rappelles, Noël ?*

Mamé n'a pas encore totalement perdu la mémoire. Je suis ému de voir son visage s'illuminer, son sourire se dessiner.

Aux portes du château, la vue est imprenable sur le mont Ventoux et les ruines de la région. Les cigales créent la poésie de ce moment.

– Ça va Mamé ?

– Mieux que dans ma maison de retraite.

– Tu as envie de quelque chose ?

J'ai toujours trouvé curieux ce besoin d'infantiliser la personne âgée. Comme si en vieillissant, elle avait régressé. Dans ce comportement inné se cache certainement une raison de dépendance à l'autre.

– Je commence à avoir faim, me glisse-t-elle entre ses dents.

Au plus haut point de Grignan, sur l'esplanade du château à la façade Renaissance, se trouve un restaurant. Il y a quelques tables et chaises en extérieur, non loin d'une fontaine dont le clapotis apaise les rares touristes. Les roues du fauteuil s'engoncent dans les graviers et mes muscles sont à bout de forces lorsque nous parvenons à nous installer. La vue en vaut pourtant la peine. Les champs de lavande s'apprêtent à fleurir, les pins et peupliers blancs vacillent sous un léger mistral. Les chênes truffiers sont alignés en rangs, comme des écoliers le jour de la rentrée scolaire. En contrebas, le jardin Sévigné est un labyrinthe de buis où les promeneurs aiment à se perdre.

Nous commandons deux limonades et, s'il est tôt pour dîner selon moi, je me plie à l'horaire de ma grand-mère. À son âge, elle a ses habitudes.

– Vous m'aviez amené ici pour me plonger dans l'ère de la Renaissance quand j'étais petit.

– Oh oui je m'en rappelle, tu courais partout, sans arrêt. Sur le parvis devant le château, nous n'arrivions même plus à t'attraper.

Quand elle me parle, j'ai la sensation qu'elle essaie de me livrer sa mémoire. Sentant ses souvenirs s'échapper, elle a envie de les transmettre pour qu'ils restent en lieu sûr.

– Et quand, enfin, Papé a réussi à m'agripper par le col de mon tee-shirt, rajouté-je, c'était pour m'offrir une armure en plastique, avec une épée que je ne quittai plus pendant des semaines.

– Je me souviens, ta mère nous en a voulu. Comme d'habitude de toute façon…

Ma grand-mère prononce ces mots dans un soupir de désolation avant que le serveur ne nous amène nos plats. Dans nos assiettes, la Drôme est à l'honneur : profiteroles d'escargots en persillade pour Mamé, et ravioles gratinées à la truffe pour moi.

Alors que je m'apprête à continuer notre conversation, Mamé regarde autour d'elle et me dit :

– Papé ne devrait pas tarder, attends-le avant de commencer ton plat.

Mon appétit est coupé. Je repose ma fourchette.

Ma grand-mère est une personne que j'aime depuis mon enfance, un pilier qui ne s'est jamais effondré, qui a encaissé tous les coups que la vie avait mis sur son chemin, qui a sauté les obstacles, même si elle devait ramper pour avancer. Quel enfant je deviens si mon seul repère se fissure ? Entre nos générations, des fossés si difficiles à franchir nous séparent. Nous ne voyons pas les mêmes choses dans cette société et ses technologies qui ont si rapidement évolué, laissant de côté ceux qui ne pouvaient suivre. Elle a des souvenirs plein la tête d'une époque que je n'ai pas connue, j'aimerais qu'elle les partage avec moi, qu'elle m'ouvre sa mémoire, qu'elle se livre enfin, mais l'encre des pages de son roman se dissipe peu à peu. Il reste une écriture légèrement grisée, à peine visible. Son cerveau n'a pas souhaité coucher sur le papier les dernières années de sa vie, parce que pour elle, ce n'était pas une vie de continuer sans lui. Alors, quand elle me demande si je n'attends pas mon grand-père, je repose ma fourchette, m'essuie la bouche et place ma serviette sur mes genoux.

– Papé ne viendra pas, tu sais ? Il est parti il y a deux ans déjà.

– Il va revenir, non ? me répond-elle en plongeant ses lèvres dans son verre d'eau.

– Non Mamé, il ne reviendra pas.

J'ai la responsabilité de lui annoncer plusieurs fois par jour qu'elle a perdu l'homme de sa vie, de voir ses larmes se loger dans ses cils à chaque instant où je prononce ces mots qui me tordent les entrailles. Elle déglutit difficilement, ses doigts agrippent sa fourchette.

– Alors mange petit, ça va être froid.

Chapitre 9

Saint-Paul-de-Vence, septembre 1998
Vingt et un ans plus tôt

Sur les hauteurs de Saint-Paul-de-Vence se trouve notre appartement, trop exigu pour contenir toute ta haine de mère. Tu t'enfermes dans la salle à manger avec tes cigarettes, enfumant tes pensées. En posant tes fines lèvres sur les feuilles de tabac roulées, tu cherches une échappatoire à ta vie.

– File dans ta chambre et prépare ton cartable pour demain ! me dis-tu, à la limite entre le cri et l'ordre.

Depuis que Papa est parti, tu as perdu la capacité d'aimer. Comme si ton cœur s'était vidé de toute émotion, comme si ton âme s'était asséchée. En moi, tu ne vois plus l'amour qui vous a un jour unis, mais le visage de celui qui a plié bagage, celui qui t'a laissée seule et abandonnée. Tu en veux à la Terre entière, et même à la boulangerie de la rue Grande les clients se plaignent de tes soupirs et tes réflexions déplacées. Le cynisme a remplacé ton humour et tu sembles prendre de haut quiconque t'adresserait la parole. La veille, alors que nous préparions les courses de la rentrée scolaire au *Géant Casino* de Villeneuve Loubet, tu portais encore ton sourire à l'envers. Je me régalais à onduler entre les rayons, à choisir avec soin mon nouveau stylo, mes cahiers, mes classeurs, mon premier agenda. Il y a tant de choses dans un premier agenda. Ce n'est plus un cahier de textes, qui infantilise l'âme et amoindrit la notion du temps qui passe. Dans un cahier de textes, c'est un recommencement éternel, après le vendredi revient le lundi, et il n'y a jamais de fin à cela. Alors que dans un agenda, les jours défilent, les pages également, les unes après les autres, on peut les corner, les déchirer, les rayer pour retrouver plus facilement la date du jour et, aussi rapidement qu'on le souhaite, on peut faire table rase du passé, mais on finit par se heurter à une date butoir, une issue inévitable. Avec un agenda, la société nous sort de l'enfance pour nous apprendre qu'à toute chose, il y a une fin. Bonne ou mauvaise. J'hésitais entre les agendas de *Lucky Luke* ou des *Tortues Ninja* celui qui me donnerait la confiance d'entrer au collège, tu t'impatientais.

– Dépêche-toi de choisir ! m'as-tu dit.

– Mais j'hésite trop Maman, tu penses que si je prends celui avec les *Tortues Ninja*, on va m'appeler « la tortue » ?

– Pourquoi t'appellerait-on « la tortue » ?

– Je ne sais pas, il y a des tortues dessus.

– Noël, je vais commencer à perdre patience.

– T'es pas gentille Maman, c'est important ! rétorqué-je.

– De toute façon, gentille ou pas, tu finiras par me quitter, comme ton père.

Le « comme ton père » est devenu monnaie courante dans l'appartement. Il ne se passe pas un jour sans que je l'entende. Je mange trop lentement, comme mon père, j'oublie de relever la lunette des toilettes, comme mon père, je ne referme jamais correctement le tube de dentifrice, comme mon père, je repousse toujours tout au dimanche soir, comme mon père. J'ai fini par devenir l'ombre de celui que tu détestes, une épaisse noirceur qui te colle en permanence, à la recherche d'un amour inconditionnel comme j'ai pu lire dans mes livres. Je te laisse aller à tes cigarettes mélancoliques dans le salon et écoute tes sanglots, l'oreille plaquée à la porte. Ce salon est si triste : la tapisserie jaunâtre date de plusieurs décennies, la table à manger n'a d'autre utilité que d'accueillir un bouquet de fleurs séchées et des pots-pourris dont même l'odeur a fané. Nous ne recevons jamais. Tu n'as pas d'amis. À côté du sofa, il y a une petite bibliothèque en bois avec de beaux livres sur l'Égypte. Des dizaines de livres contant les voyages extraordinaires de chercheurs et archéologues. Tu as une fascination pour ce pays, cette civilisation, cette envie d'ailleurs. Mais toi, ma mère, tu ne vas jamais plus loin que ton canapé ou ton lit pour pleurer. Tu n'as jamais vu le Nil, mais tes larmes ont creusé des fleuves.

La veille de la rentrée scolaire, allongé dans mon lit, il m'est impossible de trouver le sommeil. *Serai-je dans la même classe que mes amis ? Mathieu sera-t-il avec moi ? Je l'espère tellement.* Je joins mes mains en prière. *Est-ce que mon professeur principal sera gentil ? Peut-être que ce sera une femme… Il paraît qu'au collège Yves-Klein les couloirs sont très grands et que l'on change de salle toutes les heures.*

Désormais, le matin, il nous sera impossible de nous rendre à l'école à pied. Tu as acheté une Renault 5. Une épave qui roule à peine, mais qui a le mérite de ne pas avoir coûté cher. C'est en pensant à cette voiture et à l'odeur réconfortante de transpiration et de peau de banane qui règne dans l'habitacle que je m'endors ce soir-là.

Au matin, il n'est pas six heures que j'ai déjà les yeux grands ouverts. Alors que le soleil de septembre perce à travers les volets de ma fenêtre, je sens une douleur s'emparer de mes entrailles. Je cours te réveiller, et aussitôt tu me demandes d'éteindre la lumière de ta chambre et de te laisser tranquille.

– Va aux toilettes, et habille-toi, me glisses-tu dans un demi-sommeil.

Sur le trône, je me sens tout sauf roi. Les crampes d'estomac sont de plus en plus intenses. Déjà enfant, le trac se concentrait dans mon abdomen. Aujourd'hui encore, quand je m'apprête à monter sur scène, je masse la peau de mon ventre, la paume de ma main créant la chaleur nécessaire pour m'apaiser.

Dans ma chambre, j'observe le cartable Premier Prix qui boude dans un coin. J'en vérifie pour la énième fois le contenu : agenda, cahier noir à petits carreaux, cahier vert à grands carreaux, un classeur jaune pour la géographie, les intercalaires indispensables, le compas. J'en connais l'intérieur par cœur et pourtant je ne peux m'empêcher de tout contrôler.

Afin de calmer mes angoisses, je récupère dans la grande armoire de vêtements l'armure que mes grands-parents m'ont offerte quelques semaines plus tôt, alors que nous visitions un château de la Renaissance à Grignan. En m'habillant, pendant que le soleil dessine des couleurs ocre sur les façades, je peux flairer la confiance qui me gagne. *Pour mon premier jour de collège, je serai un chevalier, je serai un guerrier.* Je glisse le heaume sur ma tête, descends la visière sur mon visage. Je n'y vois plus que hachuré au travers de mon casque quand soudain, je sens une claque sur le plastique qui colle à mon crâne.

– Tu crois qu'on a le temps de jouer à tes âneries ? Va te servir des céréales et prépare-toi rapidement. Déjà que je dois faire un détour avant d'aller travailler désormais, manquerait plus que je sois en retard à cause de toi.

Le guerrier a perdu la bataille avant même qu'elle ne commence. Aussitôt, la confiance du chevalier retombée, j'avale un bol de Chocapic avec du lait, seul, assis à la table de la cuisine.

En public, tu es formidable et je prie parfois pour que tu sois toujours ainsi. Je t'aime si fort lorsque tu prends ton rôle de maman à cœur devant les autres. Devant le collège, ce matin-là, tu aimes te donner en spectacle. Tu baisses manuellement la vitre de la voiture et cries devant une foule attroupée :

– Bonne journée mon Noël ! Je viens te chercher à seize heures. Je t'ai mis un goûter dans le cartable. Maman t'aime !

C'est faux, tu ne m'as jamais mis de goûter dans mon sac.

*

Ma première journée au collège se passe dans la douleur. Tes paroles réconfortantes de mère sur le parking le matin même m'ont valu les moqueries des quatrièmes et troisièmes qui m'interpellent entre deux couloirs pour me réclamer un goûter à la pause de dix heures. En fouillant mon sac, pendant que l'un d'eux me tient collé contre un mur, agrippé par le col de mon tee-shirt, un des plus grands élèves à la carrure développée n'y trouve pas son trésor. Il s'approche de mon visage en grinçant entre ses dents :

– Demain, t'as intérêt à avoir de l'argent dans ton sac, sinon adieu ton joli minois !

Il vide le contenu de mon cartable sur le sol. Comme ma vie, le tout s'éparpille sans que je puisse le contrôler. Il est dix heures trente et mes grands-parents me manquent terriblement. Les odeurs de lavande semblent si lointaines, le soleil sur ma peau, les histoires de Papé, les bras réconfortants de Mamé, je donnerais tout pour les retrouver.

Pourtant, j'ai la chance de retrouver Mathieu, mon meilleur ami, dans ma classe. Nous nous installons côte à côte pendant que notre professeur principal, M. Toinon, nous explique combien le collège est un lieu empli de respect envers autrui et d'assertivité. Il nous développe comment se déroulent nos emplois du temps, les examens, les récréations, les repas. Tout change, mon monde s'effondre. Je garde à l'esprit cette image de l'adolescent en colère sous mes yeux, à quelques centimètres de ma rétine. M'aurait-il fait du mal ? Ai-je raison d'avoir peur de ce grand ? N'essaie-t-il pas juste de marquer son territoire et de m'intimider, moi le petit au prénom rigolo ?

À seize heures, je n'ai pas recroisé la terreur du couloir. La journée touche à sa fin et Mathieu me demande si je souhaite que sa mère me raccompagne. La mère de

Mathieu est celle dont j'ai toujours rêvé. Elle a toujours un grand sourire, des cheveux bien entretenus, des robes et des tenues soignées. Quand Corrine vient chercher mon meilleur ami, dans la voiture l'attendent systématiquement des crêpes fourrées au chocolat ou des viennoiseries. C'est une avocate qui travaille dur, mais trouve du temps pour venir chercher son fils à l'école. Ensemble, ils chantent *Le Temps des cathédrales*, *Mon papa à moi est un gangster* ou encore *Ton invitation* de Louise Attaque. Plusieurs fois elle m'a proposé de passer l'après-midi chez eux, chemin de la Calada, ou un week-end, si tu m'y autorisais. Mais à part pour les anniversaires, je n'ai pas le droit de quitter notre appartement provençal et Mathieu n'a pas le droit de dormir chez nous non plus.

Les élèves quittent le collège peu à peu, le grand portail métallique vomissant les jeunes et leurs cartables. Un ballet de voitures commence. Certains pères viennent chercher leur fils en moto. L'adolescent regarde ses camarades, si fier, en enfilant son casque. Où est le mien ? Mon père n'est jamais venu me chercher au collège. Il se suffit dans son rôle de parent de substitution. Il est le parent au beau rôle, celui qui ne m'aide pas à faire mes devoirs, qui n'a pas à m'imposer de rigueur, d'horaires de coucher ou de lever. Mon père est heureux, il est l'homme que je veux devenir, par opposition à toi. Souvent je me demande ce qu'aurait été ma vie si je n'avais pas dû rester avec toi. Je me dis que j'aurais été plus heureux, j'aurais eu une enfance plus joyeuse. Puis, après avoir égoïstement pensé à moi, je me demande ce qu'aurait été *ta* vie si je n'avais pas dû rester avec toi. Sur le parking de goudron, j'observe les véhicules quitter les lieux et les élèves déserter cet abri d'une journée. Ta vieille Renault 5 ne fait pas partie du paysage.

À dix-sept heures, après une heure d'attente, alors que je me suis assis en tailleur à même le sol, M. Toinon, mon professeur principal, s'assied à côté de moi. Il m'impressionne. Il est grand, avec un crâne dégarni, des lunettes rondes sur l'arête de son nez, et d'épaisses rides qui traversent son front horizontalement. Il a de longs doigts fins, comme s'il était pianiste ou cureur de nez professionnel pour singe nasique.

– Si tu le souhaites, nous pouvons retourner à l'intérieur pour appeler tes parents ?

Sa demande semble sincère. Mais l'idée de me faire martyriser parce que je deviens le chouchou du principal me force à lui mentir.

– Non c'est bon, je viens de me rappeler que ma mère ne vient pas me chercher ce soir et que je rentre à pied.

Je me lève aussitôt de mon banc de fortune et remercie M. Toinon d'un signe de la main. Je remonte le boulevard, mon lourd cartable sur le dos. En passant devant le court de tennis, une Renault 5 me double. J'espère que c'est toi, le cœur haletant, mais je peux identifier une famille nombreuse à l'intérieur du véhicule. Une famille heureuse. Ce n'est pas nous.

L'air s'humidifie et le ciel se charge en nuages alors que je m'inquiète. *Peut-être qu'il t'est arrivé quelque chose ? Peut-être es-tu retenue à la boulangerie par M. Gérard ?* Les platanes sur le bord de la route m'abritent des premières grosses gouttes. J'ôte mon cartable du dos et le positionne sur ma tête, un bouclier en tissu contre un orage d'été.

Je commence à cavaler sous la pluie dans les rues en pente. L'eau ruisselle sur les pavés et inonde mes chaussures en toile. Aucune voiture ne s'arrête. Aucun adulte ne s'inquiète de voir un enfant courir sur le bord de la route, perdu à la lecture d'un panneau directionnel. Le chemin de la Calada me semble interminable. À la pluie se mêlent mes larmes de malheur. Je ne veux plus jamais retourner au collège. Plus jamais je n'y mettrai un pied. Je passe devant la maison de Mathieu et peux entendre les rires éclater à l'intérieur. Je me cache derrière son portail. Les gouttes s'évanouissent à la surface de leur piscine et l'herbe semble bien verte. J'accélère le pas, grondé par les éclairs.

J'arrive devant notre appartement, au premier étage d'un bâtiment de trois niveaux, plus d'une heure et demie après mon départ du collège. Je me suis vidé de toutes mes larmes sur le chemin et déverse ma haine sur la sonnette où le nom de « Beaupré-Lanza » s'efface avec les années. Tu ne veux pas enlever son nom, ce serait comme l'effacer de nos vies. Puis, tu dis que ce serait pénible pour les papiers et tout le reste. Je me dis que ça a l'air compliqué la vie d'adulte. Je reste plusieurs minutes, le doigt enfoncé sur l'interrupteur, des gouttes ruisselant le long de mes vêtements. Où es-tu ? La voisine de palier, interpellée par ma présence devant sa porte, s'enquiert de ma problématique et m'invite à contacter mes grands-parents. Je connais leur numéro par cœur. À ce jour, je me rappelle encore la sonnerie qu'émettait le *dring* qui résonnait entre les murs de *La Mésange*.

Papé et Mamé arrivent une demi-heure plus tard, tenant le manche de leur parapluie à deux mains, amoureusement. Ils montent les escaliers pour me rejoindre au premier étage, la voisine m'ayant hébergé et offert un chocolat chaud en les attendant. La voisine est étrange, elle amoncelle les canards en porcelaine et a pris le temps de me montrer chaque objet de sa collection. Mes grands-parents la remercient et ouvrent la porte de notre appartement grâce au double des clefs qu'ils possèdent. Je pose mon cartable trempé dans l'entrée. Je pousse la porte de ta chambre. Tu es là. Ton corps allongé sur les draps froissés. Ta bouche entrouverte laisse échapper un filet de bave. Tu tiens une boîte de médicaments vide dans ta main.

– Elle dort ! crié-je à Papé et Mamé.

Chapitre 10

Au loin, derrière les murs de pierres épaisses, j'entends le clocher de Grignan sonner sept heures. J'ai dormi en pointillé, la respiration haletante entre mes cauchemars. J'ai rêvé que la police débarquait dans notre chambre d'hôtel pour récupérer ma grand-mère, que l'hôpital portait plainte contre enlèvement sur majeur, que je finissais en prison et que mon grand-père me rendait visite au travers des barreaux.

Alors que le soleil traverse les persiennes, dans ma tête tournent mille inquiétudes. Je suis surpris de n'avoir eu aucun appel de leur part. Peut-être que Sandrine a compris la supercherie. Je pense que je devrais l'appeler. Ma grand-mère dort encore dans la pièce adjacente. Je l'entends ronfler au travers de la porte de bois. Elle a toujours eu le sommeil lourd. Mon grand-père était souvent le premier levé des deux, il quittait leur chambre en silence et s'installait dans le salon pour jouir d'un moment serein à griffonner des grilles de mots croisés. J'ouvre les volets de ma fenêtre et m'accoude face à ce paysage si singulier. Le soleil s'élève de l'horizon au-dessus des quelques nuages qui osent troubler le bleu du ciel. Sur la terrasse de l'auberge, des touristes profitent déjà de leur petit déjeuner. Le buffet semble bien fourni : viennoiseries, charcuterie, fromage, fruits frais, et des pancakes cuisinés par notre généreuse hôte. Je réalise seulement que j'ai tout quitté, tout abandonné derrière moi. Plus que tout, j'ai le sentiment de ne manquer à personne. Ma routine était solitaire.

– Noël, murmure Mamé.

Je frappe délicatement à sa porte et elle m'invite à entrer. Elle semble si frêle dans ce grand lit *king size.*

– J'ai faim, me dit-elle.

– Un vrai ventre sur pattes !

Je l'aide à sortir de ses draps froissés comme la surface de sa peau et l'installe dans son fauteuil. Je lui donne sa robe de chambre qu'elle endosse galamment. Chacun de ses gestes est effectué avec tendresse, avec mélancolie. Nous prenons l'ascenseur pour rejoindre la terrasse et nous asseyons à une table en fer forgé qui baigne dans la lumière.

– Tu es fagoté comme un as de pique, me lance-t-elle.

– Je suis encore en pyjama, laisse-moi tranquille. Je prendrai ma douche après le petit déjeuner.

Mamé est de bonne humeur ce matin. Des miettes de croissant se logent dans sa robe de chambre et elle dévore sa salade de fruits en quelques bouchées. Avec elle, je redeviens l'enfant que j'étais. Pourtant, bien des choses ont changé, et c'est désormais à moi de prendre soin d'elle. Sur le fond, elle n'a pas tort : j'ai un épi dans les cheveux, les yeux mi-clos et un pyjama ridicule, mais confortable.

Je l'aide à se préparer : je demande un tabouret à la réception pour qu'elle puisse le prendre avec elle sous la douche, lui apporte un peignoir, l'assiste pour s'habiller dans ses vêtements de la veille, lui promets que l'on va s'arrêter sur la route pour acheter de nouveaux habits, et je coiffe ses fins cheveux en un joli chignon. En quittant les *Ombrages,* elle a glissé son parfum aux lys blancs dans la poche de son gilet et vaporise deux pressions dans son cou. Elle émet un léger sourire en voyant son reflet dans le miroir.

– Si je n'étais pas mariée, je pourrais encore plaire dans les soirées dansantes.

Oui Mamé, tu pourrais plaire. Tu pourrais plaire par ton enjouement, par ta légèreté de vivre, par ta passion, ton amour, ta générosité. Tu pourrais plaire parce que tu ressembles à Judi Dench avec des cheveux plus longs, mais avec l'élégance de Line Renaud. Tu pourrais plaire, car tu as compris l'essentiel, et tu te trouves belle dans le miroir. Tu me plais Mamé. J'ai envie de te serrer dans mes bras, te serrer aussi fort que j'ai d'amour pour toi, mais j'aurais peur d'écraser ton squelette fragile. Ton dos te fait mal, ton arthrose te fait souffrir, tes yeux se fatiguent vite. Tu pourrais plaire parce que tu parles de soirées dansantes alors que de nos jours, on ne danse plus. Tu as gardé un pied dans ton enfance et l'autre balance sur ton fauteuil roulant. Tu es entre deux époques et cela te rend belle. Ton sourire, tes rides, tes taches de vieillesse sur le front, ton insouciance, ton accent chanté. Oui Mamé, tu pourrais plaire.

Dans la voiture, Mamé ne dit mot. Elle regarde le paysage autoroutier défiler sous ses paupières à moitié fermées. Ou à moitié ouvertes. J'ai dû hériter de ta capacité à voir le verre toujours à moitié vide. Nous longeons le Rhône puis la Durance et, dès que nous quittons l'autoroute, nous retrouvons le cœur de notre Provence adorée, celle de Marcel Pagnol et de Jean Giono, celle du thym, du romarin, des oliviers et du soleil.

Quelques cyclistes suent sur la départementale bordée de lauriers et de cyprès. En remontant la rue, toute civilisation semble désormais lointaine. Autour de nous, des champs à perte de vue : du vert amande au vert émeraude. Les verts anis des pelouses non irriguées, les verts conifère des arbres qui embaument notre chemin. Des vignes s'étalent sur des kilomètres. En ce début de mois de mai, les abeilles tournent près des plants de raisin. Quelques paysans tressent les bois, d'autres pratiquent le rognage, tous paraissent heureux de travailler sous le soleil printanier. Quelques rosiers en fleur égaient de leurs couleurs cette carte postale verdoyante. La route est si étroite que deux voitures ne pourraient se croiser. Nous arrivons dans le village de Lourmarin. Mamé balaie le paysage de ses yeux. Elle semble perdue.

– Tu m'as ramenée à la maison de retraite ? me demande-t-elle, bien que le décor soit entièrement différent.

Je n'ose pas lui répondre. Ici, il n'est pas question d'espace clos, de prison, de chambre immaculée. Tout n'est que nature : après un dernier virage, nous longeons un chemin encadré de platanes pour découvrir un village calme, apaisant et tranquille, embrasé de lumière. À l'extérieur des rues rythmées du cœur du bourg se trouve un château bordé par des centaines de coquelicots.

Je pousse le fauteuil de ma grand-mère jusqu'à une terrasse de café, après avoir déposé nos valises à l'hôtel. Une fontaine en pierre trône sur la place. L'eau coule d'un mince filet reposant. Les touristes sont encore rares en cette saison. Un jour de semaine au mois de mai ne connaît pas le succès de juillet ou août.

Nous nous installons et, rapidement, un serveur vient prendre soin de nous. Il nous présente la carte des vins, en premier, et celle de leur cuisine ensuite. Mamé ne cesse de jeter des coups d'œil aux alentours. Elle observe le marché, les affiches d'une exposition sur Albert Camus, les clochers du beffroi, les commerces, les Lourmarinois qui fument une cigarette au soleil, ceux qui boivent déjà un pastis, les chats qui errent dans les rues.

– Tu ne te souviens pas ? Papé et toi m'avez amené ici quand j'avais treize ans. C'est dans ce café que j'ai bu mon premier verre de vin.

Elle ne répond pas. Malgré la chaleur, son corps tremble, ses mains ont du mal à agripper le gobelet d'eau à et le porter à ses lèvres.

– Tu as froid Mamé ?

Il me semble pourtant ridicule de poser cette question. La croix réfléchissante de la pharmacie de l'autre côté de la place à la fontaine affiche trente-deux degrés. Je me dis que si quelque chose va mal, je pourrai courir à cette pharmacie appeler à l'aide. Je ne comprends pas, je lui ai bien donné ses cachets ce matin au petit déjeuner. J'ai peut-être surestimé sa capacité à faire de la route. Ce n'était qu'une heure et demie pourtant. Ou bien ce lieu ravive trop de souvenirs et elle n'est pas en mesure de les traiter. Je m'inquiète pour elle, me lève de mon siège et passe mon bras autour de ses épaules.

– Il était bon ce vin, finit-elle par lâcher entre ses fines lèvres bleues.

– Quel vin ?

– Eh bien, ton premier de verre. C'est toi qui m'en parles.

J'ai du mal à m'habituer à ses moments d'absence et la vigueur avec laquelle elle semble les oublier aussitôt.

Le serveur nous apporte un parasol dont l'ombrage vient couvrir le visage de ma grand-mère. Il dispose une assiette de toasts tapissés de tapenade noire entre nous deux et Mamé s'empresse d'en porter un à sa bouche.

– C'était un Saint-Joseph, je m'en rappelle très bien, assure-t-elle.

– Oui, comme Papé Joseph. Un saint !

Elle sourit à ma blague que je trouve pourtant de mauvais goût, mais facile. Je la vois reprendre des couleurs, elle semble détendue.

L'intérieur du restaurant est aménagé en cave à vins. De jolis casiers en bois recouvrent les murs et de grands barils utilisés comme tables hautes sont posés à même le sol. Mamé commande un cabillaud avec un caviar d'aubergines, des tomates et une sauce au pesto, et je me contente de leur hamburger maison. Une sommelière passionnée par ses produits s'approche pour nous présenter sa gamme, mais Mamé n'a qu'une idée en tête : un Saint-Joseph.

– J'étais déjà venue avec mon mari ici, et notre petit-fils bien sûr. Vous pouvez me retrouver le vin que nous avions pris à l'époque ?

Je ris à la demande saugrenue de ma grand-mère qui, parfois, me fait honte.

– Si vous êtes venus récemment, je peux certainement le chercher dans notre système. C'était quel jour ?

– Le jour précis, je ne m'en souviens plus, j'ai la mémoire qui flanche, mais je peux vous dire que c'était au mois d'août 2001.

La sommelière sourit avec professionnalisme et regrette de ne pas pouvoir satisfaire la requête de Mamé.

– En revanche, si cette année était si particulière pour vous, je peux vérifier en cave si je n'ai pas un Saint-Joseph de ce millésime.

Mamé acquiesce. Elle ne doit avoir aucune idée du prix que peut coûter une telle bouteille, mais elle semble si heureuse. Qui suis-je pour m'opposer à son bonheur ?

Nous nous délectons des mets présentés et le vin nous est abondamment servi dès qu'un serveur ou une serveuse passe devant notre table. Ils sont aux petits soins avec nous. Mamé a un bon coup de fourchette et le gosier rapidement asséché. Elle me parle de sa jeunesse, de sa rencontre avec Papé, me dit qu'elle a eu un mariage de conte de fées – Pourquoi t'étais pas là d'ailleurs Noël ? me demande-t-elle –, qu'elle était heureuse, qu'elle avait toujours rêvé d'être danseuse ou chanteuse dans une comédie musicale, mais qu'elle avait la voix d'un corbeau et les pieds d'une poule. Elle se livre à moi comme le font rarement les personnes âgées. Je deviens le gardien de sa mémoire, de ses souvenirs.

– Tiens, j'ai une question, me dit-elle, peut-être que tu auras la réponse toi : pourquoi voulaient-ils me changer de chambre aux *Ombrages* ?

J'ai le souffle coupé. Je ne sais que lui répondre et n'ai pas envie de lui mentir.

– Eh bien… – je cherche mes mots –, je crois que c'est pour que tu aies un meilleur suivi médical.

– Je ne me suis jamais plainte du suivi que j'avais avec eux, dit-elle en portant le vin à ses lèvres.

– Mamé, avec l'âge et la sénescence, les aides-soignantes préfèrent te suivre de plus près.

– Noël, je te connais comme si je t'avais fait, mieux que ta propre mère. D'ailleurs, tu as des nouvelles d'elle ?

Je suis surpris par ce changement de sujet soudain. Est-ce là aussi un signe de la maladie qui progresse ?

– Elle a assisté à mon dernier concert avant-hier soir. Enfin, je ne sais pas si c'est moi qu'elle est venue voir ou si elle cherchait juste une excuse pour passer le temps.

– Elle était avec Thierry ?

– Thierry ?

– Oui, son copain, tu sais ? rouspète Mamé.

Thierry et toi n'êtes plus ensemble depuis dix ans. Depuis il y a eu Jean-Luc, Marc, Henri, Damien, Christian, Patrick, et d'autres dont j'ai oublié le nom ou dont je n'ai pas eu connaissance. Tu vis une vie de femme libre, d'après tes dires. Je te sais pourtant malheureuse, perdue dans ta dépression chronique. Tes amants t'aident à sortir du confort de tes médicaments quelque temps, puis l'obscurité de ta chambre t'appelle à chaque fois, et tu deviens incontrôlable. Tu ne mets plus le nez dehors, t'enfermes, ne veux voir personne. Alors ils partent, comme Papa est parti avant cela, et comme je t'ai quittée aussi.

– Oui, elle était avec lui.

Je n'ai pas envie de la froisser, pas envie qu'elle réalise qu'elle perd la mémoire ou, au contraire, qu'elle s'énerve pour prouver qu'elle a raison. Ma grand-mère est une femme du soleil, au caractère méditerranéen. Et si elle peut être douce comme la lumière du ciel, je la connais également orageuse telles les pluies d'été.

J'ai prévu de retracer les plus belles vacances de mon enfance. Je suis convaincu que ce voyage dans le sud de la France maintiendra ses souvenirs dans son esprit. Nos étés se passaient uniquement dans cette région. Papé n'aimait pas beaucoup conduire et Mamé n'avait pas touché un volant depuis qu'elle avait obtenu son permis en 1960. « Il y a tellement de jolies choses dans notre région, pourquoi aller ailleurs ? » disait-il sans cesse. Ils n'ont jamais vu Paris et n'ont jamais quitté la France, sauf pour les concerts de mon grand-père en Europe. Ils sont restés sur leurs terres, comme des mésanges qui ne volent jamais bien loin de leur nid. Pour Papé, venir jusqu'à Lourmarin était un exploit, le pied de trop au-delà de sa Provence. Montélimar était son endroit charnière, la ville à ne pas dépasser. Bientôt, je l'emmènerai à Avignon, où nous avions vu des comédiens de rue jouer leur théâtre et foulé les pierres de la Cité des papes. Mais pour ce soir et demain, nous nous établissons dans le Vaucluse.

Je m'arrête à mon deuxième verre de vin, il me faut encore conduire jusqu'à l'hôtel. Mamé se régale avec une part de tarte aux abricots et au thym. Je m'éclipse à l'intérieur du restaurant pour régler l'addition. Il serait impossible de lui tenir tête à table, elle protesterait comme un enfant. J'ai envie de l'inviter, cette femme qui aurait donné sa vie pour moi.

Je profite d'être à l'intérieur pour me rafraîchir le visage à la salle d'eau avant de reprendre la route. L'hôtel réservé se trouve dans les vieilles rues de Bonnieux, le village voisin. Je reviens à table, Mamé s'est endormie dans son fauteuil. Je lui caresse l'épaule pour la réveiller. Elle ne cille pas.

– Mamé, il est l'heure d'y aller.

Je n'obtiens aucune réaction de sa part.

Chapitre 11

Saint-Paul-de-Vence, septembre 1998
Vingt et un ans plus tôt

– Tout va bien se passer Noël, ne cesse de me répéter mon père.

Dans son regard, il essaie de se montrer rassurant, mais je vois ses mains trembler.

– Maman est malade ?

– Oui, ta mère est malade, mais ce n'est pas une maladie qui est visible à l'œil nu.

Du haut de mes neuf ans, je ne comprends pas ce que mon père s'attache à me dire. Je ne comprends pas que tu es rongée de l'intérieur, que ton esprit est voilé, ta volonté de vivre cachée derrière des persiennes, que tu es tapie dans le noir du matin au soir, sans une once d'espoir. Je ne comprends pas tout ça, mon père me tient la main, et c'est tout ce qui m'importe.

Depuis qu'il vit à Grasse, je ne partage que peu de temps avec lui. Maintenant qu'il travaille au musée, je ne le croise même plus dans les rues de Saint-Paul-de-Vence. Avant, je courais au cimetière pour lui rendre visite le matin. Je m'amusais d'ailleurs, selon mes interlocuteurs, à clamer « je vais voir mon père au cimetière », sans qu'ils se doutent qu'il y œuvrait. J'aimais cette proximité malgré le départ de mon père de la maison. Je me sentais enfant du village, mon père travaillant sur les flancs de la colline à préserver le repos éternel des anciens, ma mère vendant les brioches au sucre de M. Gérard, je déambulais dans les rues pavées du matin au soir. Je saluais les vieux qui jouaient à la pétanque, souriais aux dames qui étendaient le linge depuis leur balcon. Maintenant, tout semble terminé.

Mon père est beau. Il a la carrure d'un homme fort et les mains rugueuses de celui qui a travaillé le bois et la terre. Il est un bougre qui se contente de peu, il a la raillerie facile et siffle des mélodies entêtantes. Dans son appartement, une grande étagère est dédiée à sa collection de timbres. Il prend du plaisir à chiner dans les brocantes de la région, à échanger avec d'autres passionnés de philatélie. Il n'a pas encore refait sa vie, mais je crois qu'il est heureux tout seul. Je me demande pourquoi il ne t'aime plus, pourquoi il s'est marié avec toi si c'est pour vous abandonner, toi et ta maladie invisible à l'œil nu. Et à la fois, je l'envie. Quand il rentre chez lui le soir, il sait à quoi s'attendre ; ce qui est loin d'être mon cas. Selon les jours, tu me couvres de baisers ou de colère, tu me sers des pâtes ou de la soupe à la grimace, tu m'aides à faire mes devoirs ou fumes tes cigarettes dans le salon.

Papé et Mamé viennent d'arriver à l'hôpital. Le docteur à la blouse blanche leur explique que le pire a été évité de justesse. Ils t'ont lavé l'estomac. Est-ce qu'il parle du nombril ? Tu me répètes de frotter bien les coudes et les genoux pour que ce ne soit pas sale, mais je ne suis pas sûr de m'être déjà lavé correctement l'estomac. Est-ce qu'il faut venir à l'hôpital pour ça ? Je sais que c'est dans le ventre, mais comment nettoyer l'intérieur ? Tu vas pouvoir sortir d'ici deux jours. Mamé remercie le docteur. Il a l'air gentil et, à la fois, je le sens agacé.

– Peut-être serait-il nécessaire de la faire suivre ?

Suivre ? Par qui ? Un peu comme le chien des voisins qui les suit toujours ? Des fois tu me grondes : « Arrête de me suivre comme un mouton. » Faut-il que tu adoptes un mouton ?

– Nous avons essayé, confesse Papé. Elle va à la première séance, puis elle nous ment. Elle nous dit que parler lui fait un bien fou, qu'elle apprécie beaucoup ce thérapeute, mais on sait qu'elle ne s'y rend plus.

– Vous avez pensé à des solutions plus extrêmes ? leur demande-t-il.

Tu ouvres les yeux dans tes draps blancs. Tu sembles sonnée, comme quand tu te réveilles de ta sieste. La pièce est immaculée et un bouquet de fleurs en plastique trône sur ta table de chevet. Tu observes autour de toi et croises le regard de tes parents et ton ex-mari. Moi, tu ne me vois pas. Tu ne me considères pas. Tu es une enfant qui fait des bêtises dans un corps d'adulte. Des bêtises d'adultes, des *cagades*, comme dirait Mamé. Je grimpe dans ton lit pour me coller à toi. Tu me repousses :

– C'est toi qui as appelé Papé et Mamé ?

Tu as l'air en colère. Tes sourcils se froncent et ton regard se durcit. Le docteur me demande de quitter le lit, je pourrais débrancher la perfusion qui est piquée dans ton bras sans faire exprès, se justifie-t-il. Je désescalade ta montagne de dépression, comme lâché dans le vide sans personne pour m'assurer. Mon père me fait sortir de la chambre et, depuis le couloir, je vois mes grands-parents t'engueuler. Ils te crient dessus. Ils sont furieux. Je n'ai jamais vu Papé dans un tel état. Il me fait peur. J'entends des bribes de conversation :

– Tu as pensé à ce qui allait lui arriver ? Quoi justement ? Tu n'es qu'une égoïste !

J'aime mon Papé, mais pourquoi te crie-t-il dessus comme ça ? Ce n'est pas de ta faute si tu es malade. Peut-être que Papé ne le sait pas. Papa a dit que c'est une maladie qui ne se voyait pas. C'est peut-être comme dans *Le Petit Prince*, il faut fermer les yeux pour voir avec le cœur. J'ai envie de dire à Papé qu'il doit fermer les yeux, mais mon père me l'interdit.

Tu es une enfant dans un corps d'adulte. Dans ta chambre d'hôpital, j'ai besoin de te protéger. Tout semble démesuré. Tu ne t'es juste pas lavé l'estomac ! Ce n'est pas de ta faute, ça arrive d'oublier ! Pourquoi Papé t'engueule comme ça ? Les néons de la pièce te donnent un teint blafard. Les machines vrombissent autour de toi. Le docteur s'absente de la salle et, alors qu'il referme la porte, je t'entends distinctement murmurer : « Je veux simplement mourir. »

Mon père décide de m'emmener à la cafétéria de l'hôpital. Nous prenons l'ascenseur jusqu'au rez-de-chaussée, dans ce lieu fait pour faire patienter les impatients. Leur chocolat chaud y est bon, le temps y est long. Autour de nous, beaucoup de gens pleurent dans leur café. Dehors, la nuit est tombée. J'en déduis qu'il est tard et que j'ai déjà dépassé l'heure d'aller me coucher, mais curieusement, tout le monde semble s'en foutre.

– Pendant que ta maman est à l'hôpital, je pense qu'il serait préférable que tu ailles chez Papé et Mamé, me dit mon père.

– Préférable pour qui ?

Il est surpris de ma répartie. Je suis à l'âge étrange entre l'insouciance de l'enfance et la rébellion de l'adolescence. Il ne sait plus sur quel pied danser avec moi, comme s'il avait laissé trop d'années filer pour me comprendre.

– *La Mésange* est plus proche de ton école et tes grands parents ont plus de temps que moi. Ils pourront mieux s'occuper de toi.

– J'aimerais mieux venir chez toi Papa. Je préférerais que ce soit toi qui m'accompagnes le matin.

– J'habite trop loin Noël. J'en aurais pour plus d'une heure le matin et une heure le soir pour venir te chercher. Avec mon travail, c'est compliqué.

– Parce que les visiteurs du musée du parfum se lèvent aux aurores ?

Je sens que si je continue de provoquer mon père, la gifle ne tardera pas trop.

Mon premier jour de rentrée avait été catastrophique. J'étais déjà la risée des quatrièmes et troisièmes parce que tu as jugé intelligent de crier qu'un goûter se trouvait dans mon sac, si demain mes grands-parents me déposaient devant le portail avec leur vieille Vento, les moqueries ne seraient pas près de s'arrêter. Mon père impressionnerait les jeunes, il serait un peu comme mon héros. Mais les héros travaillent le mardi.

– Pourquoi Maman veut mourir ?

Mon père n'a pas la réponse. Personne ne l'a. Il observe sa montre, balaie la cafétéria du regard, cherche un moyen de fuir cette question.

– Bois ton chocolat Noël, il va être froid.

Chapitre 12

Les respirateurs travaillent pour qu'elle ne s'épuise pas. L'inhalation est lente, mécanique, maîtrisée. Je la regarde depuis le fauteuil jouxtant son lit. Je m'en veux, je n'aurais pas dû agir aussi bêtement. Si Mamé était restée dans sa maison de retraite, elle ne serait pas dans ce lit d'hôpital aujourd'hui. Ses bras sont si fins, l'infirmière n'a eu aucun mal à trouver une veine pour piquer.

– Ne vous inquiétez pas monsieur Beaupré, votre grand-mère est solide. C'est juste un coup de fatigue, ce n'est pas rare étant donné sa condition.

Je culpabilise d'avoir surestimé ce corps de femme frêle qui démontre une envie de vivre et de rire en opposition avec ses capacités.

Je n'aime pas les hôpitaux. Personne n'aime les hôpitaux. Je ne m'y sens pas bien, j'ai envie de m'enfuir, mais je ne peux la laisser là. J'ai de trop nombreux souvenirs entre ces murs : t'accompagner aux urgences, veiller sur toi toute la nuit, appeler les pompiers parce que les lames de rasoir ont rencontré tes poignets et que le sang a goutté sur le parquet.

J'ai donné un nombre de francs et d'euros incalculables à la machine à chocolat chaud du bout du couloir, j'ai même fait mes devoirs au pied de ton lit, appuyant mon cahier de mathématiques sur le matelas. « Papa ne doit pas savoir, ce sera notre secret », me répétais-tu. Je n'ai rien dit. Jamais. Le docteur ferme la porte en sortant derrière lui et j'en profite pour murmurer à ma grand-mère :

– Tu ne vas pas me laisser ici tout seul, hein ? Je t'avais dit que le Saint-Joseph était un peu fort pour un déjeuner. Alors le premier verre je veux bien, mais le deuxième, tu n'as plus vingt ans Mamé.

J'essaie de la faire rire, mais son corps ne réagit pas. Je lui chante les chansons de ses comédies musicales préférées, celles que l'on regardait ensemble les après-midi d'été ou les soirs d'hiver.

Non, je ne pourrai jamais vivre sans toi,
je ne pourrai pas, ne pars pas, j'en mourrai !
Un instant sans toi et je n'existe pas,
mais mon amour, ne me quitte pas[1].

Une voix familière m'interrompt :

– En plus de jouer du piano, vous savez chanter !

Sandrine des *Ombrages* se tient dans l'encadrement de la porte. Elle apporte avec son sourire un bouquet de fleurs de lys. Seule une soignante dévouée saurait que ce sont ses fleurs préférées. Je me lève pour la remercier d'avoir répondu à mon appel sans jugement, mais elle ne peut s'empêcher de me responsabiliser :

1. Extrait de la chanson *Je ne pourrai jamais vivre sans toi* de Michel Legrand.

– Alors, votre virée intergénérationnelle ne s'est pas déroulée comme prévu ?

– Je suis sincèrement désolé Sandrine, je ne voulais pas que…

– C'est faux, vous ne l'êtes pas. Vous êtes seulement désolé de vous être fait attraper. Et je le comprends. Si j'avais pu, moi aussi, voler quelques minutes au temps pour partager de précieux moments avec ma grand-mère, je n'aurais pas hésité.

– J'espère ne pas vous avoir causé d'ennuis aux *Ombrages*.

– Il ne nous a pas fallu longtemps avant de vérifier les caméras de surveillance du parking.

– J'aurais dû m'en douter.

– Comment va-t-elle ? s'enquiert l'aide-soignante.

– Les médecins ne cessent de répéter que « pour son âge » elle est en pleine forme. Elle a eu un coup de fatigue, ils ne peuvent m'en dire plus pour l'instant. Ils ont fait pas mal d'examens et nous sommes en attente des résultats.

Sandrine s'approche de ma grand-mère et lui prend la main. C'est étrange de retrouver cette femme hors de son contexte, en dehors de son établissement. Ses gestes sont doux. Elle passe lentement la main dans ses cheveux courts. Elle parle avec douceur à ma grand-mère, avec gentillesse, sans jamais l'infantiliser. Mamé ouvre les yeux. Ses pupilles prennent du temps à s'adapter à la forte luminosité de la pièce.

– Bonjour Mamé.

– Où suis-je ?

Elle est déboussolée, frêle, attendrissante. Je m'assieds à ses côtés sur le lit aux draps froissés. J'ai envie de la protéger, lui dire que tout ira bien, lui promettre l'éternité, lui dire « je t'aime », mais dans ma famille on ne dit jamais ces mots-là.

– Ah bah vous voilà madame Beaupré, vous nous avez fait une belle frayeur, dit le docteur en entrant dans la chambre.

– Ah bon ?

– Avec votre maladie, des malaises comme celui que vous avez fait méritent toute notre attention.

J'essaie de capter l'attention du soignant. Je fais des clins d'œil, des signes de tête, des mouvements discrets qu'il ne semble pas comprendre.

– Ma maladie ? s'inquiète Mamé.

– Votre maladie d'Alzheimer, vous savez ?

Non, justement, elle ne sait pas. Le médecin vient de la confronter à la réalité en un éclat de seconde. Comment peut-on manquer de tact à ce point ? Je lui en veux et, en même temps, je me demande si je n'aurais pas dû préciser qu'elle n'était pas encore au courant.

– Mais enfin ! Je ne suis pas du tout malade ! C'est toi qui leur as dit ces sottises, Noël ?

– Mamé, les examens passés récemment démontrent qu'effectivement, la maladie s'insinue dans ton cerveau.

– *Basta* ! Tu la veux celle-là ? me répond-elle en soulevant sa main.

Sandrine semble gênée de la situation, elle se retrouve au milieu d'une joute verbale. En bonne soignante, elle me demande de sortir de la pièce.

Je me lève et me retourne vers ma grand-mère :

– Je vais rebrousser chemin vers Lourmarin et récupérer quelques affaires dans ta chambre. Il y a quelque chose en particulier que tu souhaites ?

– À Lourmarin ? me répond-elle.

Je comprends. Je comprends qu'elle ne comprend pas.

– Oui Mamé, nous y étions, juste tous les deux, avant ton malaise.

Elle fronce ses fins sourcils blancs.

– J'étais à la maison de retraite, qu'est-ce que tu racontes ? Tu sais, la maison dans laquelle tu m'as mise de force.

Elle insiste sur ces derniers mots et je comprends que ce n'est pas le moment d'entamer une conversation à ce sujet. Je ne l'y ai pas mise de force, je n'ai pas eu le choix. On se dit toujours que l'on souhaite le meilleur pour ses grands-parents, on espère qu'ils puissent finir leurs jours dans leur maison et continuer d'être indépendants, mais quand le premier s'en va, le second attend son tour. Mamé ne s'occupait plus d'elle-même. Je l'ai surprise plusieurs fois encore endormie à midi, ou sans avoir mangé depuis plusieurs jours, ou encore laissant le four allumé, la porte du frigo ouverte, la porte non verrouillée. C'est comme si une partie d'elle l'avait quittée lorsque Papé Joseph avait fermé ses yeux pour toujours. La meilleure partie.

Je quitte la chambre et m'assieds sur le banc à l'extérieur. Depuis le couloir, j'observe Sandrine parler à ma grand-mère au travers de la paroi vitrée. Seule une soignante pourrait trouver les mots dans une si délicate situation. J'essaie de lire sur ses lèvres, de prêter attention au ton qu'elle emploie. Le docteur de l'hôpital ne sait plus où se mettre, il semble aussi mal à l'aise qu'un coiffeur face à un chauve qui lui demanderait une coloration. Il sort de la pièce également et me rejoint.

– C'est le début de la maladie, c'est ça ? me demande-t-il.

– Oui, elle n'était pas encore au courant.

– Il n'y a pas de bonne manière de l'apprendre à un proche. Je suis désolé d'avoir brisé le secret, mais au moins c'est sur le tapis.

– Vous ne pensez pas qu'elle a déjà oublié ce que vous lui avez révélé il y a deux minutes ? j'ironise.

Il sourit. C'est rare de voir un docteur sourire dans un hôpital.

– C'est la mémoire épisodique qui est touchée. C'est la seule qui utilise l'hippocampe. Elle gardera sa culture, sa mémoire, tout ce qu'elle a appris, mais elle oublie les événements, rajoute-t-il.

– L'hippocampe… C'est un curieux nom.

– C'est la partie du cerveau qui enregistre les souvenirs. Son magnétoscope, pour imager. Ou plutôt, sa clef USB si je voulais adapter mon discours.

J'acquiesce. Je me suis beaucoup renseigné depuis l'annonce de sa maladie et ces termes ne sont pas inconnus.

– Pour une métaphore plus parlante, imaginez-vous en train d'enregistrer un fichier sur votre clef USB. Le disque détecte une erreur, un mauvais formatage. Mais cela ne vous empêche pas d'insister. Deux jours plus tard, vous reprenez cette clef USB avec l'idée de retrouver ce fichier, mais vous ne l'y trouvez pas.

– Parce qu'il n'a jamais été enregistré… Je comprends bien.

– À l'inverse, ses vieux souvenirs, tout ce qu'elle a pu apprendre par le passé : parler, faire du vélo, du cheval, du piano, tout ce que vous voulez ; eh bien tout ça, c'est dans une autre mémoire qui ne passe pas par l'hippocampe, donc elle s'en souvient encore.

– Elle me demande constamment où est mon grand-père alors qu'il est mort il y a deux ans.

– Parce que pour elle, son mari est devenu son oxygène. Être avec lui, c'est comme respirer. Ça fait désormais partie de sa nature, et ce n'est pas quelque chose que votre cerveau oublie facilement.

– Et qu'est-ce que je peux faire pour l'aider ?

– Ne la mettez pas en situation d'échec, dit-il. Vous pourriez l'amener dans un endroit qui lui est familier, dans un environnement où sa mémoire récente n'a aucun rôle à jouer, et où ses souvenirs seront réconfortés.

Alors que le médecin prononce cette phrase, l'évidence se met en place dans mon esprit.

Chapitre 13

Saint-Paul-de-Vence, octobre 1998
Vingt et un ans plus tôt

Deux semaines se sont écoulées depuis que tu as été hospitalisée et il me tarde de te retrouver, de nous retrouver, tous les deux dans notre appartement bancal. Papé et Mamé semblent préoccupés, ils ont la tête ailleurs, ils parlent sans arrêt d'un psychiatre, d'un psychologue, de quelqu'un de psy-quelque chose pour que tu ailles mieux. Dans mon jeu, j'ai attrapé un Psykokwak, il m'a coûté une Super Ball, mais je ne vois pas en quoi un Pokémon pourrait t'aider à aller mieux. Légèrement mis à l'écart par la force des événements, je trouve des occupations dans leur grand jardin dont je ne pense jamais avoir exploré la totalité : je mets des fleurs dans l'eau pour en faire du parfum – ça ne fonctionne pas comme ça, même si on laisse les pétales plusieurs jours. Ça pue ! –, je récupère des feuilles pour aider Papé avec son herbier, l'automne arrivant je balaie les feuilles mortes en dehors de l'allée de graviers, je chasse des escargots les jours de pluie et je vais chercher du bois dans l'abri pour le mettre dans la cheminée. J'essaie de contribuer, du mieux que je peux. Vers dix-huit heures, le téléphone résonne et je me cache dans les escaliers en bois pour écouter ma grand-mère. C'est un moment religieux. Dès la première sonnerie, elle arrête toute préparation en cuisine qu'elle est en train de faire, peu importe si les courgettes rissolent sur le feu, elle essuie ses mains sur son tablier et se précipite vers le grand meuble sur lequel reposent la télévision, le magnétoscope et le téléphone fixe.

Tu es rentrée chez toi, chez nous, mais tu souhaites que je reste encore un peu avec Papé et Mamé. Jamais tu ne souhaites me parler. Mamé propose systématiquement « Tu veux que je te passe le petit ? » mais je constate sa mine déçue lorsque tu prononces ta réponse. Je crois que tu m'en veux toujours d'avoir dérangé la voisine, le jour où tu ne t'es pas lavé le nombril. Après l'échange téléphonique quotidien, Mamé Jeannine me raconte que tu vas bien. Elle ne s'étend pas sur les détails et retourne en cuisine. *Tu veux m'aider, petit ? Va me chercher du romarin près des briques. Tiens, coupe ces pommes, on va en faire une jolie tarte.* J'acquiesce. Je n'aime pas la tarte aux pommes, mais j'aime encore moins faire du mal aux gens. Peu avant le dîner, pendant que les plats sont au four, Papé m'enseigne le piano, avec passion, avec rigueur, avec amour. Il me parle des notes comme je parle des chevaliers. Il a une patience folle avec moi. Je suis dissipé, j'ai du mal à me concentrer sur les partitions. À vrai dire, toutes ces notes sur les lignes me sont impossibles à déchiffrer. Je travaille des heures, écrivant en dessous de chaque noire et de chaque blanche sa signification. Pourquoi le *la* se transforme en dièse ou en *si* bémol parfois ? Je me familiarise avec un langage inconnu, pour avoir la chance de parler la langue de mon grand-père. J'apprends le piano parce que, outre le fait que j'aime la musique, j'aime passer du temps avec lui.

Pendant que je suis chez eux, je continue d'aller à l'école. Les grands me rackettent toujours mon goûter, et quand je fais l'erreur de ne pas en prendre un dans mon sac à dos, c'est un croche-patte dans les escaliers qui m'attend. Alors je les nourris de Pépito, de BN, de Savane que j'achète avec le peu d'argent de poche que me donne mon père, dans l'espoir de les rallier à ma cause. Je me dis que toute mauvaise chose a une fin et que bientôt ils iront au lycée et je deviendrai le grand du collège. Le jour où j'assisterai à la rentrée des classes, avec mon sac à dos de troisième sur le dos, je regarderai les petits sixièmes entrer dans le grand préau, le cœur serré, et j'essaierai de les aider, de leur montrer que le bahut peut aussi être un lieu de camaraderie et d'amour.

C'est le début du mois d'octobre quand je rejoins notre appartement de la cité aux remparts. Tu me prends dans tes bras, m'ébouriffes un peu les cheveux, me dis que j'ai grandi, que je grandis trop vite. Tu es différente de d'habitude. Il y a quelque chose sur toi, un je-ne-sais-quoi qui n'est pas habituel. Tu as l'air heureuse, épanouie. Tu me demandes de vous laisser entre grandes personnes, alors je me précipite dans ma chambre retrouver le peu de jouets qui m'appartiennent : un cahier de coloriage sur les chevaliers, un tapis qui représente un circuit de voiture, cinq voitures et un camion avec lesquels je joue aux embouteillages et des

LEGO qui me font comprendre que les combinaisons sont illimitées dans ce monde. Je déchiffre que les possibilités sont infinies en m'amusant avec des briques en plastique et en pianotant sur des touches en ivoire. Tu discutes avec mes grands-parents. La conversation est animée. J'ai l'impression que tu cherches à les accuser pour ton ventre mal lavé. J'entends Mamé te gronder à l'instant où tu craques une allumette pour enflammer ta cigarette. « Tu devrais arrêter ces conneries. Pense à Noël un peu ! » Ça ne me dérange pas que tu fumes. Je n'aime pas l'odeur, mais j'ai le sentiment que tu es heureuse quand tu portes le tabac à tes lèvres. Lorsque tu recraches la fumée, tu la regardes s'envoler et tes pensées s'apaisent quelques secondes. Je te trouve belle quand tu es pensive.

À la tombée de la nuit, Papé et Mamé repartent chez eux. Ils insistent avant de partir :

– Ça va aller ?

– Oui, tu leur réponds.

– Tu es sûre ?

Je ne comprends pas pourquoi ils se montrent si insistants, ils hésitent avant de fermer la porte derrière eux. Je ne sais pas à quoi m'attendre, j'ai peur de ton Mister Hyde. Devant les autres, tu as toujours été Docteur Jekyll, mais une fois dans l'intimité, c'est comme dans le roman de Robert Louis Stevenson que nous étudions en cours de français, tu te transformes. Pourtant, ce samedi d'octobre, tu te retournes vers moi et m'ouvres grand tes bras. Je n'ai pas souvenir de gestes aussi attentionnés. Il fait bon dans ton enlacement. J'entends ton cœur battre et nos rythmes se synchronisent. Tu me murmures que tout va bien se passer, que tes démons sont derrière toi. Peut-être que tu as des pouvoirs, comme celle qui se bat contre les vampires dans la *Trilogie du samedi*. Tu me demandes ce que je veux manger ce soir, tu es allée faire des courses pour préparer un repas de célébrations. Pendant que tu cuisines des crêpes, tu mets de la musique depuis la chaîne hi-fi.

– C'est toujours celle-ci ta préférée de l'album ?

La voix de Garou pose les premières paroles.

Belle, c'est un mot qu'on dirait inventé pour elle.[1]

C'est vrai que tu es belle quand tu souris. Tu as la joie dans tes gestes en remuant l'appareil à crêpes. Tu chantonnes, fredonnes, et me fais des clins d'œil pour me montrer que tu connais la chanson.

Quand elle danse et qu'elle met son corps à jour,
tel un oiseau qui étend ses ailes pour s'envoler.

Tu essaies de faire un pas vers moi en mettant cette chanson qui est devenue celle de Mamé et moi depuis la sortie de l'album en septembre. Tu n'aimes pas les comédies musicales, mais pour une fois tu fais semblant de t'y intéresser. Tu as l'air si heureuse. Tu me dis de ne pas faire mes devoirs, que ce n'est pas important les mathématiques, que l'essentiel de la vie est dans les moments comme celui-ci. Tu me dis qu'il faut vivre au jour le jour, et je ne sais pas ce que cela veut dire, je n'ai toujours vécu que comme ça. J'ai presque dix ans, les problèmes de grands me semblent

1. Extrait de la chanson *Belle*, tirée de la comédie musicale *Notre-Dame de Paris*.

trop loin. Tu me regardes dans les yeux et me promets que tu m'aimes, même si tu ne le montres pas facilement. Tu ne sais pas le montrer, on ne t'a jamais appris.

Puis, j'entends sonner. C'est la porte d'entrée. Ton sourire s'agrandit, tu te vaporises un peu de parfum dans le cou, coiffes tes cheveux et me demandes de mettre le couvert sur la table.

Dans l'entrebâillement de la porte se trouve la silhouette d'un homme qui t'enlace par les hanches, il t'embrasse, il te murmure des mots doux, il a des fleurs, il a droit à tes baisers, il a de la chance.

– Noël, nous serons trois à table ce soir.

Je ne prends même pas la peine d'écouter la fin de ta phrase. Tu me présentes ton nouvel ami dont je ne retiens pas le nom. Philippe ou Philibert. Je comprends alors que ton sourire n'était pas pour moi, pas plus que ces crêpes dorées, ta bonne humeur, ton enthousiasme, le parfum de la légèreté dans notre appartement.

Toutes tes bonnes émotions, tu les réserves aux autres.

Chapitre 14

Trois jours après son malaise, et avec l'autorisation des médecins qui la suivent, j'ai mis mon plan à exécution. Sandrine conduit le Citroën Berlingo et me maudit de l'avoir embarquée dans une telle histoire. Ses mains à dix heures dix sur le volant, les doigts agrippés sur le cuir, elle n'est pas habituée à piloter un véhicule de près de cinq mètres de long. Dans les virages, elle semble se créer un torticolis pour vérifier ses angles morts. Elle a pris son parti de rouler sur les bandes rugueuses qui bordent la chaussée. Le diesel vibre. Le bruit est pénible. Mais elle a la tranquillité de savoir qu'elle est à bonne distance du ravin.

– Je vous dépose, mais après je dois retourner travailler.

Je souris. Je découvre à la manière dont s'agitent ses mains sur le volant qu'elle n'en a pas envie, qu'elle aimerait rester avec Mamé. Lors des lignes droites, elle porte ses ongles à sa bouche et s'arrache les cuticules. Je comprends son angoisse suite au dernier coup de fatigue de ma grand-mère, mais elle dort dans son fauteuil roulant, à l'arrière du véhicule. La route l'apaise, malgré les vibrations. Elle est encore faible. Je crains qu'elle ne le soit pour toujours.

– J'ai une proposition pour vous, Sandrine.

Elle semble perdre le contrôle du véhicule et rétrograde.

– Non, je vous en prie, continuez, je vous promets qu'il n'y a rien d'étrange ou bizarre à ce que je vais vous demander.

– Je vous assure que ça commence mal. Aucun homme ne fait une proposition à une femme alors qu'elle conduit, au volant d'un Berlingo avec une femme âgée atteinte d'Alzheimer à l'arrière de leur véhicule.

– Ce n'est pas ce genre d'offre, je vous assure. C'est juste que je vous observais à l'hôpital. Vous prenez soin de ma grand-mère d'une manière si – je cherche mes mots – unique et attentionnée. J'aimerais que vous veniez vivre avec nous.

Voilà, j'ai prononcé ces quelques mots qui me hantent depuis que je l'ai vue s'occuper de Mamé, depuis le malaise, depuis la douceur dans ses gestes, depuis qu'elle ne m'en a pas voulu d'avoir kidnappé une personne âgée. Dit-on encore kidnappé, ou *old*nappé ?

– Vous êtes marrant, vous ! Vous pensez que je peux tout plaquer du jour au lendemain pour vous aider, vous et votre grand-mère.

– Je vous propose juste de considérer ma demande.

– Je vous rappelle que j'ai un fils, je ne peux pas lui imposer mes envies. J'ai un mari, aussi !

Dans cette dernière phrase, Sandrine avait utilisé le mot « envies ». C'est un mot puissant, à la limite entre le besoin et la fantaisie, entre le caprice et la fureur, la soif et l'appétence. Elle avait la volonté de vivre avec nous, elle avait cette tentation de quitter son quotidien pour rejoindre le nôtre.

– Vous pourriez venir avec votre fils et votre mari, *La Mésange* est assez grande. Ce n'est vraiment pas un problème pour moi.

– Bien sûr. Vous, vous n'avez pas de soucis. Vous kidnappez des grands-mères, vous abandonnez votre travail quand celui-ci semble compliqué, vous mettez votre appartement en location quand vous avez une idée en tête, vous ne vous inquiétez pas de la santé de votre Mamé, vous appelez les gens pour qu'ils réparent vos erreurs au moindre coup de sifflet, mais ça ne fonctionne pas à chaque fois, Noël !

Frappé en plein cœur. Sandrine ne mâche pas ses mots. J'ai été égoïste, je le sais. Bien sûr que je me mentais et estimais faire cela pour son bien-être, mais au fond de moi, j'admets que c'est pour servir mon intérêt personnel, pour raviver mes souvenirs, partager des moments qui m'inspireront une nouvelle mélodie, un album inédit. Soudain, je m'en veux de ne pas avoir pris en considération les autres autour de moi : je pense à mon producteur que j'ai déçu, à ma grand-mère dont j'ai surestimé la force et négligé la santé, à ma voisine de palier, Cécile, que je rencontre après dix années dans cet appartement, pour qui je ne peux m'empêcher de ressentir de la peine. Je pense à Manon à qui j'ai promis des entretiens exclusifs pour qu'elle ait de la matière à travailler pour son mémoire sur « La recherche de l'identité de l'artiste au travers de son œuvre », mais là encore, je l'ai laissée tomber.

– Vous avez raison, je murmure.

Sandrine semble surprise par mon acceptation de sa remarque. Les pneus de la voiture crissent sur les graviers et, alors que je sors du véhicule pour retirer le cadenas de la chaîne du portail, Mamé se réveille. Je poursuis à pied et le Berlingo s'insère dans l'allée. J'aime que mes chaussures foulent l'herbe folle de ce jardin qui n'a pas été tondue depuis des années, depuis le départ de Papé. J'indique à Sandrine l'endroit pour garer le véhicule, sous le préau dans le fond du pré. Les tuiles sont en mauvais état, les hivers peuvent être venteux dans la région. La gouttière est pleine de feuilles mortes qui obstruent le bon écoulement des pluies. Sous une bâche verte, des bûches pour la cheminée. Quand j'étais encore minot, Papé coupait lui-même ses arbres, mais quelques années avant son décès il avait fait le choix de la raison et se faisait livrer ses stères de bois. J'ouvre l'arrière de la voiture et installe la rampe pour que ma grand-mère puisse retrouver la maison de sa vie. Ses yeux sont émerveillés. Elle est une enfant face au château de la Belle au bois dormant. Nous nous posons tous les trois face à la façade de la maison. Les rosiers plantés près de l'escalier en pierre ont quelque peu envahi la tonnelle et les murs, ils se sont aidés de leurs ronces pour grimper sur les volets à la peinture écaillée. La mauvaise herbe a poussé jusque dans l'allée principale de graviers et entre les caillebotis de la terrasse. Le platane centenaire en impose toujours par son ombre qui fait du salon de jardin l'endroit idéal pour s'allonger avec un roman. Ses racines ont continué de s'étendre. Du moins j'imagine, au vu de la fissure qui s'est créée sur la façade.

– Alors c'est ça, s'insurge Sandrine. C'est ça, *La Mésange.*

Dans son regard, une déception se dessine. Pourtant, j'y retrouve tous les souvenirs de mon enfance, tous les après-midi à courir dans le pré, à jardiner avec Mamé, à concocter des parfums magiques avec les fleurs des plates-bandes, à récupérer le linge séchant lorsque les premières gouttes de pluie s'annonçaient, et ce préau, vers lequel je courais quand la Renault 5 de ma mère se garait les mercredis soir.

– Oui c'est ça, dis-je, les yeux embués de larmes.

J'observe Mamé. Elle n'a pas dit un mot depuis que nous sommes arrivés. Je lui place son châle sur ses épaules, malgré la chaleur printanière qui s'étend sur le Sud ces derniers jours. Ses mains tremblent. Je n'y connais rien à la maladie d'Alzheimer, je ne suis pas docteur ou scientifique, mais je peux assurer qu'au moment où je l'aide à sortir de son fauteuil roulant pour qu'elle gravisse les quelques marches qui séparent la terrasse de la porte d'entrée, dans ses yeux, tous les souvenirs de sa vie ont rejailli. Elle a posé sa main frêle sur la rampe en pierre. Le soleil avait chauffé la façade toute la matinée. Les rayons ont accumulé suffisamment de chaleur pour lui restituer, pour insuffler un nouveau souffle dans son corps menu, comme pour lui donner de l'énergie, de la force de vivre encore. Elle sort de son sac à main une grosse clef rouillée comme on n'en voit pas dans nos appartements de ville. Ses doigts tremblent, mais j'insiste pour que ce soit elle qui mette la clef dans la serrure du volet aux couleurs fanées. Quand elle l'insère, ses convulsions s'arrêtent. Elle donne un tour à droite, puis un deuxième, et le battant s'ouvre alors qu'elle tire du peu de force qu'elle a encore dans ses bras. Il grince. Oui, il grince comme il a toujours grincé. *Ton Papé dit constamment qu'il va mettre un peu d'huile dans les gonds. Ça fait vingt ans qu'il doit s'en occuper. Comment ça, tu m'entends Joseph ? J'espère bien que tu m'entends, mais ce n'est pas pour autant que tu fais quelque chose.* Je les entends encore se chamailler à ce sujet. Je me fais la promesse de mettre de la graisse dans la charnière pour faire le nécessaire, au risque de voir disparaître ce bruit si familier de mon enfance. La deuxième porte s'ouvre et nous nous retrouvons tous les trois dans ce grand salon que j'ai tant aimé.

– Ça sent le renfermé, dit Sandrine.

Elle n'apprécie pas encore la maison comme je la perçois. Il suffit de regarder vers la cuisine pour sentir le pot-au-feu que Mamé prépare, sur la table à manger le vieux journal de mon grand-père, l'odeur des pages de mots fléchés noircies par son écriture si singulière, les bûches de bois proches de l'antre, la bibliothèque aux livres anciens, le piano et ses touches en ivoire. Je caresse le clavier poussiéreux, appuie sur un *ré* pour entendre son écho dans les murs de *La Mésange*. Il ne vole pas bien loin, il s'évanouit rapidement dans des dissonances désagréables. Il mériterait un bon accordeur. Sur les meubles, il y a une fine couche de poudre d'acariens, mais rien d'autre n'a changé. Mamé s'assied dans le fauteuil près de la cheminée, celui dans lequel Papé a expiré son dernier souffle. Elle s'y blottit. Elle se colle au tissu, elle n'aimerait faire qu'un avec ce fauteuil. Sans doute y trouve-t-elle son odeur réconfortante, celle de son eau de Cologne imprégnée dans le coton. Elle a un sourire sur les lèvres et des larmes dans les yeux.

Cette maison n'empeste pas le renfermé. Elle respire l'amour.

Chapitre 15

Saint-Paul-de-Vence, 24 décembre 1998
Vingt et un ans plus tôt

Deux mois. Cela passe si vite deux mois. Et à la fois, cela peut laisser des cicatrices invisibles sur le cœur. Il est parti. Comme tous les autres avant lui, et comme de nombreux autres après. Je n'ai plus le droit de dire son nom. Adieu Philippe. Il a claqué la porte avec colère. Tu lui criais dessus que c'était qu'un connard. Ce mot-là est devenu ton qualificatif préféré pour parler de tes ex. Il n'est plus considéré comme un gros mot à la maison, même à la veille de mes dix ans j'ai l'autorisation de le prononcer. Je l'utilise avec parcimonie pour que nos voisins aient une bonne image de ton éducation. Au collège, les grands ont trouvé un nouveau bouc émissaire. J'ai de la peine lorsque je vois le nouvel enfant avec son appareil dentaire, qui doit également faire casque coiffant et lui permettre de capter les ondes satellites. Il a attiré les convoitises et insultes des imbéciles heureux, mais je sais que cette trêve ne sera que de courte durée. Je reste l'enfant qui vient de quitter l'école privée, le « sale bourge » de parents pauvres. Les autres élèves se connaissent déjà, ils ont partagé les découvertes du primaire qui soudent des amitiés : les premières dents qui tombent, la déception de comprendre que le Père Noël n'est qu'un tonton dans un costume de premier prix, les disputes entre amis, la construction d'une identité…

Mathieu m'a acheté un cadeau. Nous ne croyons plus au Père Noël depuis le CE1, depuis que nous avons entendu les parents de mon meilleur ami débattre des cadeaux à acheter. *Acheter*. Ce mot a résonné comme une insulte, une faille dans les promesses de notre imaginaire. Nous nous étions juré de ne pas ouvrir nos présents avant le 25, mais il n'était pas encore dix heures et la récréation n'avait pas sonné que nous les avions déjà déballés. Dans le froid de décembre, je lui ai offert une figurine du dessin animé *Mille et une pattes*. C'est un jouet en plastique que j'ai eu dans le *happy meal* que mon père m'a offert au début du mois. Il aime bien m'amener chez *McDonald's*, et moi j'aime bien passer du temps avec lui. En échange, mon meilleur ami m'a fait don d'une cassette du *Bossu de Notre-Dame*. Il sait que j'ai adoré le voir au cinéma : ses monuments parisiens, ses gargouilles et ses chansons. J'ai hâte de l'apporter à *La Mésange* pour la montrer à Mamé.

Nous ne fêtons pas Noël cette année. Tu n'en as pas envie et en as décidé ainsi. Tu as le même sapin depuis dix ans, tu viens de le sortir de la cave et il a des allures d'un bonzaï arrosé au vinaigre blanc. Tu n'as pas sorti les boules de leur boîte en carton et je ne peux les atteindre dans l'étagère supérieure du placard, alors il est nu. Il me fait de la peine. Comme ce réveillon est triste. Tu fumes des cigarettes sur ton canapé en écoutant les chansons mélancoliques de Laura Pausini. Je ne suis pas convaincu que cette chanteuse ait d'ailleurs écrit des chansons joyeuses une fois dans sa vie.

La solitudine fra noi
(La solitude entre nous)
Questo silenzio dentro me
(Ce silence en moi)
È l'inquietudine di vivere
(C'est l'inquiétude de faire)
La vita senza te
(Ma vie sans toi)[1]

Tu lis les paroles dans le livret fourni avec le CD. Tu lis et tu pleures. Tu pleures et tu fumes. Tu fumes et tu lis.

– Maman ?

– Quoi Noël ?

– Tu veux que j'appelle Papé et Mamé pour qu'ils viennent fêter Noël avec nous ?

– Je ne veux rien. Tu comprends ça ?

– Pourquoi tu es triste ? Je suis là moi.

Tu émets un rictus. Il ne me plaît pas trop. J'ai le sentiment que je ne te suffis pas, que tu n'es pas entière avec moi, que tu es toujours à la recherche d'une pièce manquante et que je ne peux pas t'aider à la trouver. Un peu comme dans mon puzzle des Alpes. Il manque une pièce, un sommet. Je l'ai cherché partout dans ma chambre, mais

1. Extrait de la chanson *La Solitudine* de Laura Pausini.

je ne la retrouve pas. Ma montagne est incomplète. Alors je n'ose plus le faire ce puzzle. J'aurais aimé le coller sur une grande planche de liège et en faire un cadre, mais il m'énerve. Je préfère le garder dans sa boîte au placard.

Je t'ai acheté un cadeau pour Noël. Il est dans ma chambre depuis trois semaines. Ce n'est pas grand-chose, mais j'avais envie que l'argent de poche que tu me donnes te fasse sourire autant que cela me met en joie quand tu me le remets tous les dimanches.

– J'ai un cadeau pour toi, Maman.

Au pied du sapin, il n'y a rien. Je suis un peu inquiet de ne pas avoir de paquets. Mais demain ce sera mon anniversaire, peut-être que j'en aurai le double. Ton regard s'illumine quand je prononce ces mots. Et à la fois, des larmes coulent sur tes joues. Laura Pausini continue de chanter sa solitude pendant que je cours le chercher. C'est une petite boîte que j'ai emballée moi-même. Je n'ai pas trouvé où tu rangeais les papiers cadeaux, alors je l'ai enveloppée dans de l'aluminium. Ça brille quand je le mets proche de la lumière. Ça fait comme un soleil qui réfléchit les rayons du jour. Je te le donne. Je ne sais pas trop si tu souris, tu dis simplement :

– Tu sais combien ça coûte l'aluminium ? Je me demandais bien pourquoi je n'en avais plus dans le tiroir.

Tu arraches le papier que j'ai mis tant de temps à rendre joli et découvres une petite boîte en carton. Tu l'ouvres et le collier en argent te met du baume au cœur. Je l'ai acheté au marché du village, en allant chercher le pain un matin où tu ne travaillais pas à la boulangerie de M. Gérard. La vendeuse me l'a fait à moitié prix quand je lui ai avoué que c'était pour offrir à la fille que j'aime. Elle a dû être attendrie.

Tu le portes à ton cou et me demandes de te l'attacher. Je soulève tes cheveux. Ta nuque sent bon la fleur de coton. Je l'accroche et tu me fais un grand sourire avant de t'effondrer en larmes. Tu pleures des larmes de mauvaise mère. Tu t'en veux de ne pas avoir acheté de cadeaux pour Noël. Tu promets de te rattraper rapidement. Je te prends dans mes bras et te rassure. Je te dis que ce n'est pas grave. Et je sanglote aussi, parce que oui, c'est grave. Notre réveillon est terminé. Tu as préparé du riz et une escalope de poulet panée, mais j'ai le droit d'avoir de la mayonnaise parce que, comme tu dis, « il faut que ça fasse un peu fête quand même ! ».

Le lendemain, tu me réveilles avec une haleine de cigarette froide. Tu me fais un baiser sur le front et me souhaites un bon anniversaire.

– Dix ans ! tu chuchotes dans le creux de mon oreille.

Tu sembles impressionnée d'avoir réussi à être mère aussi longtemps. Dans tes yeux, je peux lire que tu penses à cette nuit de 1988 où tu m'as donné naissance. Plusieurs fois, tu m'as accusé de t'avoir rendue parent. Tu n'étais pas prête à le devenir. Tu le fais sur le ton de l'humour, avec un sourire sur les lèvres, mais les reproches sont réels. Tu dis qu'à cause de moi tu es devenue cette femme que tu ne reconnais pas, que j'ai brisé votre mariage.

– Papé et Mamé vont venir pour le goûter, je leur ai demandé de rapporter une galette des Rois, je sais que tu adores ça.

Ce n'est pas encore l'Épiphanie, mais la frangipane a le pouvoir de me remonter le moral. Je me lève avec excitation pour découvrir que le pied du sapin en plastique est aussi vide que la veille. Aucun cadeau. Rien n'est déposé sur le parquet froid, mis à part quelques moutons de poussière.

Tu étales sur la table du salon tes médicaments qui t'empêchent de ressentir la moindre émotion. Tu prends les trois quarts d'une barrette de Lexomil, et la moitié d'un cachet dont je n'arrive pas à prononcer le nom. C'est ainsi que j'ai appris à faire des fractions avant les autres, en te regardant t'anesthésier d'amour.

L'après-midi, Papé et Mamé arrivent chargés de présents. Ce sont mes Pères Noël. Ils me couvrent de baisers, m'embrassent comme une brioche qui sort du four. Il fait si bon dans leurs bras.

– Aère un peu, ça pue la fumée dans ton salon, te dit sèchement Mamé.

Elle a raison, notre appartement évolue constamment dans un brouillard londonien. Tu t'exécutes. En leur présence, tu redeviens une enfant de dix ans. Quand ils sont là, tu te fais gronder. J'ai le sentiment que tu es plus grande sœur que mère.

Sur la table à manger, tu dresses le couvert. Tu sors trois coupes d'un buffet que l'on n'ouvre jamais. Dans ses placards, la vaisselle des grandes occasions doit être dépoussiérée lorsqu'une ombre s'invite à déjeuner. Tu rinces les flûtes pour que la fine pellicule s'échappe et y verses du champagne. Vous souriez tous les trois en trinquant en mon honneur. Papé et Mamé me regardent avec les rides du bonheur. Tu craches la fumée de ta clope avant de porter à tes lèvres tes médicaments et avales quelques gorgées de bulles pour les aider à descendre le long de ton œsophage.

J'ouvre mes cadeaux et suis si excité de les recevoir que je pars jouer directement avec dans ma chambre : un théâtre en bois avec des marionnettes de Guignol, une Sega, des livres de la Bibliothèque bleue (*Adorable Ciboulette*, *Zip, l'hirondelle* et *Caramel, le gentil caniche*) et quelques peluches. Tous sont des cadeaux présents sur ma liste. Je vous entends parler dans le salon, mais je suis concentré sur les histoires que je me raconte.

Pour le goûter, je suis appelé à me mettre sous la table et je dois choisir le destinataire de chaque part de galette des Rois à l'aveugle. Nous n'attendons pas le 6 janvier, nous sommes dans une hâte de redistribuer les cartes et de nommer celui ou celle qui sera à la tête de notre royaume particulier.

– La première pour Mamé ! crié-je de joie.

– Comme c'est surprenant, tu murmures.

Je ne te vois pas, mais je sais qu'en prononçant ces mots tu lèves les yeux au ciel. Quoi que je fasse, j'ai le sentiment de mal faire.

– La deuxième, pour Papé.

Mon grand-père me donne un léger coup de pied sous la table. J'en comprends aussitôt le sens.

– Euh pardon, la deuxième pour Maman !

Je distribue la troisième pour Papé et la dernière pour moi-même. Je regagne mon siège et m'estime heureux d'être entouré pour mon anniversaire. Je n'ai jamais eu de fête d'anniversaire avec des copains de classe. En cette période de fêtes de fin d'année, tu spécules que personne ne viendrait et que chacun est en famille. Je pense surtout que tu ne veux pas avoir de monde à la maison. Je croque dans la pâte feuilletée. La frangipane fond sur ma langue.

– Aïe, geins-tu.

Tu retires la part de ta bouche et découvres un petit santon en porcelaine entre tes doigts. Tu suces le sujet pour décoller la farce aux amandes et nous présentes fièrement le meunier que tu viens de sauver d'une morsure.

– Nous avons notre reine ! s'exclame Papé.

Il s'empresse d'aller chercher la couronne dorée en papier.

Il me la remet en mains propres et tu poses ton genou sur le carrelage pour te baisser à mon niveau. Mon grand-père prend sa grosse voix, la même qu'il utilisait quand il singeait le Père Noël :

– Par les pouvoirs qui nous sont conférés, nous te proclamons reine de nos vies !

Je te dépose le papier cartonné sur la tête. Tu souris. C'est mon plus beau cadeau d'anniversaire. Parfois, tu deviens la pièce qui complète ma montagne.

Chapitre 16

Papé avait la curieuse manie d'accumuler sans ne jamais rien jeter. Il entassait des babioles et des souvenirs dans son bureau, mais collectionnait également les vieux journaux, les fringues abîmées, les assiettes ébréchées et les chaussettes dépareillées. Il n'aimait pas se débarrasser de ses affaires, et encore moins se séparer d'un objet encore fonctionnel. Certains diront qu'il était d'avant-garde, moi je le trouvais un petit peu ringard. Sandrine m'aide à trier les vêtements de son placard. Sur les cintres, les chemises repassées attendent leur propriétaire. Je reconnais son costume des grandes occasions, celui qui servait à la fois aux mariages et aux enterrements. Mamé ne voulait pas qu'il soit son dernier habit, celui qu'il portera dans l'au-delà, ou entre quatre planches – question de point de vue. Un costume en coton d'Égypte l'accompagne dans son ultime demeure, je le lui avais rapporté d'une tournée en Afrique du Nord, à l'époque où un public m'acclamait encore.

– Vous avez réfléchi à ma proposition ? lui demandé-je.

– Venir vivre ici pour m'occuper de vous et votre grand-mère ? Je ne sais pas lequel des deux a le plus besoin d'aide.

Je souris.

– Vous avez raison, il y a pas mal à reconstruire dans cette maison, et pas uniquement dans la maison.

– Je suis désolée Noël, je vais devoir décliner. J'apprécie sincèrement votre offre. Depuis quelques heures ici, je constate déjà les progrès que fait votre grand-mère et cela me donne envie de l'accompagner dans cette récupération. J'ai toujours rêvé d'être indépendante, d'aider les personnes en difficulté, je voulais même ouvrir ma propre maison de retraite. Puis j'ai vu les coûts, les contraintes, je suis même allée voir un banquier qui avait les yeux qui brillaient et ne cessait de me répéter « avec la population vieillissante, c'est un sacré business que vous vous apprêtez à monter, ça va en faire des sous sur votre compte en banque ». Il parlait d'argent quand je parlais d'amour, d'amitié, d'accompagnement, d'histoires de vie. Il avait des euros à la place de ses pupilles, comme un personnage de dessin animé, et moi j'avais des larmes.

– Mais si une banque vous suivait, pourquoi refuser ?

– On ne choisit pas le métier d'aide-soignante pour l'argent. Loin de là. J'avais commencé, j'avais envie de m'affranchir, d'être indépendante. J'ai eu rendez-vous avec l'agence régionale de santé puis le conseil départemental, des hommes en costume qui me regardaient de haut à chaque sigle que je ne comprenais pas. Et j'ai un enfant avec des besoins spécifiques. Je ne peux pas me permettre de tout quitter. Financièrement, Étienne ne travaillant pas, on ne pouvait compter que sur mon salaire pour subvenir aux frais médicaux et toute la panoplie : les rendez-vous avec les docteurs, les psychomotriciens, les psychologues… Alors j'ai décidé de rester à ma place, d'être un bon petit soldat et de faire mon devoir : subvenir aux besoins de ma famille.

Elle sort les dernières chemises de l'armoire et les plie sur le lit. J'ai récupéré de la cave deux grands sacs. Ils sont déjà bien gonflés de vêtements, d'odeurs et de souvenirs.

– Ce n'est pas un peu triste, de laisser votre passion au tiroir pour un besoin de stabilité ? risqué-je.

– Nous n'avons pas tous la chance de pouvoir tout quitter du jour au lendemain, Noël.

Elle attrape les cabas et les anses viennent épouser la peau de son épaule.

– Sur le chemin du retour, je passe devant un Emmaüs, si vous souhaitez je peux les déposer ?

J'acquiesce et la remercie du temps qu'elle nous a accordé. C'est un sentiment étrange qui m'envahit en débarrassant les affaires de Papé des placards. C'est comme si j'effaçais son temps à *La Mésange*, comme si je supprimais toute trace de lui.

Mamé se repose dans le fauteuil près de la cheminée éteinte. Sur ses lèvres, un sourire s'est dessiné dans son sommeil. Elle semble apaisée, réconfortée. Je lui ai préparé une tasse de thé qu'elle a posé sur la table basse, et qui a depuis refroidi sans qu'elle y ait goûté. Je descends les escaliers et accompagne Sandrine à la porte.

– J'aimerais beaucoup que vous me présentiez votre fils.

– Je viendrai avec, je suis convaincu qu'Eliott se plairait ici, peut-être pour dîner d'ici quelques jours.

– Ou plus que dîner. La maison est grande Sandrine, n'oubliez pas ma proposition.

Alors que sa silhouette s'engouffre dans le taxi que je lui ai appelé, mon téléphone vibre dans ma poche. Les derniers jours ont filé à une vitesse incroyable et j'en ai oublié de rappeler Manon. Je m'en veux. Pour la première fois, je comprends qu'elle comptait sur moi, que je l'ai laissée tomber. Son message est sans équivoque, elle est furieuse.

> Quelle bonne idée
> j'ai eue d'écrire
> mon mémoire sur vous...
> Une vraie perte de temps !

Je l'appelle aussitôt et me confonds en excuses.

Deux heures plus tard, Manon est assise dans le salon d'extérieur. Elle a tiré ses cheveux bouclés en queue de cheval qui découvre un visage à la peau de porcelaine. Ses yeux couleur de jade sont en colère. Elle a le regard froissé et ne souhaite pas perdre de temps. Je culpabilise de l'avoir laissée tomber pour la rédaction de son mémoire. Je lui raconte les derniers événements, l'hospitalisation de Mamé, l'arrivée à *La Mésange*, et elle feint de me pardonner. Elle allume son dictaphone posé sur la table au bois abîmé.

– La dernière fois que nous nous sommes entretenus, dit-elle, vous m'expliquiez avoir fait la promesse à votre grand-mère de ne jamais vendre *La Mésange*, que si elle voulait revenir se faire un bain de souvenirs elle le pourrait, est-ce que c'est ça que vous êtes venus faire ?

– C'était l'idée initiale. Il faut croire que Mamé n'était pas la seule à en avoir besoin. J'ai hâte d'être à ce soir, de me replonger dans le lit de mon enfance, de regarder les étoiles par le Velux.

La journaliste en devenir ne semble pas vouloir s'attarder sur les souvenirs de cette maison, elle a une idée en tête : me faire parler de mes compositions. Elle semble agacée, pressée par le temps. Je partage avec Manon les éléments de ma jeunesse : le divorce de mes parents, mon entrée au collège, et nous en arrivons à ce qu'elle estime être révélateur de ma musique : la victimisation dont j'avais fait l'objet au collège.

– Vous pouvez m'en dire plus sur cette période de votre vie ? demande-t-elle, stylo en main, prête à noter mon histoire.

– Oui, j'étais le vilain petit canard de l'établissement, surtout pendant mon année de sixième. J'étais le nouvel élève, celui qui arrivait comme un cheveu sur la soupe. J'ai subi les insultes, l'humiliation, la cruauté des plus grands. Ma mère n'a jamais prêté attention à mes maux de ventre, ma perte d'appétit, le fait que je m'enfermais dans ma chambre et la baisse de mes résultats scolaires. Moi qui avais réussi à traverser mes années de primaire en maintenant le navire à flot, mes notes chutèrent à mon arrivée en sixième. Mais elle ne s'en est jamais rendu compte. Elle était trop occupée à essayer d'être heureuse. Alors j'ai surmonté ces épreuves tout seul. Mon meilleur ami à mes côtés. Mathieu, qui venait du public, avait déjà beaucoup d'amis et connaissait les couloirs à éviter pour ne pas croiser les grands. J'ai échappé au pire. Le collège avait même fini par devenir un environnement rassurant, en opposition à ce que me proposait ma mère. À la fin de l'année de troisième, l'établissement organisait un grand carnaval. C'était un après-midi déguisé auquel parents et grands-parents étaient conviés, avec pour objectif de faire une croix sur les années de collège et d'entrer dans la vie du lycée. Ils imaginaient les choses en grand, un peu à l'américaine, mais entre le papier crépon, les toiles cirées et les quelques ballons gonflés aux crachats époumonés des pions, le résultat n'était pas au rendez-vous.

Ma grand-mère nous rejoint à l'extérieur. Elle peine à marcher et s'appuie de tout son corps sur sa canne qui s'enfonce dans les graviers. Je me lève pour l'aider et l'installe dans un fauteuil en plastique duquel j'enlève d'un coup de main les feuilles mortes de l'automne dernier. Je lui sers un verre d'eau qu'elle porte à ses lèvres tremblantes.

– Tu veux que j'aille te chercher un gilet ?

– Non ça va aller, t'occupe pas de moi, continue ton histoire.

– Mathieu, mon meilleur ami de l'époque, et moi avions fait le choix de nous déguiser en Harry Potter. J'étais le seul des deux à m'être dessiné une cicatrice sur le front et avais pu emprunter les lunettes rondes de mon grand-père. Tu te rappelles Mamé ? Il m'avait prêté ses vieilles lunettes sans verre.

Elle acquiesce, mais son regard est tourné vers le fond du pré, là où les cyprès se confondent avec les collines alentour. Ses yeux se perdent dans le paysage.

– Tout le collège s'était déguisé en élèves de Poudlard. Les sorciers d'un jour se battaient à coups de baguettes magiques, de sorts et de potions. Mes grands-parents étaient là. Ma mère aussi tenait absolument à m'accompagner. Elle portait un masque vénitien sur son visage. Mettre un masque, elle savait faire. Elle en avait porté un toute sa vie.

– Et que s'est-il passé ?

– C'est un événement marquant dans ma vie, un tournant certainement. Vous savez, ce genre d'étincelle qui peut enflammer votre quotidien, mais qui passe inaperçue pour les autres. Quand votre monde change, vous avez le sentiment que la Terre s'arrête de tourner, alors que tout continue. Vous marchez juste à contre-courant. Dans la cour, alors que tout le monde festoyait, je suis monté sur l'estrade que les professeurs avaient préparée pour le spectacle du soir. Il y avait un piano. J'ai voulu faire mon intéressant, j'avais déjà le goût de la scène, et montrer tout ce que mon grand-père m'avait appris. Je maîtrisais à la perfection certains morceaux des plus compliqués. J'ai voulu captiver l'audience. Mais elle n'était pas très réceptive. Disons qu'en 2002, les adolescents s'intéressaient plus à Eminem, Linkin Park, Avril Lavigne ou Britney Spears. Beethoven et Rachmaninov ne donnent pas des étoiles dans les yeux aux ingrats. On m'a hué.

– Cela me semble assez courant pourtant.

– Oui, l'ego personnel prend un coup, mais j'ai rebondi. J'ai dit que mon grand-père était un des plus grands pianistes que le siècle ait connu, j'ai dit que j'étais le digne héritier de Joseph Beaupré. Personne n'était impressionné. Personne n'en avait jamais entendu parler.

Mamé ferme les yeux et me donne sa main tremblante.

– J'ai demandé à mon grand-père de venir avec moi sur la scène. Il ne voulait pas. Tu te rappelles qu'il ne voulait pas, il faisait des grands signes avec ses mains dans son costume de Matrix. Il a fini par me rejoindre, grimper les trois marches de l'estrade, et saluer sa foule. Quelqu'un l'a insulté de « vieille peau ».

L'étudiante prend des notes sur son calepin et inévitablement je me demande si elle a noté l'insulte. Je ne sais pas comment je me retrouve à lui parler de ça, j'ai peur qu'elle fasse des raccourcis dans son mémoire. Je lui raconte comment, pour la première fois de ma vie, j'ai vu mon grand-père comme un homme normal et non pas comme l'étoile qu'il était dans mon univers. Ici, personne ne le connaissait. Je cherchais une aide du regard dans le corps enseignant, mais aucun n'a levé le sourcil. J'ai demandé à Papé de raconter l'homme incroyable qu'il était, de parler de ses concerts à travers l'Europe, de narrer tous les trophées qu'il avait reçus et qu'il gardait dans un placard enfermé à la maison, mais il n'a rien dit. « Viens Noël. Ça ne sert à rien d'insister. » Voilà tout ce qu'il a dit.

Après cette journée, j'ai décidé d'être le pianiste le plus connu au monde. Comme j'étais naïf… J'ai passé le concours pour intégrer le Conservatoire de Nice. Mon grand-père m'a aidé à préparer l'examen d'entrée, et chaque note que j'ai jouée à l'audition était pleine d'émotion pour ce héros déchu.

Chapitre 17

Deux jours plus tard, Manon a de nouveau passé l'après-midi au mas provençal pour travailler sur sa soutenance. La maison semble plus propre déjà : j'ai nettoyé les sols, épousseté les meubles, déblayé les feuilles mortes sur la terrasse et commencé à arracher les mauvaises herbes.

– Vous restez manger avec nous ? demande ma grand-mère, audacieuse.

Manon me regarde allumer le feu, la soirée est fraîche. Elle semble chercher mon approbation.

– Vous pourrez rencontrer Sandrine, je réponds. Elle m'a promis de venir dîner avec son fils.

Elle accepte, mais uniquement pour rattraper le retard que mon absence a causé dans la rédaction de son devoir. Elle sourit depuis son fauteuil, et referme le carnet dans lequel elle retranscrit nos entretiens. Ses lèvres sont belles et les flammes se reflètent dans ses yeux.

– Vous avez quel âge ? lui demande Mamé.

– Je fêterai mes vingt-sept ans en septembre.

– Ah, tu vois Noël, vous n'avez que trois ans d'écart tous les deux, me dit ma grand-mère avec un sourire plein de malice et un clin d'œil d'approbation.

Manon sourit, elle semble gênée et amusée par la situation.

– Et vous souhaitez poursuivre vos études après votre master spécialisé ? je l'interroge.

– Je ne sais pas vraiment. Pour l'instant, les études me plaisent bien. Il y a tellement de facettes au journalisme que je n'ai pas l'impression de tout avoir appris et d'être prête pour me lancer.

– Que ce soit pour le journalisme ou la scène, la vie m'a appris qu'on n'est jamais vraiment prêt. Vous avez beau avoir lu tous les bouquins du monde, appris toutes les partitions désirées, appris des techniques de respiration et de maîtrise du stress, rien ne vous prépare à vous retrouver seul face à un public venu vous écouter. Il faut savoir se jeter à l'eau, ne pas avoir peur de se mouiller.

– Je vous rappelle que je suis venue *vous* proposer de devenir le sujet de mon mémoire à la fin de votre concert, c'est bien la preuve que je n'ai pas peur de prendre des risques.

Touché.

Je mets de l'ordre dans la salle à manger, donne un coup d'éponge sur la table, installe le Bulgomme et pose la nappe aux couleurs printanières par-dessus. Manon aide ma grand-mère en cuisine, elle est ses mains. Mamé, depuis son fauteuil roulant, la guide dans ses gestes.

– Coupez les plus petits. En rondelles. Voilà, comme ça. Prenez cet économe plutôt. Attrapez les aubergines là, non pas celle-ci, elle n'a pas l'air mûre. Plus gros cette fois-ci.

Dis donc, c'est la première fois que vous faites une ratatouille ou quoi ? Noël, tu peux aller voir s'il reste du thym dans le potager. Pas trop fort sur le feu. Baissez encore. Voilà, là c'est bien. Non avec la cuillère en bois. Ah parfait Noël, merci. Vous pouvez en mettre un petit peu, rincez-le d'abord.

J'observe les deux femmes, le feu crépitant dans la cheminée, hume l'air qui embaume la pièce. Manon me donne des coups d'œil discrets. Je rougis. Je retrouve dans le meuble près de la cuisine un vieux vin de noix et le verse dans trois verres pour l'apéritif. *La Mésange* reprend des couleurs, mon cœur aussi.

J'entends klaxonner. Sandrine et son fils attendent devant le portail. J'enfile les pantoufles de mon grand-père, restées au pied de l'escalier depuis des années, et sors leur ouvrir. C'est délicat de jeter les chaussons, ce serait effacer une trace de son passage en ces murs. Je n'aime pas effacer les gens. J'ai toujours son numéro enregistré dans le répertoire de mon téléphone. Quand je change de portable, je transfère tous mes contacts et il continue d'exister, même si le numéro n'est plus attribué. Je guide Sandrine sous le préau et lui montre où se garer. Avant que son fils ne sorte du siège arrière, elle me remercie de l'invitation.

– Tout le plaisir est pour moi. Et peut-être qu'une autre fois tu viendras avec Étienne, cela me ferait plaisir de rencontrer ton mari.

– Je te demanderai juste de ne pas prononcer son prénom ce soir, pas devant Eliott.

Elle ouvre la portière et je découvre son fils. Il semble se réveiller d'une sieste bercée par les virages de la région. Il a de petits yeux bruns, un épi dans les cheveux et cinq grains de beauté sur sa joue qui forment une jolie constellation.

– Bonjour Eliott, je m'appelle Noël, comme le Père Noël.

Il ne me répond pas et reste, ceinture attachée, assis dans le véhicule.

– Chéri, tu peux sortir. On est arrivés, murmure Sandrine.

Elle a la douceur d'une mère dans sa voix, mais l'enfant, bras croisés, ne bouge pas. Je me recule de quelques pas pour les laisser dans leur intimité. Elle finit par convaincre son fils qui ne s'éloigne jamais de sa mère.

Je fais les présentations : Mamé, Eliott, Manon, Sandrine. Le petit garçon ne dit pas un mot.

– Bonjour Eliott, ici c'est ma maison, lui dit Mamé. Tu sais, quand Noël était petit, il adorait jouer dans le jardin. Tu aimes les plantes ?

Il ne répond pas.

– Mon mari tenait un herbier. Tu sais ce que c'est un herbier ?

Nous sommes tous suspendus à son silence.

– Noël, tu peux me l'apporter s'il te plaît ?

Je file dans le bureau de mon grand-père installé à côté de l'entrée principale. J'ouvre la vitrine qui contient ses souvenirs et ses différents albums, je fais glisser mes doigts sur les tranches de chacun d'eux et sélectionne le premier volume. Je referme le meuble, et retourne dans le salon. J'ouvre l'album sur la table et présente les diverses collections à Eliott.

– Ici, c'est de la camomille, c'est moi-même qui l'avais faite sécher. Je devais avoir à peu près ton âge. Là, ce sont des feuilles de mélèze, regarde en dessous du végétal, mon grand-père a inscrit au crayon « Pin de Briançon ». Mon Papé disait qu'il était chasseur de souvenirs. Entre chacune de ces pages que tu tiens là se trouve un morceau de sa vie. Tu veux que je te laisse regarder les albums tranquillement ?

Il acquiesce et s'éloigne lentement de sa mère pour se lover dans un fauteuil.

La ratatouille embaume la maison et la chaleur de nos rires éclate entre les murs. J'insère Georges Brassens dans le lecteur cassette et les adultes s'installent autour de la table à manger. Je récupère le plat au four et le pose entre les convives, sur le dessous-de-plat en fonte. Dans la cuisine, sur une étagère du bas, quelques bouteilles recouvertes de poussière nous attendent. J'ôte le bouchon de liège d'un vin rouge et regarde d'un air espiègle ma grand-mère qui semble déjà en demande.

– Ton dernier verre t'a conduite à l'hôpital, je me passerai bien d'un *encore.*

– Ne dis rien à mon aide-soignante, me sourit-elle avec un clin d'œil pour Sandrine.

Je lui verse un fond de verre et fais le service.

– C'est meilleur que ce que l'on servait à la maison de retraite, n'est-ce pas Jeannine ?

– Si vous le dites, répond Mamé, je n'y ai jamais mis un pied.

Ces absences sont plus intenses quand le soir arrive. Sa maladie s'accentue avec la fatigue, mais je suis les conseils du médecin et ne la contredis pas.

– C'est très bon, confirme Manon. Je suis très heureuse d'avoir cuisiné avec vous. Mon père tenait un restaurant dans le Vieux-Nice, mais il ne m'a jamais rien transmis. Il disait que c'était un métier d'homme.

– Couper des courgettes serait trop difficile pour des mains délicates ?

– C'était son point de vue.

Eliott a le nez plongé dans l'herbier de Papé. Il étudie en silence l'anatomie des feuilles séchées depuis le fauteuil près de la cheminée.

– Noël, murmure Sandrine, j'ai quelque chose à te demander. Et à vous aussi Jeannine.

Elle regarde derrière elle pour être sûre que son fils ne l'entend pas.

– Est-ce qu'on pourrait dormir ici ce soir ?

– Bien sûr, répond Mamé.

– C'est le vin rouge qui te monte à la tête ? lui demandé-je.

– Non, c'est autre chose, mais merci, c'est vraiment très gentil.

Autour de la table, les plaisirs simples de la vie se partagent. On rit, on boit, on mange. Mamé nous régale de souvenirs bancals, Manon parle de ses études, de son mémoire, et tout le mal que je lui donne, Sandrine nous raconte des anecdotes sur la vie aux *Ombrages*, et moi j'observe en silence les liens se créer.

Il est minuit. Eliott s'est endormi entre le charme et le châtaignier, dans le fauteuil. Il n'a pas prononcé un mot de la soirée. J'ai sorti le lecteur cassette et Chopin joue une de ses Nocturnes. À l'extérieur, les lucioles éclairent les buissons comme des guirlandes de fin d'année. Le vent frais est tombé et je récupère des plaids dans une chambre de l'étage. Nous nous installons sur la pelouse, dans l'herbe qui a poussé pendant deux ans et a commencé à courber sous son propre poids. Sandrine nous parle de son mari, de leur relation qui s'est dégradée suite à la naissance de leur fils. Elle nous parle des mots violents qu'ils s'échangent, du climat pesant quand elle rentre à la maison. Il ne la frappe pas. Elle insiste. Ce n'est pas un homme méchant, c'est juste un couple qui traverse des épreuves. Eliott les a surpris en train de s'engueuler une nouvelle fois, il a vu les larmes sur la joue de sa mère, la colère sur le visage de son père.

– Tenez, Sandrine, dit ma grand-mère en lui tendant un verre de *limoncello*.

– D'où tu sors ça Mamé ?

– Papé en a acheté la semaine dernière, au marché de Coursegoules.

Sa mémoire semble s'être arrêtée il y a deux ans.

– Il va me falloir trouver un endroit où séjourner quelques temps.

– Tu peux rester ici aussi longtemps qu'il le faudra, dis-je à Sandrine.

– Je suis juste embêtée pour Eliott, je n'ai pas envie qu'il manque les cours. C'est difficile, il a besoin de son quotidien, et à la fois je ne peux pas me permettre de faire une heure de route tous les matins et soirs pour aller le chercher.

– Demain, nous irons à la Fontenette. C'était mon école à Saint-Paul-de-Vence. Je suis convaincu que je pourrai l'aider à y trouver une place en cours d'année. La directrice est tellement fière d'avoir un ancien élève devenu célèbre, ils ont même voulu nommer l'école après moi : « l'école Noël Beaupré ».

– Ça va les chevilles ? me taquine Manon.

– Je vous jure que c'est vrai. J'ai refusé bien sûr.

Nous regardons les étoiles, devinons la Grande Ourse, puis la Petite, nous nous vantons de connaître la constellation de la Chevelure de Bérénice, cherchons les trois points qui la forment, buvons une gorgée, rions du ronflement de Mamé qui s'est endormie dans son fauteuil roulant. La vie reprend son cours à *La Mésange*, loin de nos quotidiens respectifs, créant la parenthèse dont nous avions individuellement besoin. Je ferme les yeux, sens le vent frais d'une nuit de mai effleurer ma peau, j'entends le chant du criquet, le bruissement des feuilles du platane, et je ressens dans la paume de ma main des doigts fins s'y glisser. J'essaie de capturer ce moment. Son index joue avec mon pouce, sa caresse joue avec mon cœur.

Chapitre 18

Au travers de la fenêtre de toit, le soleil transmet ses premières lueurs. Sur mon drap léger, les rayons se posent et illuminent mes pensées. Elle est là, à mes côtés. Sa respiration est régulière, lente et paisible. Je l'écoute inspirer et expirer, créant la mélodie du plus beau des réveils. Ses cheveux sentent la vanille, sa peau est sucrée, son odeur réconfortante. Je passe mon bras autour de son corps nu et elle se blottit contre le mien. Elle dépose un baiser sur mon torse, les yeux encore fermés.

J'entends des bruits de vaisselle, la voix d'Eliott qui réclame un chocolat chaud, Mamé qui lui demande de patienter.

J'ai pourtant envie que l'aurore s'éternise, que ce moment près d'elle, cette parenthèse émerveillée, continue toute la journée. Elle me sourit, ses cheveux bouclés se perdent dans les plis de l'oreiller. Ses yeux verts s'ouvrent et une promesse se dessine. Elle plonge son regard dans le mien. Mes yeux sont de la même couleur, mais si pâles en comparaison. J'ai l'impression que deux émeraudes sont logées derrière ses paupières. Deux pierres précieuses qui brillent de mille feux. Elle m'embrasse avec délicatesse, comme on dépose un baiser sur la main d'une gente dame.

J'entends Eliott qui s'impatiente, ma grand-mère qui s'énerve contre sa casserole de lait bouillant, la cuillère de chocolat en poudre qu'elle tapote contre le bol. Tous ces gestes du matin me donnent envie de vivre l'instant présent, de profiter de chaque moment en sa présence.

Je me lève et descends le grand escalier de bois.

– Bonjour mon petit, tu as bien dormi ? me demande Mamé.

– Comme un bébé.

– Oh, je ne savais pas que vous passiez la nuit ici, s'étonne ma grand-mère en observant Manon descendre à mes côtés.

– Ce n'était pas prévu, je suis extrêmement gênée.

– Vous prenez du thé ou du café ?

– Un café s'il vous plaît.

– Moi aussi, dis-je en passant ma main dans mes cheveux mi-longs, tentant de cacher mon embarras.

– Toi, tu es assez grand pour te le faire.

Elle circule dans la maison avec son fauteuil roulant et semble s'y habituer. Les comptoirs de cuisine sont un peu hauts, mais elle arrive à attraper le nécessaire. Quand elle a besoin de marcher un petit peu, elle prend sa canne qui repose contre le mur.

Sandrine verse dans le bol de son fils le lait chaud par-dessus la poudre chocolatée.

– Dis Maman, la première personne au monde qui a trait une vache, qu'est-ce qu'elle cherchait à faire exactement ?

Nous ne pouvons nous empêcher de pouffer de rire autour de la table. Eliott se vexe, il est extrêmement sérieux et attend une réponse promptement.

Sandrine n'a pas très bien dormi – et elle insiste sur le fait que la literie est très bonne – mais beaucoup de pensées traversent son esprit. Elle a regardé son fils dormir une bonne partie de la nuit et s'est levée avant le soleil pour aller chercher des croissants au village.

Après le petit déjeuner, je prends une douche et propose à Sandrine de l'accompagner à la Fontenette. Manon m'embrasse et me propose de revenir en début d'après-midi, après être passée chez elle récupérer quelques affaires. Elle me demande si cela me convient et j'avoue ne pas trop réfléchir à la question. Je n'ai pas envie de cogiter sans arrêt, de m'interroger sur la bonne chose à faire, j'ai juste envie de vivre, alors je serre ses hanches contre mon torse et l'embrasse en lui souhaitant une belle matinée.

– Tiens, voici les clefs de ma voiture. Je l'ai laissée avenue Carnot. Si cela ne te dérange pas, tu peux la récupérer pour revenir cet après-midi, ça t'évitera de prendre le bus.

– Merci.

– À tout à l'heure, je lui susurre.

– J'aurais encore quelques questions pour mon mémoire, on pourra essayer de trouver le temps d'ici demain ? Il faut que je l'envoie la semaine prochaine.

Elle m'avait évoqué la date du 30 mai lors de notre premier entretien et les jours ont filé depuis. C'est ce que j'aime chez elle, ce côté désorganisé, de prendre la vie comme elle vient et à la fois de se presser le dimanche soir pour rendre son devoir le lundi matin, cette frivolité vulnérable, la manière dont elle passe la main dans ses cheveux, le fait qu'elle plonge un sucre dans son café parce qu'elle n'en aime pas trop le goût, mais ne peut plus s'en passer, qu'elle écoute la musique classique, la pop et l'électronique, qu'elle ait toujours un livre dans son sac, un appareil photo argentique et un dictaphone à portée de main. Je la regarde s'éloigner, le soleil m'éblouit.

– Eliott, je vais aller avec Noël en voiture, explique Sandrine à son fils. On en a pour deux petites heures, est-ce que tu veux venir avec nous ou rester avec Jeannine ?

L'enfant regarde autour de lui et découvre l'éventail de possibilités qui s'offre à sa matinée dans le jardin.

– Tu ne te sens pas trop fatiguée Mamé, tu te penses capable de le surveiller ? lui demandé-je, inquiet.

– Mais oui, allez-y, ton grand-père ne devrait pas tarder. Il m'aidera si besoin.

Je ne sais pas ce qui nous prend à ce moment-là, si nous sommes emplis d'un excès de confiance, si j'ai les idées trop naïves, si je suis insouciant, mais nous montons dans la voiture et laissons Eliott et Mamé ensemble.

– Tu ne penses pas que laisser ma grand-mère atteinte d'Alzheimer et ton fils ensemble est irresponsable ?

– Jeannine est affectée dans son hippocampe. Cela ne veut pas dire qu'elle ne sait pas s'occuper d'un enfant. C'est un rituel ancré dans sa mémoire profonde, comme faire du vélo.

– Vu comme elle manie le fauteuil roulant, je ne suis pas convaincu que la mettre sur un vélo soit l'idée du siècle.

Alors que je foule le goudron de la cour de récréation de l'école, les souvenirs me reviennent. Je vois les parties de billes que j'ai pu jouer sur une plaque d'égout, le platane derrière lequel je me cachais pour jouer avec mon Tamagotchi, les escaliers dans lesquels je faisais tomber les Slinkies aux couleurs arc-en-ciel. C'était il y a vingt ans. La directrice est surexcitée à l'idée d'échanger avec nous, de voir l'homme que je suis devenu. Elle m'observe de haut en bas : ma grande taille, mon corps fin, mes cheveux mi-longs. « Qu'est-ce que tu as grandi ! » me dit-elle. Elle me parle encore comme à un enfant. Mme Mistre n'arrête pas de parler, de vanter les mérites de son école, sans doute pense-t-elle que Sandrine et moi sommes en couple. Elle lui fait visiter les salles de classe, le réfectoire, la salle de jeux. Notre rendez-vous se transforme en visite élogieuse des bâtiments, présentation du personnel et démonstration de la qualité de l'enseignement. Mais rapidement, le sourire de la directrice s'efface quand l'aide-soignante évoque le syndrome d'Asperger de son fils de huit ans.

– Oh, je suis désolée, dit la principale de l'établissement, mais nous n'acceptons pas les élèves en cours d'année. J'aurais dû vous en parler plus tôt, je suis confuse.

Je suis convaincu que le syndrome d'Eliott est l'élément perturbateur de la conversation. Je ne peux m'empêcher de déplorer le changement d'attitude et me sens obligé de rappeler qu'il est un garçon adorable. Je déteste devoir justifier cela, comme si pour avoir le droit à une éducation, il fallait prouver qu'il la méritait. Sandrine semble habituée et baisse déjà les bras.

– Nous n'avons pas la structure pour nous occuper de ce genre de besoins, j'en suis navrée.

– Il n'a pas de besoins particuliers, explique pourtant sa mère. C'est un garçon très sensible et très en avance sur beaucoup de choses. Il est déjà en CM1 et encore, c'est parce que j'ai refusé qu'il passe en CM2 directement. C'est un solitaire que l'on n'entend pas. Il a un peu de mal quand il y a beaucoup de monde autour de lui, alors il se concentre sur lui-même. Il aime beaucoup dessiner. Vous lui donnez une feuille blanche et il est occupé pour la journée. La maîtresse de son ancienne école lui avait installé un petit tableau Velleda au fond de la classe. S'il éprouvait la nécessité de bouger, il avait le droit de se lever et d'aller dessiner, effacer, recommencer. Ce n'est pas grand-chose.

– Je comprends tout à fait, mais ce n'est vraiment pas en fin d'année scolaire qu'un enfant de huit ans peut changer de classe, d'autant plus s'il a des besoins spécifiques. Il était dans le public, j'imagine ?

Sandrine récupère son sac et se lève de sa chaise. Le regard toisant de la principale la révolte. Elle déteste se faire juger.

– Noël, on y va !

Je suis estomaqué. Je comprends la colère de cette mère qui essaie de donner un cadre à son enfant, de lui créer une routine et des éléments familiers rassurants, mais elle semble se heurter à chaque obstacle que lui tend la vie.

– Madame Mistre, écoutez-moi. J'ai rencontré Eliott pour la première fois hier. Il a regardé les herbiers de mon grand-père pendant cinq heures d'affilée. Nous ne l'avons pas entendu. Il n'a pas réclamé à manger, ni à boire, ni à aller aux toilettes. Ce matin, il n'avait qu'une hâte, courir dans le jardin, observer les variétés de plantes et de fleurs. C'est un garçon fascinant. Ne vous arrêtez pas à son autisme.

– Monsieur Beaupré, notre établissement n'accepte pas d'enfants en cours d'année, je suis sincèrement désolée.

– Vous ne l'êtes pas vraiment, vous cochez des cases dans vos rapports à la con à la fin de la journée. Vous n'en avez rien à foutre de la réalité du quotidien. Vous ne vous demandez même pas ce qui peut conduire une mère à changer son fils d'école en plein mois de mai. Vous ne vous demandez pas pourquoi elle cherche une école qui est à plus d'une heure de son domicile, quitte à le transférer dans une école privée. Vous ne regardez pas plus loin que le bout de votre nez, avec vos petits crayons et vos stylos. Vous soulignez gentiment les titres de vos rapports à la règle et les envoyez à l'administration pour dire que votre école est bien tenue. C'est pour ça que vous avez choisi de faire ce métier ? Quand vous vous levez le matin et que vous vous regardez dans le miroir, qu'est-ce que vous voyez ? Vous osez encore vous regarder ?

– Noël ! s'insurge-t-elle, me renvoyant vingt ans en arrière.

– Madame Mistre, écoutez-moi. Sandrine vit temporairement chez moi, elle ne peut pas rentrer chez elle. Nous avons besoin de cette école.

– Je suis désolée, vraiment.

Sandrine baisse les yeux. Elle portait tant d'espoir dans son regard en pénétrant dans la cour de récréation. Je porte la désillusion sur mon visage. Pire, je m'en veux de lui avoir donné cet espoir vain.

Sandrine n'a pas dit un mot de tout le trajet en voiture. Elle m'a remercié de ma colère en quittant l'école, et je n'ose imaginer les questions qu'elle se pose.

– Tu peux rester à *La Mésange* aussi longtemps que tu le voudras.

– Il a besoin d'aller à l'école. Avec mon travail, mes soucis…

– On se débrouillera, on lui fera l'école à la maison. On trouvera une solution, la coupé-je en enclenchant le frein à main.

Nous quittons le véhicule et retrouvons Mamé et Eliott attablés à l'extérieur. Ils jouent aux cartes.

– Alors, qui laisse gagner qui ? demandé-je.

– Elle triche, répond Eliott.

– Ce n'est pas que je triche, c'est que j'oublie les cartes déjà jouées, sourit-elle.

Sa maladie a bon dos, elle a toujours été mauvaise perdante. Un instant, je m'en veux d'avoir douté de leur capacité à veiller l'un sur l'autre. Leur relation semble si naturelle. Quand je les observe jouer ensemble, je me revois enfant, m'épanouissant dans ce jardin.

Eliott demande à sa mère de le suivre à l'intérieur, il a quelque chose d'important à lui montrer. Il la prend par la main et la tire de toutes ses forces d'enfant. Je m'installe avec ma grand-mère au soleil. Les rosiers sont en fleur. L'air est chaud. Encore quelques semaines et les premières cigales chanteront.

– Comment ça s'est passé ? m'interroge-t-elle.

– Pas vraiment comme espéré.

– Il est gentil ce petit. Il me rappelle toi. Il a tellement à découvrir, tellement à vivre. Il s'émerveille d'un rien.

J'entends l'enfant appuyer sur les touches du piano désaccordé. Il s'amuse à taper sur le clavier. Il est effectivement très curieux. Je m'assieds à côté de ma grand-mère et trempe mes lèvres dans un verre de citronnade posé sur la table.

– Depuis que le docteur m'a annoncé que j'avais la maladie d'Alzheimer, je me demande combien de temps il me faudra avant d'oublier ton grand-père.

En une phrase, elle me ramène à mes préoccupations. Ses mains tremblent, ses lèvres aussi. Elle regarde dans le vide, vers les collines, au loin. Ses yeux sont embués de larmes.

– Je me rends compte que des fois je ne sais plus ce que j'allais faire. Je perds la tête par moments, quelques légères absences…

– Je sais, Mamé, ce n'est pas grave. Je suis là pour veiller sur toi. Sandrine aussi.

– Tout à l'heure, j'ai dit au petit Eliott que Papé allait venir. Il m'a répondu qu'il était mort. J'ai pris une douche froide. Pourtant je le sais qu'il est parti il y a deux ans, comment pourrais-je oublier ce soir où tu m'as accompagnée au cinéma et que nous l'avons retrouvé dans son fauteuil ?

– Ce genre d'absence est normal, ne t'inquiète pas.

– Je ne m'inquiète pas de mes éclipses, Noël. J'ai peur de finir par oublier ton grand-père.

Ses mots sont hachurés par ses sanglots.

– Il m'a offert les plus belles années de ma vie, mes plus beaux printemps, les plus chantants étés, les automnes les plus colorés et les hivers les plus merveilleux. Il m'a donné la vie. Chaque matin, son sourire était un souffle de vie. Je le maudis d'être parti en premier, tu sais ? Quand tu passes soixante-cinq années mariée à un homme comme ton grand-père, tu n'as pas envie de continuer l'aventure sans lui. Il riait à mes blagues, même si elles n'étaient pas toutes drôles. Il était là, à mes côtés. Je n'ai pas vécu un seul jour sans lui pendant soixante-cinq années. Depuis le jour où on s'est dit oui, dans cette petite église rue Barillerie, nous avons passé chaque minute ensemble. Depuis qu'il est parti, j'ai la sensation de m'être éloignée moi aussi. Je ne me reconnais plus. Je n'ai jamais été rien d'autre que la Jeannine de Joseph. Je n'ai jamais été quelqu'un d'autre que sa moitié, et c'est tout ce qui me suffisait. Quand il jouait du piano, oh, Seigneur, quand il jouait c'était une ouverture de bal, un opéra, le chant d'une sirène, le chant d'une mésange au printemps. Tu sais que c'est pour cette raison que nous avons appelé notre maison ainsi ? Il m'avait dit : « On va la faire chanter comme une mésange cette maison ! On va la remplir de rires, de mélodies et d'amour. » Sans lui, la musique n'est plus la même. Il me manque terriblement, Noël. Aujourd'hui, les docteurs disent que je perds la tête, mais je ne veux pas perdre mon cœur. Je ne veux pas que nos souvenirs m'échappent.

J'ai le cœur serré, les larmes dans la gorge, les illusions désenchantées, les yeux affectés. Je n'ose rien lui répondre. Je la prends dans mes bras et ses sanglots s'évanouissent sur mon épaule. J'aimerais lui retirer la douleur qui la gêne, lui enlever son malheur endeuillé. Je n'ai pas ce pouvoir.

J'entends quelques notes, des accords plus distincts, une mélodie. Je pousse le fauteuil de Mamé jusqu'au salon où Sandrine est stupéfaite de son fils.

– Il n’a jamais touché un piano de sa vie, assure-t-elle.

Pourtant, malgré le fait que l’instrument soit désaccordé, ses mains glissent sur le clavier. Les années de solfège, les dièses et les bémols, les harmonies, les majeurs et les mineurs, la pentatonique, tout cela lui semble superflu. Il joue la *Nocturne opus 48* de Chopin. Sa main gauche est hésitante, sa droite précipitée, mais l’ensemble est là. L’enfant termine son morceau et regarde nos visages ébahis.

– Bah quoi ? s’interroge-t-il.

– Tu as déjà joué du piano, chéri ? lui demande sa mère.

– Non, mais vous avez écouté ce morceau hier soir.

Eliott a du mal à reconnaître les émotions des autres. Pourtant, il est capable d’observer le sourire sur le visage de sa mère, les yeux ronds de surprise qui se dessinent sur le mien et les mains tremblantes de sentiments de Mamé.

Chapitre 19

Saint-Paul-de-Vence, 12 juillet 1995
Vingt-quatre ans plus tôt

– C'est ça ! Casse-toi pauv' con !

– Tu devrais te faire soigner, je t'assure.

– Tu crois sincèrement que tu es en mesure de me donner des conseils. Tiens, n'oublie pas ta collection de timbres à la con ! cries-tu à travers l'appartement.

Pour accompagner ces paroles, tu récupères les albums de la bibliothèque et les lui jettes à la figure. Les timbres s'échappent d'entre les pages, ce sont comme des papillons qui retrouvent leur liberté. Dans l'entrée de notre appartement trop étroite, des dizaines de papiers tamponnés pleuvent sur le carrelage froid. Mon père se tient devant la porte d'entrée, ou plutôt de sortie.

– Noël ! Viens avec moi, me dit-il.

– N'y pense même pas, lui réponds-tu, me coupant dans mon élan.

Je n'ai que six ans, et je vous observe vous livrer à une partie de ping-pong verbale. Ce jour de juillet, il fait chaud. Je n'ai pas souvenir de l'élément déclencheur de cette énième dispute. La seule chose qui est certaine, c'est que Papa ouvre la porte et se retourne pour me regarder droit dans les yeux. Je peux lire qu'il souhaite sincèrement que je l'accompagne dans son nouvel appartement. Des milliers d'enfants vivent le divorce de leurs parents en s'accrochant à la promesse que leur père est juste sorti acheter des cigarettes et qu'il reviendra bientôt. Moi, personne ne me ment. Mon père me murmure qu'il ne rebroussera pas chemin, qu'il s'en veut déjà de me laisser là, avec toi. Et toi, tu lui hurles dessus « et ne remets pas un pied ici connard » ! La situation est définitive.

Ce souvenir est un des seuls dont je peux louer l'authenticité à ma mémoire. Je n'ai pas de vidéo, pas de photo pour altérer la véracité de ce dont je me souviens. Encore moins en aurais-je un jour discuté avec toi ou Papa. La dispute a duré vingt minutes, le temps pour mon père de faire ses valises qui, je soupçonne, étaient déjà prêtes depuis un moment et attendaient une décision ultime. C'est long vingt minutes d'insultes. Vingt minutes d'une mère en pleurs. Vingt minutes d'un père résigné, déçu et au pied du mur. Vingt minutes en étant pris à partie, en étant à tour de rôle un fardeau et une monnaie d'échange.

Dehors, l'orage d'été tombe sur le village. Il pleut des cordes. Les gouttes clapotent sur les tuiles. Les oiseaux se réfugient dans le grenier de la maison d'en face, abandonnée depuis près de vingt ans. Là-bas au moins, ils sont à l'abri. Pauvres bêtes. L'eau crée son nid dans nos rues et transforme rapidement Saint-Paul-de-Vence en une Venise provençale. Ce village, qui d'ordinaire se trouve au centre des oliviers, avec la Méditerranée en paysage de fond, se retrouve, en plein milieu d'après-midi de juillet, perdu dans la brume pluvieuse. Je vois mon père quitter notre appartement, une valise dans chacune de ses mains, s'évaporer dans l'obscurité.

Tu fermes la porte derrière son absence.

– Voilà Noël, tu es content de ce que tu as fait ?

Je n'ai rien fait. Je ne comprends pas cette dernière parole, mais elle ne fait que poser la première graine d'un jardin de reproches qui fleurira pendant des années. Je cours dans ma chambre me réfugier. Là, sur mon lit, me regarde dubitativement un ourson blanc que j'ai reçu en cadeau à ma naissance. Il est devenu en six ans comme le frère jumeau que j'aurais aimé avoir. Je le prends dans mes bras, traverse l'entrée de notre appartement, te pousse alors que tu es recroquevillée contre la porte, tes larmes, ton chagrin et ta peine avec, et me précipite à l'extérieur. Je dévale les escaliers en tomettes qui me conduisent dans la rue transformée en ruisseau. Mon père marche le long des remparts, ses chaussures en toile flottent sur les canaux en pierres patinées, ses vêtements sont déjà trempés par l'orage qui gronde encore.

– Papa ! m'époumoné-je.

Il se retourne. Sur son visage, il pleut aussi des torrents. Je lui tends la peluche que j'ai sous le bras.

– Pour pas que tu sois tout seul.

Et je regagne notre appartement, culpabilisant de t'avoir laissée quelques instants. Je n'ai pas à m'en faire pour lui, il sera fort, courageux. Il bravera les tempêtes. Plus tard, je comprendrai qu'il avait en réalité fait le choix de quitter la plus terrible des tempêtes de sa vie, toi.

Chapitre 20

– Voilà le moment le plus décisif de mon enfance, si je ne devais en choisir qu'un.

– Mais tu ne parles jamais de ta mère ? répond Manon, interrompant l'enregistrement de son dictaphone.

Manon a cessé de prendre des notes et enclenché le microphone de son téléphone pour enregistrer notre conservation.

– Il n'y a pas grand-chose à dire aujourd'hui. Nous avons des vies très différentes, pas forcément les mêmes centres d'intérêt.

Nous interrompons notre entretien, perturbés par les bruits de casseroles, de placards qui se claquent, de vaisselle qui s'entrechoque. Dans la cuisine, Sandrine ne tient pas en place depuis ce matin. L'aide-soignante est tout excitée. Elle agence la maison pour que Mamé ait plus de facilité à se déplacer avec son fauteuil. Elle a descendu toutes les affaires de sa chambre pour lui créer un espace dans ce qui servait jusqu'alors de bureau pour mon grand-père. « Il est préférable qu'elle ait sa chambre au rez-de-chaussée », a-t-elle ponctué.

– Noël, m'apostrophe-t-elle, si tu trouves quelques minutes entre deux entretiens avec Manon pour m'aider à descendre le lit, ce serait super.

– Tu es sûre que c'est une bonne idée de la faire dormir dans la pièce de Papé ?

– En termes d'accompagnement médical, on est sur un fil. Je suis partagée entre l'aider à faire son deuil de ton grand-père, et en même temps faire le deuil de cet homme se résumerait à mettre de côté l'entièreté de sa vie qui, aujourd'hui, passe entre les mailles du filet de sa mémoire. Soit on la soutient pour qu'elle s'accroche à ce qui lui reste de plus cher, soit elle risque de se vider de toute envie de vivre.

– Et tu as toujours rêvé de faire ce métier ? Faut vraiment être bizarre ! Allez, passe-moi le tournevis, je vais te le démonter ce cadre de lit.

La jeune quadragénaire prend son rôle d'aide-soignante très au sérieux, mais je ne peux m'empêcher de voir dans ses gestes précipités un besoin de rester occupée pour ne pas penser. Elle me dit qu'elle ne veut pas en parler. Elle assiste ma grand-mère pour faire sa toilette, lui fait faire une promenade dans le jardin en fin d'après-midi, quand la chaleur retombe et avant que Mamé ne soit trop fatiguée pour marcher, l'aide à se nourrir, à se déplacer, à vivre tout simplement. Elle ne reparle pas de la matinée à la Fontenette, peut-être qu'elle m'en veut d'avoir fait naître en elle un espoir. Elle est sortie discuter quelques minutes avec Manon, peut-être que de femme à femme il est plus facile de se livrer.

Eliott est plus que silencieux. Nous sommes allés chez le pépiniériste en début d'après-midi et il a acheté plusieurs sachets de graines. Depuis qu'il a appris par cœur l'herbier de mon grand-père en n'en regardant les pages que quelques fois, il nomme les végétaux seulement en latin. Il a les yeux rivés sur un carré de terre que nous lui avons dédié, près de l'abri à bois dans le fond du pré. Il a planté ses semis dans un plat qu'il a recouvert de film plastique pour faire effet de serre. Lorsque nous nous mettons à table, en extérieur pour profiter du soleil, son regard reste fixé sur ses *Cyanus segetum*, *Papaver rhoeas* et *Viola calcarata.* Sandrine se sent obligée de justifier face à la moue de Mamé qui soudain pense perdre l'usage du français :

– Ce ne sont que des bleuets, des coquelicots et des pensées.

– Eh bien, tu peux répéter Eliott, c'est très mélodieux quand tu le dis en latin.

L'enfant obéit, sans pour autant perdre son jardin de vue. Il ne veut pas manquer la pousse. Il veut voir la terre se craqueler lorsque la tige vient chercher la lumière. Il souhaite observer les premières feuilles se construire. Il dit que c'est comme le blé de la Sainte-Barbe qu'il loge dans les assiettes avec du coton à l'école, il faut le surveiller tous les jours pour bien l'arroser.

En fin d'après-midi, nous installons Mamé dans sa nouvelle chambre. Elle s'assied sur le rebord du lit en bois massif, les draps fraîchement arrangés, et observe les murs autour d'elle. Dans cette pièce, Papé avait investi de sa personne, c'était son repaire. Son antre dans lequel je n'avais pas le droit de pénétrer étant enfant. Sur les murs, dans des cadres suspendus, des fleurs séchées et des photos de sa famille, de l'homme qu'il était, de ma grand-mère, de toi, de moi bien sûr. Nous sommes tous là, des petites images sur des grands murs. Sur une photographie, Mamé porte une robe de mariage. La dentelle est soigneusement travaillée. La lumière vient se poser sur ses cheveux blonds. Ses yeux fixent l'objectif. Elle sourit. C'est certainement le plus beau jour de sa vie.

– C'est qui cette jeune fille ? me demande-t-elle sérieusement.

– C'est toi, tu ne te reconnais pas ?

– Ne dis pas de sottises, je m'en souviendrais si j'avais été mariée.

Sandrine s'assied à ses côtés sur le matelas. Elle a des gestes tendres pour ne pas la brusquer. Elle prend ses mains dans les siennes et plonge son regard dans celui de ma grand-mère.

– C'était en 1952, vous m'en aviez parlé à la maison de retraite. Vous vous souvenez quand nous étions aux *Ombrages* ?

Mamé ne répond plus. Elle continue de regarder autour d'elle. Ses lèvres commencent à grelotter, ses mains se retirent de l'étreinte de Sandrine.

– J'aimerais me coucher, je suis fatiguée.

– Il est à peine dix-sept heures Mamé, je lui réponds.

– Très bien, je vais croiser les volets pour que vous vous reposiez, surenchérit Sandrine. Je vous ai mis une petite cloche sur la table de chevet. Elle était sur la cheminée. N'hésitez pas à la faire sonner si vous avez besoin de quoi que ce soit.

Ma grand-mère se glisse dans les draps et rabat le plaid sur ses jambes. L'obscurité s'empreint de la pièce et alors que nous nous dirigeons vers la sortie, elle demande à ce que je reste quelques instants avec elle.

– Juste toi et moi, précise-t-elle.

Sandrine ferme la porte derrière son passage et la lumière tamisée des persiennes crée une atmosphère particulière. Cette pièce me met mal à l'aise, il y a trop de souvenirs, trop de *lui*.

Je m'agenouille à même le sol, sur un tapis en peau de mouton que nous avons installé au pied de son lit, et je lui prends la main.

– Je sais très bien ce qui est en train de se passer, me dit-elle.

– De quoi tu parles ?

– Je suis en train d'oublier petit à petit…

Le ton dans sa voix se veut serein, calme. Elle tente de cacher ses émotions alors qu'elle parle.

– Je ne veux pas oublier ton grand-père, Noël.

– Mais tu ne l'oublieras jamais, je te le promets.

– Tais-toi, tu n'en sais rien. Tu regardes Manon comme il me regardait. Ça, je ne l'ai pas oublié. Tu as ses yeux Noël, ils sont remplis d'amour. Tu sais petit, on lit souvent dans des histoires que l'on peut mourir d'amour, que les vieux, quand le premier des deux part, le second ne va pas tarder. J'aurais aimé que ce soit vrai, parce qu'il n'y a rien de pire que de mourir d'amour tout en restant vivant. Chaque seconde qui passe, chaque souffle que j'expire me brûle les poumons. L'air n'est plus le même sans lui. Tu comprends ce que je veux dire ? J'ai envie de le rejoindre, Noël. Je n'ai pas envie de rester ici, dans ce corps pourri par l'arthrose et dont le cerveau commence à faire défaut. J'ai envie de le retrouver. Son rire me manque. C'est difficile de ne plus entendre son rire. Et je t'ai entendu t'amuser avec Manon, tu as le même rire que lui. Ça me tue. C'est pire que tout. Par moments, quand je t'entends, j'ai la sensation qu'il va ouvrir la porte et qu'il sera là, dans l'entrebâillement entre la chambre et le salon. Mais il n'est plus là, et c'est pourtant ça la seule chose que j'aimerais oublier. Mais non, ma tête en a décidé autrement, elle préfère effacer de ma mémoire les plus beaux moments de ma vie. Et Dieu sait qu'il y en a eu. Soixante-cinq années de beaux moments, ce n'est pas rien. C'est tout ce que je peux te souhaiter mon petit.

J'essuie d'un revers de mon bras les larmes qui coulent sur ma joue. Chaque mot qu'elle murmure vient s'ancrer dans mon être. Je m'imprègne de sa sagesse, de ce qui me semble être un des derniers moments que nous partagerons ensemble.

– Mamé, ce n'est pas encore ton heure. Tu as encore plein de choses à vivre.

– Tu ne comprends donc pas. Depuis qu'il n'est plus là, je ne vis plus. Je survis à peine et, crois-moi, ce n'est pas une sensation agréable. S'il te plaît Noël, rends-moi ce service.

– Je te laisse te reposer Mamé, tu dois être très fatiguée.

Je l'embrasse sur son front plissé, caresse ses fins cheveux et lui remonte le plaid jusqu'aux hanches.

– Si tu as besoin de quoi que ce soit, comme Sandrine l'a dit, tu n'hésites pas. Tu prends la petite clochette de biquette, et tu la secoues.

– Comme à l'hôtel, répond-elle.

– Tout à fait, comme à l'hôtel.
– Je t'aime Noël.
– Je t'aime aussi Mamé.

Je quitte le bureau et rassemble mes émotions. Manon est assise à la grande table de la salle à manger, elle travaille sur son mémoire et recopie ses notes. Sandrine dicte un texte à son fils qui s'efforce de l'écrire sans faute. Il fronce les sourcils quand elle énonce un mot compliqué. Je prépare du café et leur sers une tasse chacune. Je remarque que Sandrine ne tient pas en place, elle marche, se ronge les ongles, se pince les lèvres.

– Tout va bien ?
– Oui oui, esquive-t-elle.
– C'est ton mari, c'est ça ? Tu veux m'en parler ?
– Non, je t'assure cela n'a rien à voir.
– Je me dois de te demander Sandrine – je prononce les mots suivants sur le bout de mes lèvres pour que son fils ne m'entende pas –, est-ce que ce salop a déjà levé la main sur toi ?

Elle semble surprise par ma question qu'elle balaie d'un geste de la main.

– Finis Eliott, tu peux recopier ce passage, je vais parler avec Noël.

Elle se lève et s'éloigne de la table à manger.

– Non, il n'a jamais été violent. Pas physiquement du moins. C'est juste que depuis la naissance d'Eliott, chuchote-t-elle, nos relations sont devenues très compliquées.
– Tu sais que tu peux me parler de tout, je ferai ce que je peux pour vous aider tous les deux. Quand je vois

l'attention que tu portes aux gens, je me dis que tu as beaucoup dû faire passer les autres avant toi, quitte à t'oublier parfois.

Touché. Une larme se pose sur ses cils, prête à choir. Elle l'essuie avec un mouchoir en tissu qu'elle garde dans sa poche.

À ce moment-là, on entend trois coups secs. Voilà tout ce qu'il aura fallu. Trois coups sur une vieille planche de bois à l'usage de porte à dix-sept heures un jour de mai. Trois coups secs pour me redonner goût à la vie.

– On a frappé ?

Sandrine cherche par tous les moyens à fuir mon regard.

– C'est sûrement pour toi Noël, glisse Manon entre ses dents serrées.

Ces deux-là sont en train de me cacher quelque chose. Je me précipite et ouvre la porte. Face à moi se trouve un homme, la cinquantaine, vêtu d'une salopette en jean.

– Bonjour monsieur, je peux vous aider ?

– C'est bien ici *La Mésange* ?

– Tout à fait, que puis-je faire pour vous ?

– On m'a appelé pour venir accorder un piano.

L'accordeur s'est trouvé rapidement un assistant. Eliott a tiré une chaise supplémentaire à côté de l'instrument et use de son oreille absolue pour clamer quand la note est bonne. L'accordage du piano nécessite deux heures. Deux heures pendant lesquelles je suis partagé entre la colère qu'elles aient osé faire appel à quelqu'un pour toucher l'instrument de Papé, et l'excitation de pouvoir retrouver ce son si particulier à mon enfance. Je repense à ses articulations courbées sur les notes, les récits de ses concerts, ses mélodies qui m'ont donné envie de devenir comme lui, d'avoir la même carrière, d'avoir l'audace de frôler du doigt les étoiles. Après de longues minutes de distorsions des cordes, de vérification de la hauteur et la couleur du son, de calibrage de chaque touche, de mesure de l'inharmonicité, l'homme à la salopette s'estime heureux du résultat. Il a le sourire fier derrière sa moustache grisonnante.

Eliott s'empresse de reproduire la *Nocturne* de Chopin. Le son est chaud, doux et délicat. C'est comme dans mes souvenirs.

– Laisse la place à Noël, chéri, lui demande sa mère.

L'enfant peine à comprendre que le jouet qu'il s'amuse à faire sonner merveilleusement bien est plus qu'un objet qui fait du bruit. C'est le meuble qui m'a donné une raison de vivre, le fruit d'années de travail de mon grand-père, des heures de leçons à l'écouter, à pratiquer, reconstituer, déchiffrer des partitions, à apprendre les gammes, les différents accords, les majeurs et les mineurs, les pentatoniques et les harmoniques, les 7e et les 9e, les 11e aussi d'ailleurs, les demi-tons, les tons, les tierces et les quintes, les noires, les blanches, les quatre temps et les tiers temps. Ce piano était devenu la voix de ma tristesse quand j'étais enfant, le repère que je n'avais plus pendant le divorce de mes parents, le phare qui me ramenait toujours à mes grands-parents. Je m'assieds sur le tabouret et caresse les touches en ivoire. Il sent bon le bois nettoyé, la cire d'abeille, le *Pliz* vaporisé. Son clavier est dépoussiéré et les touches glissent sous mes doigts. Je pose mes doigts sur le *si*, le *ré*, le *fa* dièse. Mon accord préféré. Un *si* mineur. L'accord avec lequel je clôture mes concerts n'a jamais sonné aussi clairement que sur le bois de mon grand-père.

– Excusez-moi, m'interrompt l'accordeur, cela vous dérange de me le dédicacer ?

Il me tend mon dernier album. Un disque. Cet objet élitiste ou has been, selon les points de vue, dont je n'ai vendu que peu d'exemplaires. Je le remercie sincèrement et signe son disque *de Lettre à Lune* avec ma plus belle dédicace : « Merci de nous avoir redonné vie ».

Après son départ, je m'empresse de récupérer les partitions de Papé Joseph, soigneusement alignées dans la bibliothèque. Je choisis la plus abîmée, la plus usée, la plus cornée, celle qu'il n'avait plus besoin de regarder, qu'il connaissait par cœur et jouait à la perfection. Une mélodie à laquelle je ne me suis jamais attaqué de par sa complexité, mais surtout la mélancolie qu'elle m'apporte. *La Campanella* de Liszt.

Eliott prend son rôle très à cœur et tourne les pages de ma partition dès que je le lui indique par un mouvement de tête. Sandrine et Manon portent un regard admiratif sur mes mains qui filent à toute allure sur le clavier. Les octaves de la main droite sont un jeu de balançoire entre mon pouce et mon auriculaire, les basses résonnent dans le coffre du piano, la ligne mélodique prend vie. J'avais la sensation d'avoir les doigts rouillés, la mémoire des touches abîmée, les poignets engourdis, mais chaque part de mon corps connaît son rôle. Mes mains se transforment en orchestre, mon pied bat le tempo sur la pédale à chaque mesure. Je ferme les yeux. Je suis transporté dans mes souvenirs. Papé est là. Je regarde ses mains. Elles vont vite. Il ne lit pas la partition, il la connaît par cœur. Je tire le tabouret jusqu'à ses côtés. Mamé m'appelle, le petit-déjeuner est prêt. Elle a fait des crêpes. Il y a de la pâte à tartiner sur la table. Ses bras se croisent sur le piano. Chaque note est précisément martelée par ses doigts. Il est concentré. Vient la partie la plus difficile, cette alternance entre le *mi* bémol et le *mi* avec l'auriculaire et l'annuaire à la main droite, et la mélodie de la main gauche. C'est si beau. Je m'approche de son visage pour l'embrasser pendant qu'il joue. Il sent l'eau de Cologne, des notes de marjolaine et d'absinthe. Il est perturbé par mon baiser sur sa joue, mais ne manque aucune note. Il a les poils de barbe qui repoussent, ça pique tendrement. Ses yeux s'ouvrent et il me demande si je veux essayer, si je veux toucher à son piano. C'est la première fois. Mes mains caressent les notes. J'ai cinq ans.

De retour à la réalité, Sandrine et Manon m'applaudissent. Eliott me demande s'il peut prendre ma place, il a envie d'essayer lui aussi. Il a retenu la mélodie, mais quelques années de pratique seront nécessaires pour qu'il maîtrise ce morceau, malgré son don. Dans l'entrebâillement de la porte du bureau, Mamé se tient à la poignée, le corps appuyé contre le mur.

– Qu'est-ce que vous faites debout ? s'insurge l'aide-soignante. Vous auriez dû m'appeler, je vous avais mis une petite cloche exprès !

– Cette musique… – elle peine à respirer – on dirait… on aurait dit ton grand-père. C'était beau Noël. C'était si beau, j'ai cru que j'étais morte.

Chapitre 21

Grasse, 14 juillet 2002
Dix-sept ans plus tôt

Dans l'appartement de mon père dans la ville aux parfums, je passe mes journées enfermé. Je me suis pris la tête avec toi. Toi, tes cigarettes et tes chansons tristes. Toi et ta déprime éternelle. Toi et tes migraines qui te clouent au lit, qui t'empêchent de sortir des draps pour t'intéresser à autre chose qu'à toi. J'ai travaillé des heures avec Papé sur mon audition, tu m'en veux sûrement de préférer passer du temps avec eux plutôt qu'avec toi. Tu me dis que tu vas mal, mais tu es incapable de me dire pourquoi. Je commence à comprendre pourquoi Papa est parti. J'ai grandi, tu sais. Tu ne m'as pas vu grandir, tu ne m'as pas regardé plutôt, mais j'ai grandi. Je ne suis plus un enfant. J'ai pris mes affaires, un sac à dos avec quelques habits et mes partitions, et j'ai pris le bus pour Grasse. Tu m'as interdit d'aller au Conservatoire malgré la réussite de mon audition. Tu ne veux pas que je réussisse. Tu fais tout ton possible pour entraver mon succès. Chopin, Bach, Mozart, Schubert et même Liszt n'arrivent point à panser mes cicatrices intérieures. Guérir l'intérieur est si difficile. Mon père me promet qu'avec le temps, cela va passer. Qu'est-ce qu'il en sait lui ? Je maudis son appart, la pauvreté de ses murs, le vide qu'est devenue sa vie. Je le juge constamment, je le déteste autant que je l'aime. Je lui en veux d'être là, à me demander de pleurer sur son épaule. Je lui en veux d'être absent, de travailler à ce putain de musée qui empeste la vieille. Je lui en veux d'être parti, d'avoir préféré la monotonie de son quotidien à nos pluies et nos orages. Je lui en veux d'avoir choisi sa liberté, d'avoir brisé ses chaînes sans penser que moi aussi, j'aurais bien aimé m'envoler avec lui. Je lui demande de s'affirmer, de contredire ta position, mais il ne veut pas.

Mon père ne sait pas être un père. Personne ne lui a jamais appris. Il essaie, maladroitement, de m'accorder de l'attention, mais nous ne parlons pas le même langage. Il rêve d'une vie bien rangée, de rentrer chez lui après le travail pour gagner la tranquillité, de manger un plat réchauffé devant le journal télévisé et de se coucher en lisant un magazine, quand mes ambitions dépassent l'Everest. L'autre soir, après son boulot, il m'a demandé si je souhaitais aller au cinéma. « Ça te changerait les idées », a-t-il rajouté. Je n'ai pas forcément envie de me changer les idées, je trouve cette phrase nulle. Je n'ai pas envie de penser à autre chose qu'au fait que je ne pourrais pas rejoindre le Conservatoire prestigieux qui m'accepte en son sein. Je me morfonds dans ma solitude.

– Ils jouent *Lilo & Stitch*, tu veux qu'on aille à la séance de dix-neuf heures quinze ?

Je déteste cette expression de daron, de dire « ils jouent » en parlant du cinéma, comme si les acteurs étaient en position derrière l'écran et attendaient la salle comble pour donner vie à leur personnage. Ils *diffusent*. Pas ils *jouent*. Il me prend encore pour un enfant. L'adolescence a cela d'ingrat d'être un équilibre bancal permanent entre l'enfance et la maturité.

– Il y a *Spider-Man* à dix-neuf heures trente, si tu préfères.

Je l'observe alors qu'il s'assied sur le bord de mon lit. Je ne prends même pas la peine de retirer mes écouteurs. Les notes de piano que mon walkman diffuse sont le seul réconfort que j'arrive à trouver dans mes journées.

– Noël, il va falloir que tu te reprennes. Ça va faire plus d'un mois que tu t'es pris la tête avec ta mère.

– Parce qu'il y a une durée prédéfinie ? Un certain temps qui serait acceptable pour que l'on oublie ses rêves ?

– Ce n'est pas ce que je veux dire. Tu dois continuer à vivre, Noël.

– C'est ce que je fais. J'essaie. Je continue. Je me réveille chaque matin alors que je n'en ai aucune envie. Chaque jour qui passe m'éloigne un peu plus de la vie que j'avais imaginée, chaque minute, chaque seconde, j'ai envie de crever. Je me demande sans arrêt pourquoi tu ne dis rien.

– Et que voudrais-tu que je fasse ?

– Que tu poses tes couilles et que tu envoies Maman paître ! Et quand je dis paître, c'est pour pas être vulgaire.

– Je ne relèverai pas, me répond-il.

– Il t'a fallu combien de temps, à toi ? l'interrogé-je.

– Combien de temps pour quoi ?

– Pour oublier Maman ?

Ses yeux s'écarquillent. Il est surpris par ma question.

– C'était ton rêve, non ? Vivre avec elle jusqu'à ce que la mort vous sépare. C'est bien ce que vous vous êtes juré devant Dieu et le maire ? Alors, il t'a fallu combien de temps pour réaliser que ton rêve était terminé ?

– Ce n'est pas pareil.

– Bien sûr que si c'est pareil. Comme mon rêve d'aller au Conservatoire, il est mort. Mais elle est juste morte de l'intérieur, je lui réponds. J'aurais dû la laisser crever avec ses médicaments quand j'en avais l'occasion.

– Je t'interdis de parler comme ça !

Il se lève brusquement du lit et m'arrache mes écouteurs.

– Et tu vas me faire le plaisir de retirer ta musique quand je te parle ! Ça va faire un mois que tu as transformé mon appartement en une jolie porcherie. Alors je veux bien t'aider, fils, mais il va falloir que tu t'aides un peu aussi. Je comprends que tu préfères venir vivre ici le temps des vacances, mais va falloir que tu te fasses une raison. Quant à ta mère, je ne veux plus jamais t'entendre parler en mal d'elle.

– Parce que tu en penses du bien toi ?

Ma question est un uppercut dans son visage. Il a les mains qui tremblent, il a envie de cogner quelque chose. Je n'ai que rarement vu mon père en colère, un enfant ne devrait jamais le voir. C'est terrifiant ce qu'un homme en colère est capable de faire.

– Bien sûr que j'en pense du bien, je ne l'aurais pas épousée sinon.

– Tu n'aurais pas divorcé si tu n'en pensais que du bien.

Je sens que je joue avec ses nerfs et que la limite sera bientôt franchie, mais l'adolescent en moi cherche l'exactitude de la frontière.

– Ta mère est malade Noël. Malade de l'intérieur. C'est la pire maladie qui existe.

– Comme l'espoir de devenir pianiste, ça finira par passer, je réponds cyniquement.

– Malheureusement pas, c'est ce que je pensais aussi au début, mais on ne guérit pas de ces maladies-là.

– Elle sera toujours malade ?

– Disons qu'il y a une personne en elle qui est très heureuse de vivre, et une autre qui ne l'est pas du tout. Et ces deux personnes sont constamment en conflit, en train de lutter l'une contre l'autre. Parfois la malheureuse prend le dessus et ta mère se noie dans ses médicaments pour essayer de la faire taire.

– C'est un peu comme cette histoire des deux loups que l'on apprend au collège. Qu'en chacun de nous sommeillent deux loups : un qui représente le bien et un qui représente le mal. Ils se battent sans arrêt.

– Lequel des deux gagne ? me demande mon père.

– Le prof dit que c'est celui que l'on nourrit. Mais je ne comprends pas, j'ai l'impression que Maman nourrit le mauvais loup.

– Ta mère ne donne pas à manger à ses loups, elle les laisse la dévorer petit à petit. Elle se meurt à petit feu de l'intérieur.

– Et pourquoi tu ne fais rien si ce n'est pas de sa faute ? Pourquoi tu l'abandonnes alors qu'elle a besoin d'aide ?

– Parce qu'on ne peut pas toujours sauver les gens que l'on aime. Tu le comprendras tôt ou tard, Noël. Il est parfois nécessaire de laisser les gens partir.

– Alors pourquoi vous m'interdisez de suivre mon rêve ? Je demande juste à suivre les pas de Papé. Tu sais combien c'est important pour moi.

– J'en parlerai avec elle, je ne te promets rien.

– Je t'aime.

Les mots doux des enfants s'achètent, et mon père l'a compris très tôt.

Chapitre 22

Les oignons caramélisent dans la poêle quand Sandrine vient m'aborder. Je suis si concentré sur la préparation d'une pissaladière que je ne la vois pas arriver. Thym, oignons, huile d'olive et anchois, je découpe chaque ingrédient et les entrepose sur la pâte à pizza. Les odeurs me plongent dans des souvenirs d'enfance, d'une part que l'on déguste sur le bord de la plage de Villefranche.

– J'aurais aimé te parler Noël, tu as deux minutes à m'accorder ? me demande-t-elle.

– Bien sûr, laisse-moi juste deux secondes que... – j'ouvre la porte du four et enfourne ma préparation – voilà ! Je suis tout à toi.

Je règle le minuteur et prête une oreille à son discours.

– Tu sais, ta proposition que je m'installe ici. Ce que tu m'avais suggéré quand on ramenait ta grand-mère de l'hôpital.

– Oui, je me souviens très bien.

– J'y ai réfléchi.

Elle cherche ses mots, elle laisse des silences épuisants entre chaque phrase. Elle a envie de partir de chez elle, mais avec son salaire, elle a du mal à se reloger. Il lui faudrait un appartement avec deux chambres pour continuer d'élever Eliott comme il le mérite. Une mère célibataire, ça ne fait rêver aucun bailleur.

– Si l'offre tient toujours… Enfin, je veux dire par là, si tu as encore envie… Et puis il y a Eliott, tu sais… C'est compliqué parfois.

– Sandrine, toi et Eliott pouvez venir vivre ici à la seconde où vous le demandez.

– C'est très gentil, merci beaucoup. Tu crois que je devrais en parler à Jeannine ? Je pense que je devrais tout de même lui demander la permission.

– Rien ne ferait plus plaisir à Mamé que de savoir cette maison pleine de vie. Elle adore Eliott.

Pour appuyer mes propos, je lève le menton en direction de ma grand-mère dont le regard est rivé sur les doigts du jeune garçon qui joue du piano. Il est collé à l'instrument du matin au soir, répétant indéfiniment les mêmes airs, les mêmes mélodies. Il n'a pas appris à lire des partitions, il reproduit ce que je joue. Il écoute les musiques avec attention une première fois et les recrée presque à l'identique. Le rythme est plus lent, plus prudent, puis les doigts accélèrent, les mains bougent de gauche à droite, il ferme les yeux. Eliott vit la musique.

– Il faudrait que je trouve une solution pour l'école.

– On pourrait rappeler l'école de la Fontenette. Mme Mistre s'est peut-être remise de ses émotions.

– Après ce que tu lui as dit la dernière fois ? Permets-moi d'en douter.

Aussitôt, sans laisser une seconde filer, je décroche mon téléphone et compose le numéro de l'école que je trouve presque immédiatement sur Internet. Sandrine se ronge les ongles.

– Oui, M. Beaupré à l'appareil. Est-ce que je pourrais parler à Mme Mistre, s'il vous plaît ?

Alors que la secrétaire me fait patienter avec une musique digne des intermittents du spectacle de Pôle emploi, Sandrine ne tient plus en place. Elle tourne en rond dans la petite cuisine, ouvre les portes des placards, les referme. Récupère des assiettes, s'affaire autour de la table, installe les couverts.

– Bonjour madame Mistre, je suis sincèrement désolé pour notre échange de la dernière fois, il faut croire que mes mots ont dépassé mes pensées. Comment ça vous ne saviez pas ? Je vous entends mal.

Sandrine pose les assiettes sur la table et se rapproche de moi.

– Qui est venu ? Mais comment est-ce qu'il savait ?

Les mains de Sandrine tremblent. Elle sait que sa trêve était de courte durée.

– Vous lui avez dit quoi ? Je suis désolé, je vous entends vraiment mal.

La ligne se coupe. Dans cette maison, perdue du monde, même les satellites nous ont oubliés. J'essaie de rappeler, mais la secrétaire semble trop occupée pour répondre.

– Qu'est-ce qu'elle a dit ? me demande Sandrine.

Pour réponse, on entend frapper quelques coups sur la porte. Dire que ce sont des coups secs serait un abus de langage, un cliché trop usé. Ils ne sont pas secs. Ils sont lourds, sourds, comme un tremblement de terre sur la porte en bois.

Eliott cesse le piano. Il croise ses bras, penche son torse vers ses genoux, se recroqueville tellement qu'il devient une carapace. Mamé ne comprend pas, elle hisse les roues de son fauteuil jusqu'à la porte et laisse le mal entrer dans sa maison.

– Bonjour, je suis le mari de Sandrine.

Étienne n'est pas comme je l'imaginais. De par les descriptions de sa femme, je m'attendais à la carrure d'un footballeur américain, à des bras musclés, des mains fortes, mais dans l'encadrement de la porte se trouve un homme assez chétif, relativement maigre. Il porte un polo bleu et de grandes marques de transpiration se cachent sous ses aisselles. Eliott ne relève pas la tête d'entre ses jambes. Il pose ses mains sur ses oreilles et fredonne une chanson.

– Qu'est-ce que tu fais là ?

– J'ai appelé à ton travail, ils m'ont dit que tu avais pris des congés. Je n'avais aucun moyen de te retrouver, mais j'ai reçu l'appel de Mme Mistre qui souhaitait des informations sur le dossier médical d'Eliott. Alors je suis allé la rencontrer, à la Fontenette. C'est tout. Elle m'a dit que tu étais ici. Je ne pensais pas qu'elle me donnerait l'adresse si facilement. En même temps, quand on vous dit « la grande maison sur la route des termes en allant à Coursegoules », on peut difficilement se tromper. C'est un sacré domaine que vous avez là !

Eliott fredonne plus fort. Il fredonne l'alphabet en chanson. Mamé me regarde, elle ne comprend pas.

– C'est vous qui baisez ma femme ?

Il s'approche de moi, pointant un doigt menaçant dans ma direction.

– Qu'est-ce que vous racontez ? Sandrine et moi sommes juste amis.

– Étienne, laisse-le tranquille.

– Qu'est-ce qui vous a fait penser un seul instant que vous pourriez toucher ma femme ?

Il passe derrière le comptoir de la cuisine. Je peux sentir son haleine : un mélange de bière et de cigarettes.

– Je pense qu'il serait préférable qu'on aille discuter de cela dehors, monsieur. Vous allez faire peur à votre fils.

– Je te fais peur, petit ? hurle-t-il à travers la pièce de vie.

L'enfant ne répond pas, il continue de chanter. Dans son monde, dans sa bulle, les méchants n'existent pas. Il crée sa parenthèse, sa mesure à lui, ses silences.

– E, F, G, H, I…, fredonne-t-il.

– C'est ça, continue avec ton alphabet à la con, petit ! Et toi, ne t'amuse pas à toucher un cheveu de ma femme.

– Étienne, laisse-le tranquille, il n'a rien fait.

– Alors c'est toi ? C'est toi qui l'allumes ?

– Noël dit vrai, nous sommes juste amis. Tout va bien. Je te promets qu'il ne s'est rien passé.

– Avec une tenue pareille, tu veux me faire croire que tu ne joues pas l'aguicheuse ?

– Dites-moi monsieur, intervient Mamé, vous parlez souvent comme ça à votre femme ?

– Qu'est-ce qu'elle veut la vieille ?

Ses derniers mots déposent en moi la goutte qui fait déborder le vase. Mes doigts se serrent dans la paume de ma main, mon bras se lève et mon poing s'écrase sur son visage.

– W, X, Y, Z, A, B…

– Noël !

– Étienne, ne fais pas ça !

Sandrine s'agrippe au bras de son mari qui prépare sa défense.

– Viens, on s'en va. On rentre à la maison, lui murmure-t-elle pour apaiser l'ambiance.

Il passe ses doigts sur ses propres lèvres. Sa barbe est mal rasée. Une goutte de sang fait son apparition à la commissure de son sourire inexistant.

– Tu t'approches encore une fois d'elle, je réduis ta vie en cendres. Tu m'entends bien ?

– L, M, N, O, P…

– Eliott, viens avec Maman. On rentre à la maison.

– T, U, V, W, X…

– Eliott !

– B, C, D, E, F…

– Je vous le dépose dès qu'il va mieux, dès qu'il s'est calmé, intervient Manon qui descend les escaliers, attirée par le bruit.

La porte claque. J'ai les poings encore serrés. On entend une voiture démarrer. Les pneus crissent sur les graviers. La pissaladière est prête.

Lorsque je rentre du commissariat, le portail de *La Mésange* est ouvert. Une fourgonnette est garée sous le préau. Sur les portes arrière du véhicule, des dizaines d'autocollants garantissent les différentes qualités de l'artisan.

Une grande échelle est posée contre la façade de la maison qui se fissure peu à peu. Deux hommes grimpent sur le toit pour nettoyer et traiter les tuiles : traces noires dues à la suie de la cheminée, présence de mousse, de lichens, certaines tuiles cassées méritent aussi d'être changées. Les artisans sont équipés d'un harnais, et les regarder d'en bas me donne le vertige. Pourtant, la toiture mérite d'être rafraîchie afin de rendre justice à la maison de mon enfance. Je les salue chaleureusement, leur installe deux verres d'eau sur la terrasse et les informe que je serai à l'intérieur s'ils ont besoin du moindre renseignement.

Mamé dort dans son fauteuil, celui près de la cheminée éteinte, celui dans lequel papi s'est éteint lui aussi. Sur ses genoux repose un magazine de cinéma sur les comédies musicales à venir. Les pages ouvertes présentent les nouvelles programmations. À l'affiche, on retrouve *Starmania* d'ici un an, une nouvelle version qui sera sans doute moins réussie que la précédente (qui détrônerait Maurane dans le rôle de la serveuse automate ?), *Disney sur glace* exhibera sa magie éternelle au palais Nikaïa, et Chantal Goya enchantera son public en février prochain. Fut une époque, on aurait trouvé mon nom dans les programmations musicales à venir. Moi qui ai effleuré les étoiles pour marcher dans la Voie lactée qu'avait tracée mon grand-père pour moi. Son ambition m'avait ouvert la voie, celle des stars de la musique classique. Longtemps, lors de mes premiers entretiens avec la presse, je parlais de sa carrière brillante dans l'espoir qu'un journaliste fasse un parallèle élogieux entre nos chemins respectifs. J'avais réussi à briller par moi-même, les yeux scintillants de larmes quand j'évoquais le nom de mon grand-père et que le pigiste mal renseigné me répondait « je ne connais pas cet artiste ». Et je rentrais à *La Mésange* et lui clamais que tous ses trophées ne valaient pas grand-chose parce qu'un étudiant ne connaissait pas son succès. Il riait. J'aimais beaucoup le taquiner.

Eliott caresse du bout des doigts les feuilles séchées dans l'herbier de Papé. Il prononce les noms en latin, écrits au crayon à papier pour légender chaque végétal. Il ne m'entend pas revenir, il ne me pose pas de question. J'ai compris qu'il était ainsi, qu'il avait des difficultés à s'exprimer, qu'il ne réagissait pas comme la majorité, qu'il habitait une bulle qu'il ne fallait en aucun cas percer, comme on ne réveille pas un somnambule de son demi-sommeil. Nombreux mettraient une étiquette sur le comportement de cet enfant, qualifieraient ses attitudes de maladie, mais j'observe juste un intérêt très marqué pour des choses inhabituelles, une passion pour la flore et la musique, la faculté d'une concentration maximale pour arriver à maîtriser une nouvelle œuvre du bout des doigts sur le clavier du piano et des moments à lui, pendant lesquels on ne doit pas le déranger. Parfois, j'ai envie de lui raconter des souvenirs, lui parler des parfums que je créais en infusant des pétales de rose dans l'eau quand j'avais son âge, mais j'apprends à écouter ses manifestations, à ne pas le déranger quand il n'en a pas envie. Eliott est un enfant qui ne regarde pas les écrans, il ne joue pas aux jeux vidéo, n'échange pas de cartes Pokémon dans la cour de récréation. Il est dans son monde, et la seule chose que je peux faire, en tant qu'adulte, est de contribuer à ce que sa bulle n'éclate jamais.

Manon est attablée sur le comptoir de la cuisine. Ses mains retranscrivent sur le fichier électronique les derniers échanges que nous avons eus au sujet de mes différentes sources d'inspiration. Les rayons de soleil qui traversent la fenêtre de la salle à manger viennent épouser son corps. Elle baigne dans un puits lumineux. J'approche lentement pour ne pas la perturber dans son travail et l'enlace. Je passe mes bras autour de sa taille. Elle caresse du bout de ses ongles la paume de mes mains et dépose un baiser sur mes lèvres.

– Alors ? murmure-t-elle, en veillant à ce qu'Eliott n'écoute pas notre conversation.

Je m'assieds sur un tabouret dont le cannage en rotin s'est affaissé avec le poids des années.

– Ils ne veulent rien entendre. Ils me disent qu'elle est majeure, qu'elle a choisi de retourner vivre avec son conjoint et qu'au mieux, ils vont assurer un service de patrouille devant leur maison pour vérifier qu'il n'y a rien de suspect et pas de violence.

Elle est atterrée par mes propos et répète ce que je viens de lui retranscrire.

– Qu'elle a choisi ? s'énerve-t-elle.

– C'est ce qu'ils disent…

– On est en 2019 et des gens pensent encore que l'on choisit de vivre avec un mari violent, même si ce n'est que de la violence psychologique.

– Chut, lui murmuré-je en donnant un léger signe de tête en direction d'Eliott.

Elle me répond à voix basse, comme si elle tentait l'ASMR. Cette technique de bruits sourds, de tapotements, de caresses, de murmures, de souffles, qui envahit le web et les podcasts. Des personnes, collées à leur micro, qui essaient de vous détendre en mastiquant lentement des bonbons. Certains diront que cela leur procure des frissons le long de la colonne vertébrale, moi, les artistes ASMR ont plutôt le don de m'agacer. Quand je suis en colère, je n'ai pas envie que l'on me murmure mon prénom à l'oreille, j'ai besoin de crier, de taper dans des murs, de déchirer des feuilles, de planter des clous dans une planche de bois, de ranger mon appartement, d'écouter la musique avec le volume sonore le plus élevé. Je ne veux pas de murmures dans ma vie, je veux des mots à voix haute, des pensées exprimées, des « je t'aime » que l'on transpire, des orgasmes enivrants, un amour qui résonne, une rage qui détone, mais jamais les deux en même temps. Jamais.

– Il faut que l'on fasse quelque chose, il faut qu'on l'aide à se sortir de là !

– Je sais. Depuis qu'ils sont partis, je n'arrête pas de penser qu'elle est en train de passer un sale quart d'heure.

– Non Noël, elle ne passe pas un « sale quart d'heure ». À l'heure qu'il est, elle est peut-être déjà morte, la bouche ensanglantée, les côtes brisées, le regard fuyant, son corps froid allongé dans la pinède. Il faut cesser de croire que l'on ne peut rien faire, que ça n'arrive qu'aux autres.

– Elle m'a juré qu'il n'avait jamais levé la main sur elle.

– Il y a une première à tout, répond-elle.

Manon a beau murmurer, son corps transmet un message différent. Elle a quitté son tabouret et ses pas foulent le carrelage de la cuisine. Ses mains s'agitent dans tous les sens, c'est comme regarder un film sans le son, en vitesse accélérée.

– Tu as un plan ? lui demandé-je.

– J'aimerais bien, mais tu lui as déjà proposé de venir vivre ici.

– Mais maintenant qu'il connaît cet endroit, je doute qu'elle s'y sente en sécurité. Il faut qu'elle demande le divorce, qu'il n'ait plus d'emprise sur elle. Si déjà nous la soulageons du loyer en habitant ici, il ne devrait plus avoir d'emprise financière.

– Et pour Eliott ? demande Manon.

– Je suis très surpris. Sandrine a toujours dit qu'il avait besoin de repères, d'habitudes. J'aurais pensé qu'il nous demanderait de l'amener chez lui, de le ramener à ses parents, mais rien. Il ne s'intéresse qu'au piano. Nous allons devoir lui construire un monde stable au sein de *La Mésange*, afin qu'il s'y sente en sécurité.

Chapitre 23

Saint-Paul-de-Vence, 7 septembre 2004
Quinze ans plus tôt

Le Conservatoire de musique est situé dans la villa « Paradiso ». Cette imposante demeure aristocratique est devenue mon nouveau refuge scolaire. Papa a réussi à te convaincre. J'aimerais connaître les arguments qu'il a utilisés contre toi.

Dans son enceinte Belle Époque, entre l'auditorium, le studio d'enregistrement et la salle de danse classique, je passe mes journées à fuir mon présent. Depuis le lundi de la rentrée, entre cours de technique, d'improvisation, de maîtrise des œuvres et de solfège, je n'ai pas trouvé le temps de m'ennuyer. Chaque soir, je quitte le quartier Cimiez et emprunte la rue Assalit jusqu'à la gare de Nice-Ville. Je laisse les façades colorées derrière moi pour un trajet d'une demi-heure en TER jusqu'à Cagnes-sur-Mer. Parfois, je sors le nez d'un de mes bouquins pour regarder par la fenêtre les façades qui défilent et, entre deux bâtiments, j'aperçois la mer. Lorsque le train ralentit devant l'aéroport, pour accueillir les Laurentins, j'observe les avions décoller. Je ne peux dire combien de fois j'ai rêvé de m'envoler, moi aussi. Fuir cette réalité dont je n'arrive pas à me défaire, cette routine lassante d'une mère inconsolable. Mais à la gare de Cagnes, je récupère mes affaires et traverse le square qui sépare la gare de l'arrêt de bus. J'attends la ligne 9 entre dix minutes et quarante minutes, selon mon heure d'arrivée. Je profite de ce temps pour avancer sur mes cours de première par correspondance, et m'endors sur les sièges du fond dès que je suis à bord. Je suis bercé par les virages jusqu'à Saint-Paul-de-Vence. À mon arrivée, je rehausse mon sac à dos sur les épaules et franchis les derniers mètres qui me séparent des remparts de mon village. Il est bientôt dix-neuf heures et le soleil dessine des ombres allongées sur les pavés. Je marche lentement, retardant le moment de retrouver ma mère, ses cigarettes et son désespoir. J'observe les galeries d'art qui émergent de commerces abandonnés. J'aime les beaux habits d'artistes que revêtent les rues. Dans les bacs en pierre, devant les portes, les géraniums colorent le chemin. Les enfants jouent dans les escaliers qui mènent à notre appartement. Je mets la clef dans la porte et te salue d'un geste amical. À chaque fois que j'ouvre cette porte, je me demande quel visage de toi je vais découvrir. Tu es dans la cuisine. Tu coupes une courgette. Ce doit être un de ces jours, un de ces moments où la vie te semble belle.

– Tu as passé une bonne journée, mon chéri ?

Je n'ai pas envie de te répondre, j'ai encore des devoirs à faire. Je retire mon iPod mini de mes oreilles et te remercie de ta question.

– Tu n’es pas très bavard, insistes-tu.

– Et toi tu l’es, comme quoi, cette soirée est pleine de surprises. Je vais étudier.

Je claque la porte de ma chambre derrière mon passage et me replonge dans mon univers musical. Les écouteurs enfoncés dans mes oreilles, j’essaie d’obstruer le monde extérieur. Par le monde extérieur, je veux dire toi. C’est toi que je veux bloquer de mes pensées.

Deux années que je tiens ce rythme infernal. Les cours par correspondance pour garder un pied dans le système scolaire – ta condition *sine qua non* – et les journées au Conservatoire de musique. Je n’ai même plus le temps de voir mes grands-parents. Je ne fais que travailler ma technique, étudier mon programme de première et perdre du temps dans les transports. Papé m’a fait promettre de ne pas décrocher. Il m’a expliqué que la théorie n’était pas la partie la plus plaisante, mais qu’elle était indispensable. Je ne vois pas en quoi connaître les fonctions polynômes du second degré m’aidera à être le pianiste que j’aimerais, mais je sais tenir mes promesses. Je veux le rendre fier.

Il est peu après vingt heures, je sors de la douche. La tuyauterie commence à faiblir. L’eau est soit brûlante, soit glaciale. Elle est comme toi, sans entre-deux.

– À table ! cries-tu dans l’appartement, comme si nous habitions le château de l’Anglais.

– Ça va, pas la peine de t’époumoner, j’suis pas sourd.

Je ramène ma gueule d’adolescent autour de la table déjà mise. J’attrape le broc d’eau, dont la transparence est atténuée par le calcaire, et les ménagères pour les poser sur la table.

– Tu as appris de nouvelles choses aujourd'hui ? me demandes-tu, tout sourire.

– Qu'entre le *do* et le *mi* il y avait le *ré*.

– Pas la peine d'être sarcastique. J'essaie de m'intéresser à ta passion, c'est tout. Tiens, passe-moi ton assiette.

Tu découpes le *crespeou* et m'en sers une part.

– On travaillait sur les trilles des *Nocturnes* de Chopin, je te réponds en découpant un morceau des omelettes.

– C'est meilleur quand c'est froid, mais ce n'est pas mauvais chaud non plus.

– Tu as décidé de concourir pour le trophée de meilleure mère de l'année pour que, d'un coup, tu te mettes à faire à manger ?

– Et toi à celui de l'adolescent le plus ingrat ?

Je me lève de table et pose ma serviette sur ma chaise. Je ne supporte plus de vivre avec toi. Je ne supporte plus tes sautes d'humeur, tes jours de dépression au fond du lit, et les jours où le ciel est bleu dans ton esprit et où je dois oublier que la veille, tu crachais des orages.

– J'ai bien réfléchi : cette année, à Noël, j'aurai seize ans, je demanderai mon émancipation.

Tu reçois mon annonce comme un affront, comme une colère juvénile. Tu poses ta fourchette à côté de ton assiette ébréchée, ravales ta fierté en même temps que tu déglutis. Je n'avais pas prévu de te l'annoncer comme ça, avec ton omelette aux herbes.

– Je suis donc une si mauvaise mère que ça, ponctues-tu.

– Ce n'est pas ce que je suis en train de te dire, c'est juste que toi et moi, ça ne fonctionne pas. Tu le vois bien ? Dis-moi que je ne suis pas le seul à le voir ! On n'a rien à se dire, on se méprise l'un l'autre. On ne se comprend pas, on est trop différents.

– C'est ton grand-père qui t'a mis cette idée dans la tête ? Je ne comprends pas ta remarque. D'où te vient une idée pareille ?

– Pourquoi tu dis ça ? je réponds en fronçant les sourcils.

– Alors ça y est, l'oiseau fuit le nid. Tu vas aller vivre à *La Mésange* ?

– À vrai dire, je suis en train de réfléchir à me prendre un studio, ou un appart en coloc avec Mathieu. Je demanderai de l'aide à Papé et Mamé pour le loyer, puis quand l'argent de Papa sera débloqué, je pourrai leur rembourser.

– S'il était encore là, je me demande bien ce que ton père dirait.

– Il serait encore là si ce n'était pas pour toi…

Tu te lèves de table. Ton visage s'empourpre et tu agites tes mains dans tous les sens. Tu bafouilles, bégaies. Ta voix explose dans un sanglot démesuré :

– Ré-ré-répètes ce que tu viens de dire !

– J'ai dit que tu avais tué Papa ! gueulé-je.

Tu te saisis de l'assiette dans laquelle le gâteau d'omelettes aux herbes et poivrons rouges trône encore et la lances au travers de la cuisine de l'appartement. Je l'évite de justesse, me penchant en avant au bon moment. Le dîner s'écrase sur le papier peint jaunâtre.

– Et le trophée de la meilleure mère de l'année revient à, roulement de tambours, tout le monde sauf toi ! m'affligé-je.

Tu me cours après dans l'appartement, cherchant à m'attraper. Tu t'impatientes lorsque je tourne autour de la table basse, m'injures quand tu trébuches sur le coin du tapis légèrement relevé et enrages quand tu te retrouves face à la porte de ma chambre que je ferme à clef de justesse.

– Ouvre-moi ! cries-tu.

– Maman, arrêtons les dégâts. Ça ne marche pas entre nous, on se déteste. C'est ainsi.

Alors que je lâche mes derniers mots au travers de la porte, j'entends tes sanglots aigres de rancœur. Tu t'assieds sur le carrelage froid du couloir, t'adosses contre le mur, et déverses ton ébullition.

– C'est faux Noël, me corriges-tu, je ne te déteste pas. Je t'aime, je ne sais juste pas comment le montrer.

Je ravale ma salive, ferme les yeux et m'assieds également. J'inspire profondément. Tu ne me dis jamais que tu m'aimes. Je ne te le dis jamais non plus.

– Pour ton père, reprends-tu, j'aurais aimé qu'il reste avec moi, tu sais. J'aurais préféré mille fois que l'on soit un couple marié heureux, comme on voit l'après-midi à la télévision.

– Je sais.

– Tu as raison Noël, il est mort à cause de moi.

– Ce n'est pas ce que je voulais dire.

J'entends tes larmes et suis désolé de mes propos.

– Si, c'est exactement ce que tu voulais dire, et tu as raison. Si je n'avais pas fait cette tentative en juin dernier, il n'aurait jamais eu à venir à Saint-Paul, il n'aurait jamais eu à prendre la voiture, il ne serait jamais tombé dans le ravin. Sans moi, ton père serait encore en vie, et je sais que tu préférerais que ce soit la situation inverse.

C'est vrai, je préférais cent fois que les rôles eussent été inversés, mais personne ne m'a demandé mon avis dans le grand dessein de l'univers.

– Tu as le droit de m'en vouloir.

Je ne réponds rien, je n'ai pas envie de te contredire. Je n'ai pas envie de tomber dans les facilités du « mais je ne t'en veux pas Maman ». C'est faux. Je t'en veux. Je t'en veux à te maudire tous les soirs. Je t'en veux à ne plus pouvoir supporter de respirer le même air que toi, à ne plus vouloir croiser ton regard dans notre appartement, à ne plus pouvoir tolérer ta voix, tes manières, ta dépression, tes angoisses, tes cigarettes, ton haleine de tabac froid le matin, tes sautes d'humeur, ta dualité, ta maladie, tout. Je t'en veux d'être toi.

– Dis-moi quelque chose Noël…

– J'étais sérieux quand je te parlais de mon émancipation tout à l'heure. J'imprimerai les documents demain au Conservatoire. J'irai demander à l'accueil, je suis sûr que Chantal le fera. Je te remplirai le tout, tu n'auras qu'à signer, et le jour de mon anniversaire, on envoie le tout au tribunal.

Je ne t'entends plus.

Chapitre 24

La journée est particulièrement chaude en ces premiers jours du mois de juin. Aujourd'hui est un anniversaire que je ne peux manquer. Mamé se repose dans le bureau, je l'ai aidée à retirer ses bas de contention pour qu'elle s'allonge sur le lit. On n'aurait pas dû faire confiance à ce pharmacien, les bas compressent trop fortement ses membres inférieurs. Son sang ne circule plus aussi facilement.

La maladie d'Alzheimer fait des apparitions répétées dans son quotidien, comme un invité que l'on n'aurait pas convié qui s'incruste à un dîner de famille. Pour l'aider, nous notons tous ses rappels de routine sur des post-it. Sur la porte du placard de la cuisine, un papier jaune indique les médicaments qu'elle doit prendre, sur le poste télévisé un autre explique comment faire fonctionner les télécommandes… Elle est devenue incapable de suivre une recette qu'elle connaissait hier encore par cœur. L'autre jour, en préparant une tapenade noire, elle a oublié de dénoyauter les olives avant de les passer au mixeur. Inutile de préciser que le blender Moulinex est foutu. Au fond du jardin, Eliott avait ramassé les plus belles fleurs de courgette pour en faire des beignets (il en a, au passage, fait sécher une pour rajouter dans l'herbier de Papé qu'il tente d'alimenter), lors de la dégustation, on s'est étouffés sur la friture des beignets. Elle avait confondu la farine avec l'argile qui se trouvait sous l'évier pour enlever les taches du linge difficiles. Je n'ose même pas te parler de sa soupe au pistou dans laquelle nous avons retrouvé des épingles à linge. Elle a tendance à confondre le matin et le soir, se lever la nuit pensant qu'il est l'après-midi. Elle perd la notion du temps et parfois de l'espace, se demandant dans quelle pièce elle se situe. Mais il y a bien une chose qu'elle n'oublie pas : combien mon grand-père l'aimait et combien elle l'aimait en retour. « On a vécu soixante-cinq années ensemble et je n'aurais pas assez de soixante-cinq nouvelles années pour te raconter comme c'était formidable. »

Manon veille sur Eliott. En l'absence de sa mère, il a commencé à développer certains troubles obsessionnels. Il est incapable de se coucher sans avoir vérifié que la porte est correctement fermée à clef, réorganise son herbier par ordre alphabétique et se lave les mains plusieurs fois par jour. On le surprend parfois à réciter son alphabet dans un murmure qui le rassure. Pourtant, il peut rester des heures concentré sur une même tâche. Qu'il pianote, étudie, ou travaille la terre dans le fond du jardin, Eliott est imperturbable. Ce matin, Manon m'annonçait avoir terminé la rédaction de sa thèse. Elle m'a demandé si je voulais la lire, puisque j'en avais un léger droit de regard – en étant le sujet d'étude principal –, mais j'ai refusé. Je n'aime pas être le point de l'attention, assez curieux pour un artiste dont la seule ambition est de monter sur scène à nouveau. Elle a travaillé toute la matinée sur la mise en forme, la mise en page, les formats *.doc* ou *.pdf*, s'arrachant les cheveux sur la pagination de son texte. Elle fanfaronne sur le nombre de mots qu'elle a écrits. Trente mille. Elle semble fière. J'imagine que c'est beaucoup. Elle garde un contact par message avec Sandrine. Elle me fait lire les messages le soir, qui sont le reflet d'une personnalité brisée « merci de t'occuper si bien d'Eliott » ; « je vous le laisse encore ce soir, je ne veux pas interrompre sa nouvelle routine » ; « ça va aller, on va venir parler à Eliott » ; « vous pouvez le garder encore aujourd'hui ? Il est mieux à *La Mésange*, c'est une mauvaise journée pour Étienne, je lui ai demandé le divorce ».

Le dernier message nous soulage. Manon tente de la rassurer, lui montrer que nous sommes là pour elle et pouvons l'aider à surmonter cette épreuve, que nous l'aiderons dans cette décision importante qu'elle vient de prendre. Manon est soulagée dès qu'elle lit un message de l'aide-soignante. J'aime croire qu'une amitié naît entre les deux femmes, mais les circonstances ne sont pas idéales.

Manon a trouvé sa place à mes côtés dans cette grande maison. Nous essayons d'alterner les moments d'entretien avec les instants de plaisir. C'est curieux, je n'ai ressenti cela pour aucune femme depuis des années. Cela va faire une semaine qu'elle dort contre moi. Quand j'étais enfant, je demandais systématiquement à garder le store du Velux ouvert pour regarder les étoiles en m'endormant. Elle a réussi en peu de temps à remplacer les trois mille étoiles que l'on peut contempler un soir de ciel dégagé. Elle a la peau qui sent bon, qui me donne envie de voyager. Parfois, lorsque le *limoncello* de ma grand-mère a raison de nous après quelques parties de tarot sur la table de la terrasse, elle laisse échapper un ronflement léger. J'aimerais être ses lèvres lorsqu'elle expire de l'air chaud qui vient les caresser. Lorsqu'elle fait courir ses doigts sur ma peau, chaque centimètre frissonne, chaque pore se contracte, chaque poil se redresse. Elle me fait me sentir libre, me sentir vivre. J'ai envie de l'aimer jusqu'au matin, de l'embrasser jusqu'à midi et lui dire des mots doux jusqu'au soir. J'aime ses gestes tendres, sa façon de me poser des questions de journaliste alors qu'elle veut en apprendre plus sur moi, non pas pour son mémoire, mais pour découvrir l'homme caché derrière l'artiste. Elle sourit lorsqu'elle prend des notes, sort sa langue entre ses dents quand elle est concentrée, s'énerve si elle constate une faute d'orthographe dans ses lignes, rouspète si je ne lui donne pas l'information souhaitée. Manon s'extasie dès qu'il fait beau le matin, à peu près tous les jours dans la région. Elle est heureuse de vivre, de respirer de l'air frais. Les jours passent et mes sentiments grandissent, laissant entrer la lumière dans les fêlures de mon cœur.

J'embrasse ma journaliste dans le cou et lui demande si cela ne la dérange pas que je m'absente.

– Tu seras de retour dans longtemps ?

– Une heure et demie, au plus. Tu peux garder Eliott ?

– Tu sais comme moi qu'il n'est pas le plus difficile des deux à garder.

– Je me suis occupé de Mamé, elle s'est allongée dans le bureau.

Elle quitte mon enlacement pour rejoindre l'enfant qui scotche des pétales de rose dans un cahier. Elle a les gestes délicats quand elle l'aide à tourner les pages, les doigts fins lorsqu'elle détache le ruban adhésif et la parole lente et mélodieuse. Elle s'adapte à son langage, entrant dans son univers sans pour autant l'envahir. Elle respecte son intimité, connaît les frontières à ne pas franchir. Parfois, elle lui passe la main dans les cheveux et les ébouriffe. Il rit. Quand ses lèvres s'étirent jusqu'à créer une fossette au creux de sa joue, dans la constellation de ses grains de beauté, je me sens heureux, avec le sentiment du travail accompli, d'avoir donné du bonheur à un enfant.

Je récupère les clefs de ma sportive accrochées au-dessus de la cheminée, sur un vieux clou rouillé à même l'encadrement en bois, et m'installe au volant de ma MX-5. Les sièges en cuir noir sont brûlants au toucher. Malgré l'auvent du préau, les rayons du soleil ont pénétré dans le véhicule pour créer une chaleur étouffante. En appuyant sur un bouton du tableau de bord, la capote se retire et se replie sur elle-même pour entrer dans le coffre. L'air devient respirable.

J'embraie et fais démarrer le véhicule qui envoie quelques graviers valser en quittant *La Mésange*. Sur la route, les derniers jours du printemps semblent se languir de l'été. La chaleur crée un mirage sur l'asphalte et l'illusion de flaques d'eau sur la route disparaît lorsque j'approche d'elles. Je quitte la route de Coursegoules et traverse Vence avant de retrouver les remparts de mon enfance. Je me gare non loin de la fondation Maeght pour éviter de payer le parking des touristes aux portes du village. Avec les premières chaleurs arrivent les Parisiens émerveillés du village dans lequel j'ai grandi. Dans la journée, il semble impossible de se frayer un passage dans les étroites ruelles. Les galeristes se frottent les mains et tentent de vendre quelques immondes œuvres au plus offrant. Je fais une première halte sur la place de La Fontaine pour me rafraîchir le visage avant mon rendez-vous. Par les gueules de serpent en fonte, la pierre monumentale crache son eau pour alimenter le bassin. Quand j'étais minot, je venais m'asseoir contre la fontaine en attendant que tu rentres du travail. Aux clapotis de son eau, j'ai confié mes plus grands secrets. Je me passe la main mouillée dans la nuque et éclabousse mon tee-shirt blanc en me rinçant le visage. Des gamins jouent sur les pavés, une glace à la main, pendant que des touristes asiatiques s'émerveillent du moindre recoin de rue qui satisferait leur fil d'actualité Instagram. Sous leur ombrelle, se cachant de l'astre solaire, ils se contentent de figer des sourires pour l'appareil photo qui utilise le flash alors que les rues baignent de lumière.

Je m'éloigne de la rue Grande, passe devant la boulangerie de Gérard qui a baissé la grille pour l'après-midi et m'engouffre dans une ruelle étroite dont un bougainvillier recouvre la majorité des pierres. En longeant les remparts, curieusement, les touristes sont moins nombreux et seuls quelques couples amoureux admirent la vue qu'offre la colline. Juste sous mes pieds s'étalent des kilomètres de mètres carrés de vignes, un champ d'oliviers avec un lavoir en son centre dont le liquide semble marécageux. En relevant la tête et plongeant mon regard sur l'horizon, la mer s'étend à perte de vue. Je descends les marches de la grande porte en pierres et mon cœur se serre. C'est un trajet que j'ai fait des centaines de fois dans ma vie, et pourtant aujourd'hui il m'est impossible de ne pas frissonner en foulant les pas du petit garçon qui courait voir son père les samedis matin. Juste là, sur ma droite, je franchis un portail rouillé par les quelques pluies de la région. Je traîne des pieds, me dirigeant lentement vers la tombe de mon père. Les pierres sont fleuries : de beaux bouquets en tissu ou de fleurs fraîches, certains ont osé les plantes en plastique et d'autres ont laissé faner les dernières roses blanches de la Toussaint. Enfant, je venais assister mon père qui travaillait à l'entretien de ce lieu tous les matins avant de déménager pour Grasse, avant de te quitter. Il veillait à la maintenance des sépultures, vérifiait les dalles, les stèles brisées, les joints d'étanchéité qui nécessitaient un renouvellement fréquent dû aux fortes chaleurs de la région. Moi, j'arrachais les mauvaises herbes qui poussaient entre les graviers, je l'aidais à replanter les géraniums dans les jardinières et à nettoyer les cadres à l'aide d'un chiffon après les jours de pluie. Qu'est-ce que j'aimais les jours de pluie ! Ils m'invitaient à passer la matinée entière avec mon père qui fuyait le refuge familial. Nous vidions les soucoupes des pots de fleurs pour ne pas qu'elles s'y noient, ratissions l'allée pour remettre les graviers en place, nettoyons les dalles, les cadres, enlevions les pétales qui auraient succombé au déluge. Et parfois, il me demandait de l'aide pour les cérémonies. Près d'un samedi par mois, on ouvrait une tombe pour y mettre un nouveau cercueil. J'écoutais les chants religieux, admiraient les pleurs sobres des veuves en noir. J'ai rapidement développé un rapport à la mort assez étrange, assez froid et détaché.

– Bonjour Papa.

Je prononce ces mots en m'agenouillant à même le sol. C'est un petit cimetière, deux cents dalles au plus. Pourtant, il n'y en a qu'une qui me fait cet effet. Je vois le nom de mon père, écrit en lettres d'or, « Christian Lanza ». Ce patronyme me fait froid dans le dos, il me ramène à des souvenirs, au choix que j'ai fait d'utiliser le nom de mes grands-parents, celui de ma mère aussi, pour démarrer ma carrière. Noël Beaupré. C'est comme si je l'avais trahi, comme si j'avais remué le couteau dans la plaie. Il était déjà mort au moment de ce choix. Je voulais rendre ma famille fière, je voulais marcher dans les pas de mon grand-père. Je souhaitais surtout énerver ma mère. Je voulais qu'à chaque fois qu'elle ait à prendre rendez-vous, qu'à chaque réservation qu'elle fasse, qu'à chaque fois qu'elle dirait son nom – « bonjour, une réservation au nom de Brigitte Beaupré » –, on lui réponde : « Ah, comme le célèbre pianiste ? » J'avais envie d'être un caillou dans sa chaussure.

– Elles sont jolies ces fleurs, ta voisine doit avoir du succès.

La tombe d'à côté est extrêmement fleurie. Il y a encore une couronne fraîche dont le ruban indique « À notre sœur ». Son nom n'a pas encore été gravé dans le marbre. Elle est dans un entre-deux, pas encore oubliée, pas encore commémorée. Les fleurs sécheront bientôt, les visites s'espaceront. On se dira « au mois prochain », puis « à l'an prochain », et on finira par venir à quelques Toussaints, s'il ne pleut pas trop et que le programme télévisé est suffisamment mauvais.

– Désolé de ne pas être venu plus tôt. J'essaie de garder ce rendez-vous, mais tu sais ce que c'est, les tournées tout ça… De toute façon, maintenant c'est terminé.

Le soleil se reflète dans le cadre posé sur le marbre. Mon père était un homme élégant. Je l'ai toujours trouvé bel homme : une jolie carrure, des mains de paysagiste, des yeux noirs et une douceur dans le regard. Pourtant, sur ce cadre aux sépias vieillies, je me reconnais dans ses traits. La mâchoire angulaire, l'arête du nez légèrement courbée et ce sourire mélancolique qui fait face à l'objectif.

– Enfin, je te parle des tournées, mais c'est fini désormais. C'est difficile d'admettre un échec face à son père. J'aurais envie de te faire croire que tout cartonne, que j'ai la carrière souhaitée et que mon ambition est assouvie, mais je ne peux pas te mentir. Ça servirait à quoi ? Mon producteur m'a gentiment mis sur le banc de touche, un comble pour quelqu'un qui n'a jamais apprécié le foot. Je n'ai pas envie de me battre, et pourtant je me sentirai heureux quand je jouerai devant des salles remplies. Je sais ce que tu dirais si tu étais là. Tu me rabâcherais une fois de plus « ça ne sert à rien d'attendre un autre jour pour le bonheur, fais en sorte que ce soit aujourd'hui ». Mais nous n'avons jamais eu la même vision de la vie. Tu aimais ta vie simple, les jouets en bois à la fabrique, les odeurs au musée, l'entretien du cimetière. Tu te satisfaisais de ce que j'appelais jusqu'à peu des petits boulots. Moi c'est différent, j'ai une vocation. Un besoin au fond de mon être qui ne se tait jamais. Une mélodie qui revient tant que je ne la pose pas sur le clavier. J'ai rencontré une fille. Elle te plairait. Elle s'appelle Manon et elle est en dernière année d'études pour être journaliste.

Elle a conduit sa thèse autour de mes albums, et au fil des entretiens, nous sommes devenus plus qu'étrangers. Je ne l'ai pas vue venir, elle était juste là au moment où j'en avais besoin, et je n'ai pas envie qu'elle en parte. Si tu pouvais encore parler, tu me demanderais des nouvelles de Maman, parce que tu faisais toujours passer les autres avant toi, tu détestais que l'on parle de toi ou de ton travail. J'exagère, on avait le droit de parler de tes timbres. Là, tu pouvais nous en parler pendant des heures. Mais pour répondre à cette question que tu ne me poses pas, elle va bien, je crois. Elle a mangé une salade de boulgour et d'avocats ce matin. C'est tout ce que je sais.

Je sens le soleil qui me brûle la nuque. J'aurais dû prendre une casquette.

– Je te dis « à bientôt » et te promets de revenir vite. Je t'aime, tu sais ?

Eliott fait la sieste dans une des chambres de l'étage – celle où nous avons dépoussiéré les meubles et changé les draps. Nous avons ressorti mes livres d'enfance pour les ranger dans sa table de chevet. Dans une malle, quelque part dans les combles, doivent se trouver mes vieux jouets, ceux que mon père fabriquait. Mamé s'est réveillée et se repose dans le canapé.

– Elle n'a pas souhaité que je lui remette ses bas de contention, me dit Manon.

– Ça va, Mamé ? Je lui demande en posant ma main sur son épaule.

Elle est absente. Son regard se porte vers le vaisselier. Regarde-t-elle la porcelaine de son mariage ou le vase aux tournesols séchés ? Elle est happée par ses pensées, ou bien ce sont peut-être ses pensées qui la happent. Un magazine est posé sur ses genoux, elle ne le lit pas.

– Tu veux un verre d'eau ?

Je vois des gouttes de transpiration couler le long de sa nuque pour s'évanouir dans son chemisier. Elle ne me répond pas, elle reste là, à fixer un détail insignifiant : la dorure d'une assiette, le verre rayé des portes du vaisselier, la poignée du meuble en laiton, la fenêtre à côté, aux volets entrecroisés et ses persiennes qui créent des ombres sur les tomettes.

Je lui donne un baiser sur la joue, sans vouloir la perturber dans ses pensées, et me dirige vers le piano. Je m'assieds sur le tabouret molletonné, fais glisser mes doigts sur les ivoires et joue une note. Un *si*. Un *si* simple, sans tierce ou mélodie. Juste une note du bout du doigt. J'écoute alors l'écho des résonances qui émanent des vibrations des cordes. J'allonge ma main gauche dans les graves et ferme les yeux. Un arpège se décompose. C'est une jolie ligne de basse. Une gamme en *fa* majeur. Mes doigts se détendent. La mélodie s'inscrit dans les aigus. Une voix simple, quelques notes à peine, se dessine sur la basse. Je ferme les yeux. La main gauche prend de l'ampleur, elle ne se contente plus d'une octave, mais s'élance sur la longueur du piano. La mélodie se dessine. J'ai l'impression que mon grand-père est à côté de moi. Je peux sentir son souffle fatigué me dire de continuer, de ne jamais abandonner. Je suis un danseur d'opéra aux pieds brisés. Je suis un peintre qui a perdu la vue. Je suis le chanteur aphone. Le comédien agoraphobe. L'écrivain face à la page blanche. L'acteur apathique. Je suis le pianiste qui n'a plus envie. Et pourtant, alors que je pensais ne plus jamais toucher un piano, l'envie reprend le dessus. Les années de Conservatoire, les émotions, la pratique, le public, tout se mélange dans ma tête. Mes doigts filent, courent, dansent sur les blanches et les noires. Je reprends vie.

Chapitre 25

En ce début d'après-midi, la plage des Ponchettes accueille de nombreux jeunes et les familles se précipitent au bord de l'eau. Sur les galets, les serviettes s'étendent au gré du vent et face au soleil, comme des tournesols se tournant vers leur astre. La chaleur aura eu raison de nous et nous avons profité que Sandrine vienne récupérer son fils pour nous échapper. Le petit était si heureux de se lover dans les bras de sa mère, il avait attendu ce moment si longtemps. Mamé se reposait sur le canapé, les yeux légèrement fermés, un album photo dans ses mains, essayant de se souvenir des noms de ses anciennes relations. Elle nous a promis qu'elle serait tranquille, qu'elle ne ferait pas de folie en notre absence.

Manon m'invite au bord de l'eau, où un espace semble nous attendre entre deux familles. Ils semblent bien équipés : parasol planté, glacière, crème solaire, casquettes, méduses aux pieds, jeux de cartes et l'équivalent du contenu de ma bibliothèque dans leur sac. Je me sens nu, je n'ai pris que mon maillot. Je l'observe ôter sa robe devant moi.

Sa silhouette se dessine à contre-jour. Derrière, les tendres vagues de la Méditerranée nous appellent. Il fait chaud. Le thermomètre affiche 36 °C à l'ombre. Je retire ma chemise en lin et mes souliers. Mes pieds se crispent au contact des galets. J'en avais oublié la douleur. Cela ne semble pas déranger Manon qui avance avec confiance vers l'eau. Je marche comme un crabe ivre d'amour, je perds mon équilibre à maintes reprises. Mais comment font les gens ? N'y a-t-il pas un stade entre ceux qui sont pieds nus et ceux qui arborent fièrement leurs chaussures de plage ? Les Niçois ont-ils développé des cors aux pieds à force de fouler les galets ? Lorsque la mer recouvre les pierres, ces dernières deviennent glissantes, précipitant ma chute dans l'eau. Elle rit. Son corps flotte déjà à la surface, le soleil épouse ses formes, elle respire le bonheur et me communique sa joie de vivre.

Manon semble être dans son élément naturel, elle venait ici quand elle était enfant. Ses parents habitaient à cent mètres de la plage, un immeuble ancien à la façade saumon, jouxtant la chapelle de la Miséricorde. Ils ont quitté la région pour voyager, me raconte-t-elle. Dès qu'ils l'ont pu, ils ont vendu leur restaurant et ont fait l'acquisition d'un camping-car modeste mais confortable. Elle ne les a pas vus depuis trois ans, mais ils échangent régulièrement par téléphone ou par visioconférence. Elle a gardé l'appartement Cours Saleya. C'est un trois pièces joliment aménagé, mais dont le seul intérêt demeure la vue. En ouvrant les volets battants aux lames en bois, le ciel se fond dans la mer. Les jours sans nuages, il est presque difficile de distinguer la ligne de l'horizon. Juste en dessous de sa fenêtre se tient le marché tous les jours de la semaine, excepté le lundi. Tomates, courgettes, concombres, poivrons, oranges, épices, socca, charcuterie, poulet rôti… Le marché prend vie et embaume le salon de ses odeurs. Le soir, ce sont les terrasses des restaurants et bars qui prennent le relais de l'animation.

Manon plonge la tête sous l'eau et essaie de me faire chavirer en s'agrippant à mes jambes. Dès qu'elle vient à la surface pour reprendre sa respiration, je m'empresse de l'éclabousser. Elle rit. J'aime son rire. C'est un éclat franc. Autour de nous, les bouées jouent les autos tamponneuses, les *paddles* tentent de se frayer un chemin et les adolescents manquent les cours. Ils ont tous un bronzage à faire pâlir les magazines pour l'été, alors que mon corps est celui d'un touriste des Pays-Bas.

Je l'embrasse et nous nous rallongeons sur nos serviettes. Je prends un galet entre mes mains. Je me dis qu'il aurait sa place dans le cabinet de souvenirs de mon grand-père. Alors que les gouttes s'évaporent de mon corps, le sel tiraille ma peau. Je file sous la douche extérieure et me rince.

Manon s'étale de la crème depuis sa serviette. Elle a mis des écouteurs pour ne pas être dérangée par la musique de notre voisin de plage. Deux mouettes volent au-dessus de nous. Nous achetons des bouteilles d'eau à un vendeur ambulant qui propose aussi des lunettes de soleil – de qualité, précise-t-il –, des bracelets et des colliers pour tous les goûts – sauf les nôtres – et des canettes de bière que les jeunes adolescents s'empressent de consommer.

– Tu ne stresses pas trop ?

– À propos de quoi ? me répond-elle.

– Tu as ton oral dans une dizaine de jours. J'imagine que parler de ton sujet devant une salle comble doit être impressionnant.

– J'essaie de ne pas trop y penser pour l'instant. J'ai envoyé le mémoire à mon manager chez *L'Univers du Piano.* Il n'a pas encore eu le temps de le lire.

– Tu aimerais continuer de travailler pour eux l'année prochaine ?

– C'est une vraie question, je n'ai pas encore pris le temps de réfléchir. J'avoue que c'était confortable : les études, la routine, l'appartement des parents, la mer à portée de main… Mais tu viens chambouler tous mes projets.

Je souris et hausse un sourcil.

– Tu débarques dans ma vie et tout s'est déroulé très rapidement. Je me suis attachée à toi, à ta grand-mère aussi, et le petit Eliott bien sûr… Je m'imagine mal changer de quotidien.

– Pourquoi voudrais-tu changer de quotidien ? lui demandé-je.

– Je ne peux pas continuer de faire des allers-retours entre Nice et Coursegoules à chaque fois que je dois récupérer des affaires.

Je vois très bien où Manon veut en venir, mais je ne sais pas si je dois précipiter les choses. J'apprécie ce que nous avons là. J'aime me lever le matin avec son odeur dans les draps, j'aime l'entendre me parler de son travail, me raconter les différentes piges qu'elle écrit pour le magazine, j'aime les attentions qu'elle porte aux personnes autour d'elle, j'aime sa peau, ses cheveux, ses sourires et ses dents du bonheur. À ses côtés, les nuages disparaissent et révèlent un grand ciel bleu. Lorsque nous nous allongeons sur les transats, ou directement dans la pelouse de la maison, elle essaie de me conter les étoiles comme les hommes parlent d'amour. Elle ne manque pas d'assurance, invente les noms des constellations – elle a même réussi à me faire croire qu'un ensemble d'étoiles se nommait « Le piano ». Elle croit qu'en mettant du sel dans les coins de la maison, elle a le pouvoir de conjurer le mauvais sort. Elle se tire les cartes d'un tarot marseillais qu'elle traîne partout avec elle, toujours rangé dans son sac, et se satisfait de ses tirages. Elle ne me dit jamais ce qu'elle a lu, ce serait comme s'expliquer nos vœux après en avoir fait en voyant une étoile filante. C'est ça, Manon est une étoile filante. Elle éclaire mon ciel obscur, mais j'ai peur de perdre sa trace et que, bientôt, je la perde complètement de vue. Je me demanderai alors si tout cela était bien réel.

Son téléphone sonne avant que je n'aie le temps de répondre, et je m'avoue heureux de pouvoir prendre quelques jours supplémentaires de réflexion avant de lui proposer d'emménager avec nous.

– C'est Sandrine, me dit-elle.

Mon iPhone sonne également. Il fait chaud. Je m'empresse de fouiller dans le sac de plage pour le sortir avant que mon interlocuteur ne raccroche. J'entends Manon. Pire, j'entends le silence de Manon. Elle ne dit rien. Juste elle écoute. Je pense à Sandrine, je songe au pire. J'ai la main qui tremble. Le numéro qui s'affiche sur l'écran de mon smartphone m'est inconnu. Je décroche.

– Oui. C'est moi. C'est bien moi. Comment ça, un incendie ?

Un putain de tracteur bloque la route principale. Trente kilomètres-heure. C'est insoutenable. Je klaxonne frénétiquement, il me fait des signes avec sa main. J'ai du mal à distinguer si c'est un signe de patience ou un doigt d'honneur. À peine se rabat-il sur le bas-côté de la chaussée, détruisant un parterre de fleurs avec ses épais pneus, que j'appuie sur l'accélérateur de mon Berlingo pour lui passer devant. Manon ne dit pas un mot, elle cherche sur le fil de ses réseaux sociaux la plus récente actualité. Elle donne quelques coups de fil à des collègues journalistes, essaie d'obtenir la moindre information sur un départ d'incendie dans la région de Coursegoules. Rien. Mon cœur bat à cent vingt à l'heure. Quatre fois plus que ce foutu camion. J'éteins la radio. Le seul bruit des roues foulant le bitume suffit à m'agacer. Sur la départementale, je file à toute allure. Le trajet semble si loin depuis la plage de Nice. Je pense à Mamé, restée seule à la maison. Je me demande ce qui a pu se passer. J'essaie de rassembler le peu de pièces du puzzle que j'ai en ma possession. Le dernier virage fait s'effacer la colline qui nous cachait l'horizon. Un épais nuage noir s'élève dans le ciel. L'azur prend une couleur orange, comme un voile qui recouvre le paysage méconnaissable. Il fait si chaud, l'air est irrespirable et la climatisation crachote un air moyennement frais. Nous ouvrons les fenêtres pour ventiler l'habitacle. L'odeur de brûlé nous saisit à la gorge. Les flammes portées par le mistral semblent avoir entouré la maison de mon enfance. J'ai le souffle coupé. Le feu semble progresser vite. Un barrage de fortune nous empêche de passer plus loin que la route de la Ferrage. Un pompier, casque vissé sur sa tête, nous fait de grands signes et nous interdit de circuler. Je quitte le véhicule et claque la portière :

– J'habite juste à cent mètres, lui crié-je pour couvrir le bruit environnant.

Il rehausse sa visière et parle dans son talkie-walkie. L'homme semble épuisé par le combat contre les flammes. Plusieurs véhicules sont garés à l'entrée du village. Je pense à ma grand-mère. Je ferme les yeux et émets une prière. Qu'il est curieux de voir combien la foi se décuple dans le besoin !

– Noël ! Manon ! crie une voix derrière nous.

Sandrine accourt. Elle n'a rien. Elle nous prend dans les bras et sèche ses larmes.

– Eliott n'est pas avec toi ? s'inquiète Manon.

– Il est dans la voiture. Il s'est endormi alors que nous revenions de *Marineland*. J'ai garé la voiture un peu plus loin pour qu'il ne voie pas le désastre.

– Tu sais si…

– Non, ils ne veulent rien me dire. Ils m'ont dit que je n'étais pas de la famille.

Je ne peux plus rester dans l'incertitude. Entre héroïsme du lâche et courage imbécile, je contourne les véhicules des sapeurs-pompiers qui font obstacle au passage et profite que leur gardien regarde dans la direction opposée pour filer vers *La Mésange*. Les rues du village sont désertes. La chaleur est étouffante. Des tuyaux viennent s'abreuver sur les bornes qui jonchent les trottoirs. Je fonce, tête baissée, mon nez plongé dans mon coude pour éviter que la fumée y pénètre, au travers des rues. Je m'éloigne du centre, dévalant les ruelles solitaires. *La Mésange* avait établi son nid en contrebas du village et ses rues animées, notamment par jour de marché. Les pompiers font barrage un peu plus bas, maintenant tous leurs efforts pour protéger les habitations. La rue qui descend chez mes grands-parents est longue. Ils ne sont pas au cœur du bourg. Ils ont toujours aimé garder leur distance, vivre en autarcie. Devant le mas de mes grands-parents, un camion a sorti la grande échelle. Les flammes sortent des fenêtres de l'étage, comme des rideaux qui tenteraient de s'échapper par journée venteuse. Elles embrasent la façade et le crépi semble noircir dès son contact. Un homme en uniforme m'interdit de faire un pas de plus. Il étend ses bras en travers de la route, comme si l'agitation de ses mains suffirait à m'arrêter. L'air devient irrespirable. Il fait chaud. Le toit de la maison qui venait d'être nettoyé est enseveli sous un nuage noir. Mes pieds ne peuvent plus avancer. Je suis figé sur place. Incapable de faire un pas supplémentaire. J'observe les hommes se battre contre un ennemi incontrôlable.

– Ma grand-mère est à l'intérieur !

– Comment ? me demande une voix de jeune femme derrière son casque en métal.

Elle hurle pour se faire entendre.

Je répète ma phrase, m'époumonant pour couvrir le bruit des flammes, de la végétation qui craque, des trombes d'eau déversées sur la toiture, sur les façades, sur le jardin, à l'intérieur. Partout. Absolument partout.

– Elle a été conduite à l'hôpital ! Quittez cette rue immédiatement !

J'ai la sensation de me faire engueuler, mais plus rien ne m'importe. Mon cœur est figé. Il ne bat plus. J'imagine le pire. Je remonte la rue, donnant des coups d'œil furtifs vers la lutte que mènent les hommes et les femmes du feu. Le nid de la mésange s'évapore. L'oiseau s'envole.

Je remonte la rue jusqu'au barrage et réponds aux interrogations de Manon et Sandrine. L'aide-soignante se précipite à son véhicule pour contacter les différents hôpitaux de la région et les questionner sur l'état de santé de Jeannine. Dans la précipitation, je n'ai pas pensé à demander vers quel établissement de santé elle avait été redirigée. Je me sens impuissant. Coursegoules disparaît sous un nuage d'émotions mélangées.

Nous retrouvons Sandrine et Eliott à l'hôpital de Cagnes-sur-Mer. C'est la troisième fois de la journée que je parcours cette même route. De *La Mésange* à la plage, de l'insouciance à l'incendie, des cendres à l'espoir. L'aide-soignante patiente dans la salle d'attente, son enfant pleurant dans ses bras. Eliott semble inconsolable : de grosses gouttes coulent sur ses joues, la manche de son tee-shirt est trempée d'avoir épongé son chagrin, son corps chétif tremble de tout son être. Pour une fois, il laisse ses émotions l'emporter sur lui. Manon s'approche pour le réconforter, mais le petit la rejette et la pousse avec son bras. Il récite l'alphabet dans les jupons de sa mère, créant une bulle autour de lui pour se protéger de l'atrocité du monde réel. Je m'avance et m'accoude au comptoir où deux secrétaires sont en grand débat sur l'émission télévisée diffusée la veille sur une chaîne de la TNT.

– Nous venons voir Mme Beaupré, ma grand-mère.

– Bonjour monsieur, dit l'une des deux, certainement agacée par mon manque de politesse initial, pendant que l'autre recoiffe son chignon.

– Bonjour, je suis désolé, je suis très inquiet. Nous venons voir ma grand-mère.

– Elle est avec nous depuis longtemps ?

– Non, elle vient juste d'être transférée depuis l'incendie de Coursegoules.

– Tu en as entendu parler ? s'enquit la première auprès de Mme Chignon.

– Coursegoules… Coursegoules – elle pose son doigt sur le menton pour appuyer sa réflexion –, ça ne me dit rien du tout.

– Moi non plus, mais il faut faire attention avec les incendies ! Vous laissez une bougie allumée près d'un rideau et *hop*, en cinq minutes la maison part en fumée.

Je tape des poings sur le comptoir en plastique abîmé, perdant patience. Je hausse le ton de ma voix sans me contrôler :

– Pouvez-vous me dire dans quelle chambre elle se trouve ?

– Oh, bah ça va monsieur, dit-elle en faisant éclater une bulle de son chewing-gum, il ne faut pas s'énerver comme ça. On va regarder.

Elle tape sur son clavier avec la rapidité d'une voiture sans permis sur l'autoroute. Sa collègue, dont le chignon semble tenir grâce à un crayon en papier de chez Ikea, tire sa chaise à roulettes jusqu'au même ordinateur pour l'aider.

Appuie ici. Non, ferme cette fenêtre. Ah non, c'est vrai qu'ils ont fait la mise à jour. Désolée monsieur, c'est notre ordinateur qui est un peu lent. Vous l'écrivez comment ? B-E-A-U-P-R-É. Non, je ne vois rien dans le système. Ah, mais non regarde, tu es dans la base des patients sortis. Tu fais tout le temps la même erreur.

Elles rient.

Alors, j'ouvre la fenêtre. Clique ici, non à droite là. Voilà. Ici écris « Beaupré ». Vous pouvez le réépeler ?

Ma patience est à son comble et j'ai envie de lui arracher le clavier des mains et taper moi-même ma recherche dans son foutu ordinateur. Finalement, au bout de quelques minutes qui me semblent avoir été des heures, les deux secrétaires sont en mesure de m'indiquer un numéro de chambre. Je lâche un « merci » du bout des lèvres et me précipite dans les couloirs immaculés, laissant Manon, Sandrine et Eliott dans la salle d'attente. Je gravis les marches des escaliers quatre à quatre, manquant de tomber sur le palier. Je pousse les portes du service réanimation et suis confronté à une atmosphère pesante. Hormis les bips des machines, le silence est de plomb. Les infirmiers chuchotent entre eux, traitant chaque situation avec le sérieux le plus grave. Un jeune homme, sûrement un interne, s'approche de moi, me tend des couvre-chaussures et me demande de me désinfecter les mains. Je lui explique la raison de ma visite, et il m'invite à passer dans le bureau de son chef de service. Entre les quatre murs, je ne prends pas la peine de m'asseoir. J'attends que le supérieur arrive. Je refuse le café qui m'est poliment proposé. Un homme arrive, raccrochant son téléphone alors qu'il ferme la porte derrière lui.

– Bonjour monsieur, vous êtes le petit-fils de Mme Beaupré ?

– C'est exact. Elle va bien ?

Il m'invite à m'asseoir d'un geste de la main qui se veut autoritaire, voire paternaliste. J'obéis. Il s'installe derrière son imposant bureau et pose les coudes sur son sous-main.

– Le pronostic vital de votre grand-mère n'est pas en jeu.

J'apprécie le pragmatisme de cet homme. Il ne tourne pas autour du pot et va droit au but.

– Toutefois, elle a subi une triple agression, comme de nombreuses victimes d'incendie. Premièrement, nous avons constaté des brûlures dans ses voies respiratoires. Elle a également un traumatisme, certainement lié à une chute qu'elle aurait faite pour fuir les flammes, au niveau de ses genoux. Elle était en fauteuil roulant ?

– Oui, mais elle arrive à se déplacer, à marcher quelques pas à l'aide de sa canne.

– Dans la précipitation, elle a dû tomber. Je ne vois que cette explication pour justifier les lésions. Elle a également été exposée à des substances toxiques, notamment du monoxyde de carbone. Nous l'avons placée sous respiration artificielle pour reposer ses poumons. Nous avons constaté des dépôts de suie au fond de sa gorge et devons la garder encore quelques jours au service réanimation.

Je n'écoute plus ce que le médecin me dit. Je me répète que son pronostic vital n'est pas engagé. Je me persuade qu'elle va bien, que je vais l'embrasser sur le front d'un bisou magique et que tout ira mieux.

– Là où nous sommes inquiets, monsieur, c'est par rapport à l'état de santé de votre grand-mère. De par son âge, certaines lésions mettront des mois, voire des années, à se remettre. Vous savez si elle est sous traitement, si elle prend des médicaments qui pourraient compromettre la prise de certains antibiotiques ?

– Elle est atteinte d'Alzheimer.

Il soupire. Il ne semble pas avoir prévu cette éventualité.

– Elle a été diagnostiquée il y a un mois, et je pourrais vous faire parvenir ses ordonnances.

– Je vais en parler avec mon supérieur, mais nous devrions peut-être la changer de service pour nous adapter à sa pathologie. Elle est dans la chambre 16, au bout du couloir. Je vous invite à aller la voir. Nous autorisons les visites les après-midi, jusqu'à vingt heures, mais jamais plus de deux personnes à la fois.

– Je vous remercie docteur.

Je lui serre la main et attrape la carte de visite qu'il me tend pour que je puisse le joindre à tout moment.

Je marche tête baissée, mon regard rivé sur mes couvre-chaussures bleus. À l'entrée de la chambre, je me désinfecte les mains et appuie sur un interrupteur pour que la porte s'ouvre automatiquement.

Ma grand-mère semble si petite dans son grand lit robotisé. Un respirateur posé sur ses fines lèvres l'aide à s'oxygéner. Des intraveineuses quittent son bras pour rejoindre des poches d'eau et de sang. Un drap blanc lui remonte jusque sous le menton. J'observe son corps, si menu, si frêle, d'un aspect très factuel. Elle dort. Dans son sommeil, ses mains tremblent. Les miennes aussi. Je tire le fauteuil visiteur à son chevet. Dans un sachet transparent, les urgentistes ont rangé ses affaires personnelles. J'ouvre le sac et en regarde le contenu. Je me saisis de son alliance qu'elle portait en pendentif et lui glisse entre ses doigts. Sa main se serre sur l'or jaune, elle semble utiliser ses dernières forces pour se saisir de l'objet.

– Je suis là Mamé.

Elle ne me répond pas. L'appareil sur sa bouche l'empêche d'émettre le moindre son. C'est une respiration lente et mécanique qui exhale de son corps frêle.

Chapitre 26

Juin 2003
Seize ans plus tôt

« Noël, c'est Mamé. Non, ça ne pouvait pas attendre. Je suis désolée. Mais non ce n'est pas la honte, c'est juste le proviseur qui est venu te chercher dans ta classe pour que je puisse t'avoir au téléphone. Mais non, personne ne se moquera de toi. Écoute Noël, on s'en fout de tout cela. On s'en fout. Papé est sur la route, il vient te chercher. Non, tu ne peux pas rentrer chez toi ce soir. Maman n'est pas à la maison. Elle est à l'hôpital. Oui, encore. Mais elle va s'en sortir. Oui, je sais. Je sais. Ce n'est pas la même chose. Non, enfin pas comme ça. Écoute. Noël, laisse-moi parler bordel ! Ton Papa a eu un accident de voiture. Oui, c'est grave. Le pronostic vital est engagé. Ça veut dire qu'il va peut-être mourir. »

Je n'aime pas les hôpitaux. Je déteste les hôpitaux. Mon père est allongé dans son lit, couvert d'hématomes, méconnaissable. Il est là depuis une heure, mais le médecin nous a prévenus, il ne restera pas dans ces draps longtemps. Il a essayé de le dire avec tact, avec délicatesse. Nous sommes venus pour lui dire « au revoir ». Mon père est le premier homme que je vois partir. Il est la première personne qui me fait comprendre que la vie s'arrête un jour, et que nous ne décidons pas de la date de fin. Toi, tu es assise dans le couloir, tu as les poignets tailladés recouverts de pansements. Encore une ! Je suis lassé de tes tentatives, je suis épuisé de ton comportement. Je ne comprends plus lequel de nous deux est l'adolescent. Tu as toujours cherché à attirer l'attention sur ton malheur, tu t'es toujours complu dans cette situation. Tu as appelé Papa pour qu'il vienne te sauver. Il est naïf mon père, il a accouru. Il est gentil, trop gentil. La vitesse. La précipitation. Le ravin. Les images défilent en moi lorsque le docteur nous raconte l'accident. La conclusion est que tu es assise sur ce banc d'hôpital, et lui est allongé dans son dernier lit. Je te déteste.

Tu me laisses pour que je sois seul avec lui et ferme la porte derrière ton passage. Je me sens victime d'une profonde injustice. J'ai quatorze ans, je ne sais pas parler des sentiments. Je ne sais pas comment réagir face à un corps inerte, je ne sais pas comment pleurer. J'ai peur de lui dire adieu, j'ai peur de penser que jamais plus je ne le reverrai. « Au revoir Papa » Ce sera tout.

Trois jours plus tard, le cimetière de Saint-Paul-de-Vence accueille quelques pèlerins, majoritairement des touristes. Nous sommes si peu, si peu que j'en ai mal au cœur. Il y a Papé, Mamé et toi. Tu ne pleures pas. Tu es vide d'émotions, assommée par tes cachets. Tu regardes le prêtre réciter son discours sans écouter les mots prononcés, les porteurs conduisent le cercueil jusqu'à son emplacement, tu n'écoutes même pas la violoniste qui joue le morceau que tu as demandé. *La Liste de Schindler*. Vous aviez vu ce film en 1993 au cinéma, lorsque vous essayiez de vous donner encore une chance d'y croire, quand vous prétendiez coller les brisures pour que l'amour ne s'évapore pas comme de l'oxygène. La musique de John Williams a fait couler vos larmes sur les fauteuils rouges. Tu m'as souvent raconté avoir été inconsolable après ce film. Le soir même, Papa t'avait emmenée au restaurant, tu avais l'appétit coupé, et tes pleurs ne cessaient de créer des cascades sur tes joues entre deux verres de vin. Alors pourquoi tu ne sanglotes pas aujourd'hui ? Tu as le cœur froid. Il est mort à cause de toi.

Le prêtre me demande si je veux dire un mot, mais je n'ai rien à dire. J'ai pensé à bien des choses, des dizaines de regrets, des centaines de remords, mais je garde le silence. J'aimerais que tu demandes pardon, que tu implores le ciel, que tu comprennes que tout est de ta faute, mais tu n'as aucune réaction. Tu fumes une cigarette, regardes les touristes qui font des photos des remparts. Papé et Mamé sont derrière moi, ils posent leurs mains sur mes épaules d'adolescent. Ils sont là alors que le cercueil descend sous la terre sèche du mois de juin. Tu t'allumes une nouvelle cigarette pendant que Papa rejoint sa dernière demeure. Ton briquet ne fonctionne plus. Tu l'agites. Tu t'énerves contre la molette qui frotte sur la pierre. L'étincelle ne vient pas. Tu demandes à un touriste à côté de toi s'il n'a pas un Zippo. Tes médicaments euthanasient les émotions. Tu ne te rends pas compte du mal que tu fais en étant toi-même.

Lorsque la cérémonie touche à sa fin, tu t'approches de moi et me murmures à l'oreille :

– Et si on se faisait des crêpes ce soir ?

C'est le seul plat que tu sais réussir, celui que tu fais quand tu as envie de me faire plaisir. Tu penses qu'avec un peu de sucre et du jus de citron, tous les malheurs s'évanouissent. Tu crois qu'un peu de pâte à tartiner étalée sur une galette me fera oublier que si tu n'avais pas encore fait un caprice, que tu n'avais pas appelé Papa à l'aide, il serait encore là.

Chapitre 27

Deux jours que Mamé dort profondément, et tu n'es toujours pas venue la voir malgré les messages que je t'ai laissés sur ton répondeur. Tu n'as jamais su être une bonne mère, encore moins une bonne fille. Il suffirait de pas grand-chose, d'un peu de présence et beaucoup d'amour, mais tu n'as jamais su donner ni l'un ni l'autre. J'ai décidé de passer chaque instant avec elle, sentant que ses forces s'épuisent dans des soupirs. Elle a changé de chambre pour un meilleur accompagnement médical. Ici, dans cette grande pièce blanche, nous avons aménagé un confort sommaire pour veiller sur elle. Quand elle est éveillée, elle se demande où elle est, qui l'a amenée ici. Pire, elle m'a sollicité comme si j'étais son docteur. C'était la première fois qu'elle oubliait qui j'étais. J'ai reçu comme un coup de poignard dans le cœur et je pouvais sentir le sang couler sur mon torse.

– Mais non Mamé, je suis Noël, ton petit.

Elle a souri et m'a souhaité joyeux Noël. J'ai pleuré à l'intérieur de mon âme, comprenant que sa blague n'en était pas une.

Je veille sur elle chaque instant, profitant de son sommeil pour gérer la déclaration de sinistre et les problématiques d'assurance pour l'incendie. Sandrine est là aussi, avec son fils. Une seule personne est manquante, c'est toi.

Je vais chercher quelques biscuits au distributeur automatique. Eliott est heureux de me voir revenir avec des sachets de bonbons dans les mains et trois canettes de soda. Cet enfant a le sourire d'un ange. Ses dents décalées, qui l'obligeront à porter un appareil bientôt, rappellent l'insouciance du bonheur.

Sandrine se pose sur le siège, celui à côté du lit de Jeannine, celui qui nous permet de lui tenir la main dans ses nuits, de lui remémorer qui nous sommes quand ses yeux s'ouvrent, de la rassurer, de l'apaiser, de l'accompagner. Eliott pose ses écouteurs sur ses oreilles et se plonge dans mon univers classique. Je lui ai prêté mon téléphone pour qu'il accède à mon répertoire musical. Il est si facile aujourd'hui d'avoir accès à la musique. Je pourrais lui expliquer que j'ai grandi avec des vinyles et un poste radiocassette, puis des walkmans, des MP3, le téléchargement illégal, des iPod, pour de nos jours tout avoir à portée de main. Il se plonge dans sa bulle et ses doigts bougent, comme s'il se trouvait face à un clavier. Il semble mémoriser une partition simplement en écoutant le morceau.

Sandrine profite de l'isolement de son fils pour me murmurer :

– Étienne m'a envoyé un message, à propos de ma demande de divorce.

Je comprends combien il doit lui être douloureux de prononcer ces mots. Je la regarde, elle a le regard qui fuit. Il est si difficile d'admettre qu'un mariage devienne un échec.

– Il est d'accord ?

– Il a dit qu'il allait y réfléchir.

Je ne sais pas quoi répondre. J'ai envie de la prendre dans mes bras, de lui dire que tout ira bien, que c'est bientôt fini, mais je n'en sais rien. Ces mots sont-ils vraiment rassurants à entendre quand on sait qu'ils ne sont basés sur aucun fait ? « Ça va aller, ne t'en fais pas. Tout finit par s'arranger. » Quand je pleurais dans les bras de ma grand-mère, après la mort de mon père, et qu'elle me répétait ces mots, est-ce qu'ils avaient un réel pouvoir apaisant ? J'en doute. Le temps est, malheureusement trop souvent, le seul guérisseur des blessures.

– Avant qu'Eliott naisse, ce n'était pas comme ça. Il était amoureux, passionné. Il m'amenait au restaurant, me faisait rire, oui, il me faisait rire. Tu sais comme c'est important de faire rire son conjoint, Noël ? Penses-y, chaque jour, d'apporter un peu de lumière dans la journée de la personne que tu aimes.

J'acquiesce et rapproche mon siège du sien. Elle regarde par-dessus son épaule si la musique qu'écoute son fils est le seul son qu'il puisse entendre.

– Ça s'est complexifié quand Eliott est né. Nous l'avions longtemps désiré et j'avais eu des difficultés à tomber enceinte. Il me disait que j'étais comme une mauvaise terre, que rien ne pousserait jamais en moi. Qu'il avait beau m'apporter son soleil et son eau, si le terreau était pauvre, la graine ne se développerait jamais. Je m'étais faite à cette idée, aussi triste soit-elle. J'avais fini par accepter que malgré tous les médicaments que je prenais pour améliorer ma fertilité, je ne puisse potentiellement jamais donner la vie.

Et avec le temps, à force d'engrais médicinal, la semence a fini par germer. Nous étions si heureux. Étienne ne voulait pas connaître le sexe. Moi j'en avais envie, mais nous avons accepté d'attendre la naissance. Eliott. C'est lui qui a choisi le prénom. Il passait son temps à le prendre en photo avec son nouveau téléphone. Tous les jours, il postait des photos sur son mur Facebook. Il racontait à qui voulait l'entendre qu'il était l'homme le plus heureux du monde.

Je remarque son corps qui commence à trembler. Il fait froid dans la pièce. Je rehausse le plaid sur les hanches de Mamé et prête mon blouson à Sandrine.

– Merci. Je ne t'ennuie pas avec mon histoire ?

– Pas du tout, je me sens juste impuissant.

– Je connais ce sentiment, me répond-elle.

Eliott s'endort paisiblement, la musique classique l'amenant dans ses rêves.

– Dès ses dix-huit mois, on a commencé à remarquer des comportements étranges. La crèche dans laquelle il était nous a convoqués à plusieurs reprises. Ils nous ont demandé de ne plus céder, parce qu'il était assez capricieux, il avait beaucoup de difficultés à se lever, à s'endormir aussi. Il ne répondait pas à l'appel de son prénom, n'arrivait pas à associer deux mots. C'était un bout de chou particulier, il avait des intérêts très restreints, et cela n'a fait que se confirmer en grandissant. Un diagnostic a été posé par son pédopsychiatre. Et là, ça a été le début de mon enfer. Étienne m'a accusée de l'Asperger d'Eliott. Et je me suis rongé les ongles jusqu'au sang. À force d'entendre que j'étais un pot-pourri, que ma terre était de mauvaise qualité, j'ai fini par le croire. Il s'est désintéressé totalement de son fils, du jour au lendemain. Il ne le regardait plus, rentrait à la maison seulement quand l'enfant était couché, ne voulait plus lui donner le bain, le faire manger, changer ses couches. Il m'a tellement répété que j'étais responsable de l'autisme de notre fils que j'ai fini par le croire. Je m'en suis tellement voulu pendant des années. J'ai pris conscience que rien n'était de ma faute en regardant une émission, totalement par hasard, à la télévision. C'était en septembre dernier, à peu près. J'ai essayé de lui expliquer, de me justifier. Il ne voulait rien entendre, et nos relations ont continué de se dégrader.

Je ne réagis pas. Mon sang bout à l'intérieur de mes veines. Je ne m'étais jamais demandé comment ils en étaient arrivés à cette situation. J'avais désormais ma réponse et elle me dégoûtait. Comment cet homme avait-il pu accuser sa femme pour les troubles de son fils ? La colère montait en moi et, à la fois, j'étais reconnaissant que Sandrine se sente suffisamment en confiance pour me raconter son histoire.

Nous sommes interrompus par les gestes de ma grand-mère. Ses mouvements sont lents, elle attrape le plaid et le hisse jusqu'à son menton. Ses paupières s'ouvrent faiblement, comme l'alanguissement d'un lever de soleil. Elle humidifie ses lèvres en y passant sa langue. Je lui sers un verre d'eau qu'elle attrape de ses doigts tordus. Elle porte le liquide à sa bouche et laisse un fin filet d'eau couler dans sa gorge. Elle me rend le verre que je pose sur sa table de chevet.

– Jamais un homme ne devrait porter un mot plus haut que l'autre sur sa femme.

Sandrine baisse les yeux, on dirait une enfant qui se fait gronder.

– Ne baisse pas le regard petite, ce n'est pas toi qui dois avoir honte.

Mamé prononce chaque mot lentement, laissant un silence pesant entre chacun d'eux.

– Ce n'est pas toi qui as mal agi. Relève le menton. Sois fière.

Sandrine s'exécute. Elle se pince la joue de l'intérieur et émet un léger sourire.

– Tu trouveras un homme qui te mérite. Un homme ne devrait jamais lever la main plus haut qu'une femme, sauf si c'est pour attraper les assiettes qui sont dans les placards du haut. Tu te rappelles Noël, comme ton grand-père venait m'aider en cuisine parce que je ne pouvais pas atteindre les meubles du haut ? On y avait rangé les casseroles et les plats que l'on n'utilisait que rarement, pour des daubes ou des pieds paquets seulement. À part ça petite, jamais, au grand jamais, il ne devrait lever ne serait-ce qu'un doigt sur toi.

– J'ai réussi à partir avant que cela ne dégénère, répond Sandrine.

– L'essentiel c'est d'être partie.

Je suis surpris que son raisonnement soit si clair, elle semble reprendre de l'énergie. À chaque fois qu'elle évoque un souvenir, j'ai la sensation qu'elle avance d'un pas et que sa maladie recule. Je jouais à ce jeu quand j'étais enfant, un plateau en damier sur lequel étaient dessinés des échelles et des serpents. Les échelles permettaient d'avancer plus vite, et les serpents vous renvoyaient quelques cases, voire beaucoup de cases, en arrière. Mamé prend des échelles, Alzheimer glisse sur les serpents.

Manon nous a rejoints à l'hôpital. Elle a passé la matinée dans son appartement, à enregistrer sur son téléphone la soutenance qu'elle présentera dans une semaine, afin de l'écouter dans son sommeil. Elle a lu que c'était une bonne méthode d'apprentissage. L'étudiante laisse peu à peu place à une femme mature, confiante. Son tuteur l'a félicitée du devoir rendu, mais je maintiens ma volonté de ne rien en entendre avant la soutenance. Je repense à ce que Sandrine me disait, combien il est important de faire rire son conjoint. Et quand je regarde Manon, ses cheveux qui descendent sur ses épaules, j'ai envie de lui procurer des crampes d'estomac d'hilarité. J'ai envie que chaque matin, son sourire me laisse entrevoir ses dents du bonheur, qu'elle éclate de rire sous mes chatouilles, qu'elle nasarde en silence ou qu'elle se torde bruyamment. J'aimerais pouvoir collecter dans des flacons le son de sa gaieté, et quand les jours de pluie, la grisaille gagnerait mon esprit, je pourrais soulever le couvercle et les entendre de nouveau. J'aimerais être un collectionneur de souvenirs comme l'était mon grand-père.

Un infirmier de garde vient nous informer de la fin des horaires de visite. Manon est déçue, elle venait seulement d'arriver et aurait aimé profiter de quelques instants avec Jeannine. Toi ? Deux jours qu'elle est là et tu n'as toujours pas montré la pointe de ton nez. Mais je me surprends encore à espérer.

Nous quittons l'hôpital et embarquons dans le Berlingo de location. Manon s'assied à côté de moi et récupère un

CD dans la boîte à gants, qu'elle insère aussitôt. Eliott et sa mère sont à l'arrière, l'enfant bercé dans un demi-sommeil. Nous formons une drôle de famille, des êtres aux cœurs brisés qui se reconstruisent ensemble.

La nuit tombe et le ciel se peint d'une noirceur profonde. La route est assez silencieuse : Manon nous parle de sa journée, de ses méthodes de révision innovantes, Sandrine est muette et Eliott contemple le paysage. Je me concentre sur l'asphalte, les pensées happées par *La Mésange*. J'ai peur de la demeure que je vais redécouvrir, de l'ampleur des dégâts, de l'état de la restitution après que les pompiers ont passé des jours à sécuriser tout nouveau départ de flamme. Une brigade nous a donné rendez-vous devant le mas provençal, ils ont des questions à nous poser.

Le jardin autour de *La Mésange* est semblable à une terre aride. Des arbres de mon enfance, des paysages de mes souvenirs, il ne reste que des cendres qui s'envolent dès que le mistral souffle sur la région. Nous garons le véhicule sur le parking non loin de la place des fêtes dont même la fontaine ne pleure plus. Eliott se blottit dans les vêtements de sa mère, cachant sa vue par le tissu opaque de sa robe. Les maisons sont intactes, mais une odeur de brûlé flotte encore dans l'air. Les flammes ne sont pas venues jusqu'au cœur de Coursegoules, épargnant les habitants et les ruelles étroites. Nous marchons dans la rue perpendiculaire à la mairie qui nous conduit, craintifs et apeurés de ce que nous allons découvrir, vers le mas de mes grands-parents. J'aperçois la maison au loin, une voiture de brigadiers garée devant le portail. Les murs sont encore là, elle tient encore debout. Elle se dresse fièrement, sur le bord de la route, noircie, comme un enfant qui se serait roulé dans la boue. Les contours des fenêtres du premier étage ont pris le visage de ces mineurs qui creusaient pour extraire le charbon : la suie peinte sur leur peau, le crépi et la façade méconnaissables. De notre distance, le rez-de-chaussée semble avoir été épargné. Nous nous approchons et saluons les officiers pour qui nous déclinons nos identités. Eliott obstrue son regard en posant sa main sur ses yeux, mais parfois il ouvre un léger espace entre son majeur et son index, lui permettant d'entrevoir l'ampleur des dégâts.

– Monsieur Beaupré, permettez-moi de demander comment se porte votre grand-mère.

Lorsque le commandant parle, les cigales chantent avec lui. Sa voix porte, résonne dans les collines.

– Elle va doucement, mais elle va.

Je le remercie de s'en inquiéter. Il ordonne à son assistant de prendre soin du petit, qu'il embarque aussitôt dans le jardin pour lui montrer que tout n'est pas perdu, que la pelouse est, à certains endroits, encore teintée de verdure, que les plantes en pot ont été sauvées par l'arrosage automatique, que le préau continuera d'abriter les voitures, que la maison est là, et qu'elle le sera toujours demain.

– C'est qu'on l'aime notre Jeannine, rajoute-t-il, on aimerait la garder avec nous au village encore quelques années. Ce n'était plus pareil depuis que vous l'aviez prise près de vous à Nice.

– Vous avez des nouvelles de l'enquête ? demandé-je pour interrompre la culpabilité qui commence à s'immiscer dans mon esprit.

Il récupère la chemise en carton qu'il coince sous son bras, blottie sous la sueur de sa chemisette bleu clair et l'ouvre, me présentant les différents éléments.

– Même si nous n'écartons pas la piste criminelle, tous les éléments semblent nous conduire sur celle de l'accident domestique. On a constaté qu'une bougie avait été allumée à l'étage.

– Une bougie ?

– Près d'une photo, comme une prière. La photo a été en partie brûlée, mais on reconnaît votre grand-père.

Il me tend des clichés pris à l'intérieur de la maison, et notamment une photo d'un autel posé sur une table de chevet dans leur ancienne chambre, à l'étage. Sur la photo, malgré les cendres et le meuble brûlé, je reconnais dans le cadre endommagé le sourire de mon Papé.

– Est-ce que votre grand-mère aurait pu allumer cette bougie ?

– Eh bien, en temps normal je vous dirai qu'elle ne monte que rarement à l'étage, mais face à cette évidence, je suis un peu dérouté.

– Vraisemblablement, la fenêtre aurait été ouverte, il aura suffi d'un coup de vent pour que le rideau prenne feu. Elle ne s'en serait pas rendu compte immédiatement, le feu se serait propagé aux autres pièces de l'étage. Ensuite par la fenêtre, il a enflammé la tonnelle, il s'est propagé au jardin sec en cette saison, et a commencé sa promenade enflammée dans les rues du village. C'est un accident classique qui, heureusement, n'a fait que des dégâts matériels. Les pompiers ont pu limiter la propagation du feu rapidement chez votre grand-mère, et Coursegoules se remettra rapidement de sa verdure calcinée. Plus de peur que de mal.

Au rez-de-chaussée de la maison, les dommages ne semblent que collatéraux. Au sol, les tomettes sont recouvertes d'une épaisse couche de poussière qui s'estompe sous nos pas. De fines cendres se sont couchées sur les ivoires du piano, un vase est brisé sur le sol dans le salon – certainement les pompiers en évacuant ma grand-mère, ou avec un tuyau encombrant – et de la fumée a noirci le plafond blanc. Toute la pièce est tapissée d'une blancheur grise troublante. J'ouvre le bureau de mon grand-père, la porte n'est plus qu'un battant de bois sans poignée, un coup de pied des sapeurs l'ayant retirée. Dans le lit dans lequel Mamé se reposait alors que les flammes prenaient possession de sa maison, les draps sont froissés, plissés, comme si elle s'était battue pour se sortir de cette entrave. La lampe de chevet est tombée de sa table, l'ampoule s'est éclatée sur le tapis, laissant de son souvenir des dizaines de morceaux de verres finement brisés. Malgré ces traces du souvenir incendiaire, la pièce est en parfait état. Les vitrines de mon grand-père continuent d'orner les murs, et tous les souvenirs qu'il collectait se présentent à moi comme un doux soulagement. J'ouvre la petite armoire à côté de ses pièces de collection qui a toujours été fermée jusqu'alors, comme le secret le mieux gardé de mon enfance. Mais là où devraient se trouver les récompenses et trophées de mon grand-père demeure un vide colossal.

– Les trophées ont été volés, je préviens l'officier.

Ces trophées sont la richesse la plus précieuse de mon grand-père. Ils sont le fruit de sa carrière, du travail de toute sa vie. L'officier note ma remarque dans son rapport et prend une photo du cabinet.

Nous continuons l'état des lieux. Je pose la main sur la rampe de bois cendrée et monte les escaliers pour le premier étage. À l'étage, le bureau qui nous accueillait sur le palier a disparu, entièrement rongé par les flammes. La tapisserie qui ornait les couloirs a viré du saumon au charbon. J'appuie sur l'interrupteur pour illuminer cette obscurité, mais le courant ne passe plus. Il y a un léger claquement dans le mur, à peine audible. Les plombs ont sauté. Ce sont de vieux fusibles en porcelaine, ils ne sont pas aux normes d'aujourd'hui, mais le disjoncteur a gardé son charme d'antan. À l'étage, une odeur âpre s'est répandue. Des effluves irritants et amers émanent des tapisseries noircies. L'ampleur des dégâts me percute en plein cœur. J'ai la gorge serrée, l'estomac noué, les mains paralysées. J'ai besoin de m'asseoir, de ne plus porter le poids de mon corps sur mes jambes, de ne plus ressentir la culpabilité peser comme une enclume. Si je n'étais pas allé chercher Mamé, si je l'avais laissée à l'abri aux *Ombrages*, elle aurait été en sécurité. Je n'ai pensé qu'à moi, à cette envie de partager du temps avec elle, d'absorber tous ses souvenirs, de m'abreuver à son puits jusqu'à plus soif, pour me nourrir de son existence.

Manon m'aide à descendre les escaliers et je m'installe sur le premier tabouret à ma droite. Il est recouvert de poussière et salit aussitôt les fesses de mon jean noir d'une poudre blanchâtre, comme lorsque mon maître d'école essuyait la craie de son tableau en frottant l'écriture avec la manche de son pull. Eliott nous rejoint à l'intérieur, rassuré de constater que les semences qu'il a plantées dans les pots en terre cuite commencent à germer. Du chaos peuvent naître les plus beaux sentiments. Il s'approche de moi et m'ouvre ses bras. Il enlace ma taille de ses doigts fins et me serre contre lui, un sourire dessiné sur son visage.

– Au moins, le piano n'a pas été touché, dit-il.

Je n'avais pas prêté attention au grand Pleyel de 1923 qui orne un coin du salon. Pourtant, je suis assis sur le tabouret devant lui. Je pose un doigt sur un *la*. La note résonne de toute sa beauté, parfaitement juste et accordée. Son harmonie détonne avec le reste de la maison, c'est un contraste entre la vie et la mort. Un renouveau. Les policiers, restés à l'étage pour compléter leur reportage photo, descendent le grand escalier en m'entendant poser la main gauche sur les notes plus graves. Le son est parfait. Je souffle sur le clavier et l'air chaud qui glisse entre mes lèvres fait s'envoler la poussière cendrée. Des centaines de particules blanches flottent comme de fins flocons de neige dans un rayon lumineux. Dans le silence dissonant, l'inspiration s'impose pour rendre ce moment moins pesant. Une mélodie se dessine clairement. C'est le chant d'un oiseau au milieu d'un hiver, le cri d'un bébé lorsqu'il respire pour la première fois, les cloches qui tintent d'une couleur pastel les journées de mariage. C'est doux et contrasté. Eliott est émerveillé, lui qui arrive si aisément à reproduire les plus grands classiques sans avoir appris le solfège, mais qui a tant de difficultés à inventer, composer et créer, s'émeut d'une mélodie de quelques notes. C'est un refrain, une rengaine, une coda pour un retour au début de la mesure. Il observe mes mains aux gestes attentifs, le rythme maîtrisé de mon pied qui s'appuie sur la pédale, la souplesse dans les poignets, la profondeur avec laquelle je ferme les yeux, la manière dont je me pince la lèvre inférieure avec les dents. Mon public du jour semble happé par cette nouvelle mélodie. Une larme se loge dans les cils d'un officier, Sandrine enlace son fils et Manon sort son téléphone de la poche de son jean.

Chapitre 28

À peine cinq jours plus tard, *La Mésange* semble retrouver ses couleurs d'antan : éponge, serpillière, sacs-poubelle, vinaigre blanc et autres produits ménagers ont envahi notre quotidien. Manon s'est occupée de nettoyer le rez-de-chaussée, Sandrine et Eliott ont commencé par le jardin et m'ont rejoint à l'étage pour retirer l'irrécupérable et essayer d'effacer les traces de l'incendie. Les ouvriers se sont succédé pour nous proposer des devis : reconstruire les cloisons, poncer le parquet et changer les lattes brûlées, remplacer les vitres explosées, les volets, les portes, tous les éléments en bois qui ont souffert des flammes. Je t'ai envoyé un message avec quelques photos pour que tu prennes conscience de l'ampleur des dégâts, mais tu n'as pas répondu. Enfin, si, tu m'as souhaité « bon courage ».

Nous sommes allés voir Mamé hier. Ils l'ont changée de service, ne nécessitant plus les soins intensifs de la réanimation. Elle a une chambre à elle, la vue donne sur le parking du centre hospitalier et sur les chemins de fer. Ce n'est pas la vue sur la mer, mais elle y est heureuse. Elle a demandé à un infirmier de lui ramener la carte ferroviaire et les heures de départ. Le pauvre soignant a subi son autorité naturelle et s'est retrouvé contraint d'aller le jour même au guichet de la gare quérir les papiers commandés. Depuis, elle imagine la vie des passagers qui circulent selon les horaires : des hommes et des femmes d'affaires dans le TER de huit heures quarante-deux, des touristes dans le onze heures dix-huit pour Nice, des Italiens dans le douze heures seize de Ventimiglia, le retour des travailleurs de Menton dans le seize heures quatorze, suivi de près par ceux de Cannes à seize heures trente et une et ainsi de suite jusqu'au Nice-Grasse de vingt-trois heures quarante-sept. Elle rêve des vies autres que la sienne. Des vies mobiles, des vies actives, des vies qui se souviennent et se projettent. Sa mémoire s'efface au fur et à mesure, comme un rouge à lèvres en fin de journée, comme un bleu sur la peau, comme une goutte de grenadine que l'on dissout dans l'eau. Elle a des moments de clarté, lors desquels elle se souvient dans les moindres détails de ses journées, qu'elle soit d'hier ou d'il y a cinquante ans, et des épisodes d'absence. Parfois, se rappeler ce qu'elle a mangé le midi même semble être un combat, elle lutte vainement, mobilisant toutes ses forces pour se souvenir. Elle perd chaque fois. La bataille est jouée d'avance.

J'aime les moments que nous volons au temps. Un jour, elle sortira de l'hôpital, elle retrouvera sa maison, ses habitudes, ses repères. Mais pour l'heure, il est quatorze heures et nous nous sommes attablés autour de quelques côtes d'agneau sur les braises. La sonnette du portail retentit. J'ouvre le portail dans un grincement familier et reconnais l'officier qui était présent la semaine précédente. Il me présente sa supérieure qui me tend une poignée de main ferme et empathique. Ils s'invitent dans le jardin et Manon déplie deux chaises supplémentaires. Tout le mobilier de jardin a subi un nettoyage au Kärcher dans la matinée. Eliott utilisait la pression hydraulique pour effacer la moindre tache d'usure incrustée dans le plastique.

« Le plastique, c'est fantastique », répétait Mamé quand ils ont acheté leur salon d'extérieur dans les années 2000. Qu'est-ce qu'elle dirait aujourd'hui en découvrant l'étage de sa maison noircie par l'incendie ? Elle mettrait les mains devant ses lèvres tremblantes et lâcherait un « Oh fatche de ! ».

– Nous avons du nouveau sur l'enquête, annonce l'officier en retirant son képi, laissant s'échapper les gouttes de sueur qui ruissellent sur son crâne.

– Je vous écoute, vous pouvez parler librement. Eliott, tu peux aller jouer du piano si tu le souhaites, on a juste besoin de rester quelques minutes entre adultes.

Le gamin obéit, partagé entre la frustration de ne pas être considéré comme l'un des grands et la joie de pouvoir jouer à l'heure du repas.

– Vous pouvez remercier le maire du village d'avoir fait installer les caméras malgré la volonté de la commune.

– Mamé les déteste, elle dit que le maire veut jouer à *Big Brother*, mais elle ne sait même pas ce qu'est cette émission. Elle répète et rouspète simplement ce qu'elle a entendu à la télévision.

– Eh bien, elle risque de les détester encore un petit peu de temps, parce que ces caméras nous apportent la preuve qu'aucun élément extérieur, ou individu d'ailleurs, n'a interféré avec votre maison. On constate distinctement le feu prendre depuis le premier étage.

– Une simple bougie pourrait mettre le feu à un hectare de terrain entier ? m'enquis-je, surpris.

– Vous n'avez pas idée ! On n'est pas loin de la sardine qui bouche le Vieux-Port.

Je n'aurais jamais dû la laisser seule, j'ai été inconscient. J'ai souhaité profiter d'un moment de bonheur avec Manon, je ne pensais pas à mal.

– Si nous étions restés, rien de tout cela ne serait arrivé.

– Avec des si, on mettrait Paris en bouteille, répond le policier. Vous ne pouviez pas imaginer. Ce qui est surprenant, c'est que le détecteur de fumée ne s'est pas déclenché. Vous avez vérifié les piles récemment ? C'est une des premières questions que va vous demander l'assurance.

– Oui, des ouvriers sont venus pour tout remettre aux normes, il y a quelques jours.

– Gardez bien la facture, votre assurance va vous la demander.

L'officier a beau être très factuel et essayer de me remonter le moral, je n'arrête pas de culpabiliser de l'avoir laissée seule. À quoi pensais-je ?

– Soyez très prudents avec le feu. Il suffit d'une herbe un peu sèche, d'une saison chaude, pour que les flammes se propagent à une vitesse phénoménale. Rajoutez à cela un peu de mistral, et des hectares de verdure peuvent finir en cendres.

– Elle souhaitait juste allumer une bougie pour son mari, ajoute Sandrine.

– Comme je disais, une bougie sans surveillance laissée allumée à côté d'un objet facilement inflammable comme un rideau, et en moins de temps qu'il n'en faut pour le dire, l'Enfer étend son emprise.

Les agents quittent le jardin et le portail claque dans un bruit métallique derrière eux. Je me sens coupable, mais aussi soulagé qu'ils aient évincé la piste criminelle. Nous terminons le repas en silence, n'osant plus nous regarder.

Eliott n'a pas quitté son piano. Il a trouvé dans l'armoire des souvenirs de mon grand-père une ancienne partition d'Erik Satie. Il s'entraîne sur les premières mesures d'une Gnossienne jusqu'à la maîtriser parfaitement. Lui qui n'a pas de notion de solfège semble lire ce papier jauni comme s'il s'agissait d'une dictée en français. Les notes sur les lignes sont un nouvel alphabet qu'il déchiffre avec aisance.

À l'issue du repas, lorsque nous prenons le café, Manon s'installe devant son ordinateur portable pour rédiger des articles pour divers magazines. J'aime la voir attablée, concentrée sur les mots qu'elle choisit, les tournures de phrases qu'elle sélectionne. Une mouche vole autour d'elle, et elle essaie de la faire fuir d'un mouvement de main délicat.

– Chéri, me dit-elle, j'aimerais discuter quelques minutes avec toi.

– Pour ton mémoire ?

J'aime qu'elle m'appelle « chéri ». C'est un mot simple, certainement niais et trop utilisé, mais il détient la volonté d'un parcours commun. C'est un mot plein d'émotion, de tendresse et d'affection.

– Allez, je me lance ! Tu m'as dit que ton grand-père était célèbre, c'est bien ça ?

Je fronce les sourcils à sa question.

– Eh bien, ce qui est très curieux, c'est qu'il n'y a aucune trace de lui.

– Qu'est-ce que tu racontes ? Bien sûr qu'il y a des traces ! Sa carrière, ses trophées, ses disques et ses partitions, tu en fais quoi ?

– Justement, comme je n'ai rien trouvé sur Internet, je me suis rendue à la médiathèque et il n'y a aucune donnée.

– Je ne comprends pas ce que tu cherches, Manon.

– J'essaie de produire un travail journalistique de qualité, mais aucune source ne mentionne un certain Joseph Beaupré.

– Je suis son petit-fils, je ne vois pas quelle source supplémentaire il te faut !

Elle se frotte les yeux de fatigue. Les dernières nuits, elle a été prise d'angoisse, de crises de stress en vue de sa soutenance.

– Je souhaitais juste donner du relief à mon devoir et faire varier les points de vue, mais ne t'inquiète pas, je vais trouver une solution. Après tout, le sujet principal c'est toi, pas lui.

– Internet n'existait pas à son époque. Son heure de gloire était dans les années 1970, tu penses bien que personne n'a pris le temps de rapporter son génie sur le Web.

– Tu dois avoir raison, me dit-elle.

Manon n'est pas une fille qui s'éternise sur ses émotions. Elle n'aime pas parler en public et préfère travailler dans l'ombre, elle évite les conflits et ne souhaite blesser personne. La cloche du portail m'interrompt dans notre discussion et je sors pour accueillir l'assureur qui vient évaluer l'ampleur des dégâts, gardant en mémoire notre discussion.

Chapitre 29

– Son avocat est un requin. Il m'a accusé de tous les maux de la Terre et faisait presque passer Étienne pour un saint. S'il y a bien un sujet en revanche qui n'a pas posé problème, c'est l'exercice de l'autorité parentale.

Sandrine observe derrière elle la porte du bureau de mon grand-père pour s'assurer qu'elle est fermée.

– Il n'a pas réclamé la garde d'Eliott. Il demande un droit de visite, c'est tout. Quand il a dit ces mots, il a exprimé à voix haute le mauvais père que je savais qu'il était au fond de moi. En revanche, l'appartement, il a fait des pieds et des mains pour l'avoir. Si vous l'aviez vu mentir pour arriver à ses fins, je vous jure, j'ai failli croire à ses histoires aussi. Enfin, bref, rien n'est encore signé, nos avocats se chargent de rédiger la convention, de calculer les montants de la pension alimentaire, ça aussi, je sens que ça va être un sujet délicat, mais je me sens soulagée.

Lorsqu'elle finit de raconter son entretien avec son avocat et son futur ex-mari, Sandrine verse une larme qu'elle essuie aussitôt, par pudeur.

– Tu as fait la bonne chose, lui dis-je.

– Je sais, mais ce n'est pas parce que c'est la bonne chose à faire que c'est forcément facile. C'est un sentiment étrange qui m'habite. J'ai passé les derniers jours entre les murs d'une ancienne vie, à essayer de recoller les morceaux d'un vase qui était brisé depuis longtemps. Je suis partie, ça y est. J'ai récupéré quelques affaires dans mes valises, des jouets d'Eliott aussi, tout est dans le coffre.

– Tu acceptes ma proposition ?

– Si elle est toujours d'actualité, j'aimerais bien venir vivre ici.

Un grand sourire se dessine sur mes lèvres. Tellement de choses semblent avoir changé depuis que j'ai aidé Mamé à sortir des *Ombrages*. Je repense à Grignan, à Lourmarin, à toutes les escales que j'avais prévu de faire avec elle. Je songe à la tournure des événements, au fait que nous nous soyons retrouvés à *La Mésange*, comme si la maison nous appelait pour que nous venions la remplir de bonheur. Je me lève et enlace Sandrine dont les larmes se transforment en pleurs de joie. Elle mérite le point final à son histoire. Ensemble, nous l'aiderons à tourner la page, nous l'aiderons à se construire un nouveau futur.

– On va venir vivre ici ? murmure une petite voix.

Eliott est niché dans l'encadrement de la porte de sa nouvelle chambre. Il est sorti sans faire de bruit. Nous avions pris l'habitude d'être alertés par son arrivée en entendant le craquement du bois de l'escalier sous ses pas, mais il dort au rez-de-chaussée, dans le bureau de Papé, en attendant que l'étage soit réparé.

– Tu es là depuis longtemps mon chéri ? répond Sandrine en lui ouvrant ses bras.

– Assez.

Il avance doucement, traînant ses chaussons sur les tomettes, et se blottit dans les bras de sa mère.

– Tu serais heureux de vivre ici ? lui demande-t-elle.

– Jeannine va revenir ?

Sa question m'émeut. Un frisson me parcourt le dos, le long de la colonne vertébrale. Dès mon réveil, ce matin encore, j'ai appelé l'hôpital pour prendre de ses nouvelles. « Elle est fragile », me répètent-ils. Elle a inspiré beaucoup de fumée. Ses poumons sont faibles et son cœur fatigué. Mais n'est-il pas normal d'avoir le cœur abîmé ? N'est-il pas normal après avoir aimé un homme pendant soixante-cinq années et l'avoir vu partir d'avoir l'organe exténué ? Elle est étourdie, elle oublie, elle s'efface peu à peu et cela me tue de la savoir dans une chambre immaculée, elle qui a toujours aimé vivre en couleurs. Ils souhaitent la garder encore en observation. Alors je prends mon mal en patience, j'ai l'espoir faible et la lassitude constante.

– Oui, elle devrait revenir.

J'utilise le conditionnel avec lui parce que je ne veux pas lui créer de faux espoirs, je ne veux pas qu'il me traite de menteur. Je n'ai pas envie qu'il espère, qu'il s'imagine que tout va s'arranger, qu'elle va revenir et qu'elle s'émerveillera devant des pâquerettes qu'il aurait cueillies dans le pré. Je veux le préparer au pire, qu'il se crée une armure, une carapace contre les mauvaises choses de la vie, qu'il s'habille pour mener les combats qui se dresseront devant lui. Et dans ses yeux d'enfant, je vois que l'espoir et l'amour continuent. Mais j'utilise le conditionnel avec moi aussi. J'utilise le conditionnel pour me préserver. J'utilise le conditionnel parce que je déteste les fausses promesses. Je déteste tes fausses promesses. Je déteste que tu m'aies fait croire toute mon enfance que tu irais mieux un jour. Je déteste ta dépression, tes cachets, tes insomnies, tes nuits qui durent des jours. Je déteste tes sautes d'humeur, tes montagnes russes. Je déteste que tu ne m'aies jamais préservé, que tu m'aies toujours annoncé que demain ça irait mieux. Tu me mentais. Demain serait pareil. J'ai tant espéré que j'ai fini par n'avoir plus que des attentes délavées, des espoirs en demi-teinte. J'en arriverais à dire que je te déteste toi, mais je ne sais quelle part de toi est la maladie et quelle part de la maladie est toi. Alors, pour tous ceux que j'aime aujourd'hui, j'utiliserai le conditionnel.

– Elle devrait revenir bientôt.

– Tu me promets ? me demande Eliott.

Je ne lui réponds pas. Il retourne dans les bras de sa mère et sourit de toutes ses dents. Enfin, toutes… Sauf les canines qui lui ont fait faux bond la nuit dernière et ont donné à la petite souris l'occasion de faire son retour à *La Mésange*. Eliott était très fier d'elle, qu'elle ait réussi à se frayer un chemin dans les débris et les cendres.

– Sandrine, lui dis-je, j'ai réfléchi à quelque chose. Il faudrait que j'en parle à Mamé bien sûr, mais j'ai une idée qui me trotte dans la tête.

– La dernière fois que tu avais ce regard, tu es venu kidnapper ta grand-mère.

– Alors, pour remettre les points sur les *i*, je ne l'ai pas kidnappée, je suis venu la chercher. Et tu m'as confirmé toi-même qu'ils étaient libres et qu'ils pouvaient choisir de leur plein gré où ils souhaitaient élire domicile.

Je débarrasse la table du petit déjeuner, Eliott attrape un pot de confiture et en tartine sur une demi-baguette. Il s'assied sur un tabouret près du comptoir de la cuisine et fredonne une chanson tout en dévorant son repas. Je donne un coup d'éponge sur la toile cirée.

– Bon alors, tu vas me dire ce que tu as en tête ? insiste Sandrine.

– Quand tu le sauras, répond Manon, tu auras préféré ne pas le savoir.

Elles rient ensemble. Je récupère dans le meuble sous la télévision de grandes feuilles blanches sur lesquelles j'ai griffonné lors de mes nuits de la même couleur.

– Tu vas te lancer dans le dessin ? s'interroge Sandrine.

– Si seulement, commente Manon.

J'étale les feuilles à plat, les coince avec un cendrier vide, un verre d'eau et une banane. Tout ce qui me passe sous la main me sert à coincer les quatre coins afin qu'ils ne se replient pas sur eux-mêmes.

– On dirait les plans d'un hôtel, c'est quoi toutes ces chambres ?

– Sandrine, chérie, laissez-moi vous présenter *La Mésange* !

Elles échangent un regard surpris.

– Ici, le rez-de-chaussée n'a pas vraiment changé. Il restera notre pièce à vivre. La grande pièce du fond deviendra notre chambre, et nous continuerons de faire dormir Mamé dans le bureau de Papé. Elle y sera heureuse, c'est là qu'elle se sent le mieux dans cette maison. Tu remarques ici, j'aménage le grand escalier en un escalier droit standard et un petit ascenseur.

– Tu vas construire un gratte-ciel pour que tu aies besoin d'un ascenseur ?

– Laisse-moi finir, tu comprendras. À l'étage, comme un phœnix qui renaîtrait de ses cendres, j'ai prévu tout un réaménagement de l'espace. Six chambres entièrement médicalisées. J'ai lu que le maximum légal pour une aide-soignante était de huit patients.

– Mais où veux-tu en venir ? s'impose Sandrine.

– *La Mésange* va devenir une maison médicalisée pour accueillir les personnes âgées, notamment atteintes de la maladie d'Alzheimer.

Les deux femmes qui m'entourent éclatent de rire. Leurs éclats font des ricochets sur les murs et résonnent dans le mas provençal.

– Je suis sérieux. On aménagerait une salle d'eau pour les soins juste ici, et Eliott aurait sa chambre là, et toi juste à côté. Ils auraient accès au rez-de-chaussée bien sûr, pour profiter du salon. Le jardin aussi évidemment ! C'est quand même mieux que les *Ombrages* qui donnent sur une avenue et avec un petit parc arboré de moins de cinq cents mètres carrés. Ici, ils pourraient respirer, profiter de leurs derniers jours.

– Mais Noël, tu n'y connais rien là-dedans !

– Moi non, mais toi oui. Tu m'as toujours dit que tu souhaiterais privilégier la qualité à la quantité. Tu aurais un travail à domicile, un endroit pour t'épanouir, te sentir utile. Pense à Eliott, tu as vu comment il se comporte avec Mamé, c'est une fontaine de jouvence.

– Je ne sais pas Noël, c'est beaucoup de responsabilités. Il faut que je réfléchisse.

– Bien sûr, je n'y connais pas grand-chose, c'est vrai. Moi je suis un artiste, les détails techniques m'importent peu. J'ai jeté quelques idées sur des dessins, il faudrait bien sûr tout faire vérifier par un architecte, mais la maison est tellement grande et tellement vide. Il y fait froid de chaleur humaine même en été. J'ai envie que ce lieu devienne emblématique, qu'il aide des gens.

Cette idée me trotte dans la tête depuis des soirs. Je ne compte plus les insomnies à dessiner, vérifier, calculer la faisabilité du projet. Seul, je serais incapable de m'occuper d'ici, et je n'en aurais pas envie. Mais surtout, j'ai envie que Mamé se sente entourée, aimée.

– Je sais que c'est un projet fou, totalement nouveau pour moi, pour vous. J'ai pensé à plein de choses : des ateliers dans le jardin, des soirées au coin du piano, Manon pourrait leur demander de raconter leurs mémoires et proposer cette narration aux familles. On les aiderait à travailler leurs souvenirs, à se sentir bien. Ce serait si différent d'une maison de retraite, ici on en ferait quelque chose de chaleureux, de vivant.

– Moi, dit Eliott, j'aime bien l'idée.

Sandrine sourit. C'est le début d'une nouvelle vie pour elle. Dans le frigidaire, je récupère une bouteille de champagne que j'avais mise au frais.

– Il n'est même pas dix heures, informe Manon.

J'ai envie de célébrer ce renouveau, de fêter la vie tant qu'elle est là. Dans le buffet en bois, je ne récupère que trois coupes, malgré l'insistance d'Eliott qui en quémande une pour l'occasion. Je déverse le liquide et nous levons chacun nos bras, une flûte à la main. J'entends le portail grincer. Des pas sur le gravier. Des talons sur la terrasse. On frappe à la porte. Mon cœur se serre.

– Noël chéri, c'est Maman !

Tu viens comme si tu étais attendue, comme si le monde tournait autour de toi et que tu avais le droit d'interrompre une pièce de théâtre quand bon te semble. Tu entres, m'embrasses tendrement sur la joue, mais tous les gestes d'affection que tu fais aujourd'hui ne combleront jamais ceux qui m'ont manqué enfant. Tu t'invites, t'installes à la table à manger. Tu fais la bise à Manon, à Sandrine, tentes une blague pour comprendre avec laquelle je couche. Tout le monde est gêné, mais tu ne le vois pas. Tu t'approches de la cuisine, tes pas de loup sur les tomettes, tu ébouriffes les cheveux d'Eliott qui s'éloigne de ton étreinte en courant.

– Eh bien, je vois que l'on fête quelque chose. Tu as une coupe pour moi ?

– Qu'est-ce que tu fais là ?

– Dis donc, la façade en a pris un sacré coup ! Les photos que tu m'as envoyées sont impressionnantes, mais je n'imaginais pas que c'était à ce point-là. L'étage est toujours en piteux état ?

– Non, on a tout nettoyé. Ça fait plus d'une semaine déjà, tu te doutes bien. On attend les artisans.

Je baisse mes yeux vers la flûte entre mes doigts. L'humeur n'est plus à la fête. J'ai envie que tu partes, que tu nous laisses tranquilles.

– Tu ne me présentes pas tes amies ?

– Si, bien sûr, voici Manon, ma copine, et Sandrine, une amie.

J'ai l'impression d'avoir douze ans. Tu as toujours su faire ça, me rabaisser. Tu as, hiver comme été, pensé que si les autres allaient moins bien que toi, alors tu serais heureuse. Tu as continuellement déprécié les autres pour te sentir supérieure, alors naturellement, en ta présence, je reprends mes réflexes de gamin.

– Et le petit discret ? Ne me dis pas que je suis grand-mère !

– Eliott est le fils de Sandrine.

Je suis froid. Je n'ai pas envie de te répondre. Je ne veux pas que tu sois là, dans le monde que je me suis créé, dans cette parenthèse heureuse.

– Tu n'as pas répondu à ma question. Qu'est-ce que tu fais là ? répété-je.

– Eh bien, j'ai pensé que je pouvais vous donner un coup de main. Ah, je vois que le piano de ton grand-père n'a pas été impacté. C'est dommage. Il aurait pu sortir au moins une bonne chose de cet incendie.

Tu es comme Maléfique qui débarque au baptême d'Aurore, comme l'iceberg qui se dresse devant le *Titanic*, tu bloques le bonheur des autres, tu te dresses comme un obstacle. J'en arrive à me demander si je ne te préfère pas lors de tes mauvais jours, quand tu es au fond de ta couette, ensuquée par tes médicaments.

– Ton copain n'est pas venu avec toi ? J'ai oublié comment il s'appelle, tu m'excuseras.

Le cynisme se coince dans ma gorge et transforme mes paroles en joute verbale.

– Oh non, ne t'inquiète pas, j'en ai fini avec lui ! Et je me sens plus libre que jamais, me réponds-tu.

– On ne peut pas vraiment dire qu'avoir des attaches ait un jour été ton fort.

Tu te diriges vers la cuisine et te fais couler un café. La machine met du temps à s'allumer. Le silence est pesant. Le liquide chaud coule du percolateur et se confine dans ta tasse.

– Comment va Jeannine ?

Que tu l'appelles par son prénom me révolte. J'ai toujours su que votre relation était particulière, mais je n'aime pas que tu te détaches du lien qui vous unit. Tu es le trait d'union entre elle et moi.

– Elle est fatiguée, mais son pronostic vital n'est pas engagé. Elle devrait pouvoir sortir bientôt, pour l'instant ils la gardent encore un peu en observation.

– J'ai vu ta dernière vidéo. C'est Robert qui va être content !

Je fronce les sourcils. Tu changes de sujet si facilement, sans vraiment t'intéresser aux gens.

– De quoi tu parles ?

– De la vidéo que tu as mise sur le Net. Trois millions de vues en une semaine, pour un morceau de musique simple sur un piano tout poussiéreux de cendres, disons que tu sais manipuler ta communication.

J'ai le souffle coupé. Je n'ai jamais mis de vidéo sur Internet. Je lance un regard par-dessus mon épaule et découvre la mine embarrassée de Manon. Elle baisse les yeux, se pince la joue de l'intérieur et joue de ses cheveux entre ses doigts.

– Je te promets, je ne pensais pas que ça aurait une telle portée. Je l'ai juste capturée sur le moment, je trouvais que c'était une belle image. Toi, le piano, la symbiose malgré l'incendie. J'ai voulu la partager pour que des gens reconnaissent ton talent, des gens qui ne sont pas habitués aux récitals et à écouter Radio Classique.

Je souris.

– Tu ne m'en veux pas ?

– Montre-la-moi, je déciderai après.

Elle sort le téléphone de la poche de son pantalon et nous fait découvrir l'enregistrement que YouTube a classé #Tendances19. Quand je clique sur l'écran, il apparaît le message « 3 602 personnes regardent cette vidéo en même temps que vous ».

– Je ne comprends vraiment pas pourquoi cet engouement, t'étonnes-tu.

Tu détournes le regard, comme si mon succès t'était insupportable. Je regarde des commentaires. Je n'en saisis pas la moitié, car ils sont rédigés dans une langue étrangère, mais les emojis sont unanimes : des cœurs, des cœurs, et des cœurs. Les larmes me montent aux yeux.

– Eh bien, voilà, tu finiras par devenir celui que je redoutais, comme ton cher grand-père.

Tu fouilles ton sac à la recherche d'une cigarette et l'allumes. Je te demande de sortir, la fumée pouvant gêner un garçon de huit ans. Mais ça, tu le saurais si tu m'avais entendu suffoquer à chaque fois qu'enfant, je venais chercher un moment de tendresse dans notre appartement de Saint-Paul-de-Vence. Tu sentais le cendrier froid et en avais la frigidité, et je n'étais qu'un gamin en manque d'affection.

Tu t'exiles dans le jardin et je t'accompagne. Tu craches la fumée dans les airs avec l'élégance rare qui te caractérise.

– Elle te plaît cette maison, hein ?

– C'est là où j'ai mes meilleurs souvenirs d'enfance, je te réponds.

– Je sais, je n'ai pas été la mère idéale.

– Une bonne mère aurait déjà été une première étape.

– J'ai bien fait de venir, ironises-tu, ça va être mon procès pendant longtemps ?

Je ravale ma salive et décide d'enterrer la hache de la joute verbale. Pour aujourd'hui.

– L'incendie était accidentel. Mamie a allumé une bougie pour Papé, le rideau a pris feu, ça a dégénéré. Je pense que quelques opportunistes ont profité des dégâts pour venir cambrioler quelques biens. Les trophées de Papé ne sont plus là.

Tu manques t'étouffer avec ta fumée de cigarette.

– Quels trophées ?

Chapitre 30

Coursegoules, 11 octobre 1995
Vingt-quatre ans plus tôt

Tu as demandé à Papé et Mamé de me garder depuis lundi dernier, tu as des choses à faire. Depuis que Papa est parti, tu es devenue la pire version de toi-même. Tu es dépassée par tous les événements. À la boulangerie de la rue Grande, les clients commencent à se plaindre de toi. Tu es de mauvaise humeur, aboies sur ceux qui ne sont pas assez clairs dans leur demande, c'est à peine si tu leur dis « bonjour ». M. Gérard t'a demandé de te reprendre, sinon il serait dans l'obligation de te remercier. Tu as demandé quelques jours de congé. J'étais heureux. Je pensais qu'on les passerait ensemble, mais tu m'as amené à *La Mésange* et m'as promis que tu reviendrais me chercher en début de soirée. J'ai regardé le soleil d'automne se coucher derrière les pins, observé la lune lors de son ascension vers les étoiles, et je me suis endormi sur les genoux de ma grand-mère. Le lendemain matin, ils m'ont emmené à l'école. Ils sont venus me chercher le soir. Tu n'as pas appelé le soir, tu n'es pas venue me récupérer. J'ai fini par m'habituer. C'est court une semaine. Et à la fois, quand on n'a pas encore sept ans, c'est beaucoup. Sept dodos. Puis j'étais bien chez eux.

J'ai compris plus tard la vérité. Tu n'étais pas capable de te gérer toi-même, alors subvenir aux besoins de ton enfant était inenvisageable. Le divorce a fait ressortir tes pires défauts et t'a plongée au plus profond de ta maladie. Le jeudi soir, j'ai entendu le portail grincer, tes pas sur le gravier. J'étais si heureux que tu arrives alors que Papé venait de m'apprendre mon premier morceau. Le prélude de Bach.

– Regarde, Maman, ce que j'ai appris !

Je m'appliquais avec la plus grande précaution, martelant les touches d'une maladresse enfantine.

– Je vais devenir un grand pianiste célèbre, comme Papé ! Je donnerai des spectacles dans le monde entier !

Je n'ai joué que quatre mesures. Quatre à peine. Tu m'as tiré par le col de mon pull, j'ai failli tomber de mon tabouret. Papé a crié. Moi, j'ai pleuré.

– Arrête avec tes conneries ! m'as-tu sermonné.

– Brigitte, a grondé mon grand-père, laisse le petit tranquille !

Tu as pointé ton index vers ton père et tu l'as agité dans tous les sens. Ton visage était rouge de colère, bouffi d'une pression sanguine qui se précipitait dans tes veines.

– Je t'interdis de lui mentir. Tes histoires, tu te les gardes pour toi !

Je ne comprenais pas. Tu disais des sottises, tu étais un condensé de colère qui ne faisait aucun sens.

– Noël, file dans la voiture !

Tu as sorti de ton sac à main un paquet de cigarettes et en as posé une entre tes lèvres. Ça te va bien de fumer. Tu ressembles à Cruella. Mamé m'a montré la cassette des *101 Dalmatiens*. Elle chantonnait « Cruelle diablesse, *Cruelle* diablesse. Elle jette tant de sorts à toute la ville ! ». Tu l'aurais vue taper le rythme avec son pied, tu aurais voulu la prendre dans tes bras. Mais tu allumes ta clope, la fumée vient faire suffoquer *La Mésange*. Je m'éloigne dans le jardin et tu claques la porte après ma sortie. Je ne vous entends pas. Je distingue vos silhouettes s'agiter, s'énerver. Je m'assieds sur le rebord du potager. Quelques briques sont posées dans la terre pour créer une délimitation. Un ver de terre joue avec les feuilles de menthe et les tiges de sarriette qui ont poussé telles des mauvaises herbes. J'entends vos voix s'élever dans le crépuscule. Tu sors. Tu es en colère. Tu claques la porte derrière toi.

– Allez viens, on rentre !

Tu es énervée et je ne sais pas pourquoi. Pendant le trajet, tu ne dis pas un mot. Tu as les yeux fatigués et tu te concentres sur la route. Peu nombreux sont les lampadaires allumés sur le bord du chemin. La route sinueuse jusqu'à Saint-Paul-de-Vence me donne la nausée. Tu conduis avec ta rage, tu dépasses les limitations de vitesse. Je m'accroche à ma ceinture. J'ai peur de toi. C'est la première fois de ma vie que j'ai peur de toi.

Quand on arrive à l'appartement, je file dans ma chambre au fond du couloir. Tu te réfugies dans ton lit. Tu ne me parles plus pendant six jours. Tu dors. Tu ne sors pas de ta pièce. Je n'ai pas encore sept ans et je dois me préparer le petit déjeuner, le goûter, et me nourrir le soir. Je marche jusqu'à l'école, je reviens de la Fontenette à pied. Ce n'est pas grand-chose cinq cents mètres, mais avec le poids de mon cartable sur le dos, j'ai l'impression de porter le monde sur mes épaules. Je me demande en permanence ce que j'ai fait de mal. J'ai juste joué du piano, j'ai juste été heureux un instant.

Chapitre 31

Tu t'assieds sur la chaise en plastique et la tires dans le gravier pour qu'elle baigne au soleil. L'après-midi est lumineux, tu en profites pour venir l'obscurcir puisque tu n'as jamais pu apprécier les gens heureux.

– Tu te rappelles ce jour de carnaval ? me demandes-tu.

– Comme si c'était hier.

– Tu te souviens que personne ne connaissait ton grand-père ? Tu as clamé son nom avec tellement de fierté, j'en ai eu le cœur brisé.

– C'étaient des idiots, c'est tout.

– Tu ne t'es jamais demandé pourquoi ton Papé ne te montrait pas ses trophées ?

– Il ne voulait pas que je les casse, c'est fragile des récompenses.

– Noël, ton grand-père n'était pas l'homme qu'il prétendait. Je sais que tu l'idolâtrais, tu le voyais comme cette grande star de la musique classique, ce génie des notes…

– Qu'il était, te coupé-je.

J'ai le cœur serré. Tu cherches encore à me mentir, à transformer ma réalité pour la peindre en noir.

– Ton grand-père était professeur de musique. C'est tout. Il n'a jamais été célèbre, encore moins fait des concerts en Europe.

– Qu'est-ce que tu racontes ?

– Il s'est créé un personnage pour t'impressionner Noël. Un soir, tu devais avoir quatre ans à peine, tu as dit à un repas que ton père te faisait honte parce qu'il travaillait au cimetière. Tu n'osais même pas en parler à Mathieu.

– C'est faux ! J'adorais le travail de Papa.

– Pas quand tu étais petit. Tu le méprisais. Les parents de ton meilleur ami étaient avocats et tu avais honte de nous. La vendeuse en boulangerie et le nettoyeur de tombes, ce n'est pas facile pour se faire des amis. Alors, un jour ton grand-père t'a dit qu'il était célèbre, c'était sur le coup de la rigolade, mais le lendemain tu t'es empressé de t'en vanter à toute ta classe. La machine était lancée.

– Tu es en train de me dire que j'ai inventé tout ça ?

Tu écrases ton mégot de cigarette dans le cendrier, retires tes lunettes de soleil et me regardes dans les yeux.

– Non, tu n'as rien inventé. Nous n'avons jamais démenti cette histoire. Tu étais si fier, si heureux. Est-ce qu'un petit peu de poudre de fée pouvait faire du mal ? C'était comme dans *Peter Pan*, ton grand-père voulait juste te donner de l'ambition pour tes rêves. Il t'a toujours dit de ne pas citer son nom dans les magazines, ou de ne pas évoquer l'artiste qu'il était pour ton audition au conservatoire. La vérité, c'est que personne n'aurait su qui il était. Le grand Joseph Beaupré n'existait que dans notre imaginaire.

Je suis frappé en plein cœur. J'ai la sensation de tomber du bord d'une falaise, que mon monde s'écroule.

– Tu es où tu es parce que tu le mérites, Noël. Non pas parce que tu es le petit-fils d'un célèbre pianiste.

– Mais, il y avait les trophées, et les tournées en Europe, et il jouait si bien, bafouillé-je.

– Oui, il était un très bon professeur de piano, et c'est déjà très noble. Mais tout le reste n'était que le fruit de son imagination. Il te nourrissait de ses rêves secrets pour que tu puisses un jour les réaliser. Il était si fier. Tu sais, le soir de sa mort, quand vous êtes partis au cinéma Mamé et toi, il m'a appelée. Il sentait que ce seraient les derniers mots fléchés qu'il remplirait. Il voulait que tu sois heureux, que l'on continue pour ne pas briser tes rêves.

– Alors, pourquoi me le dire aujourd'hui ?

– Parce qu'aujourd'hui tu as compris que tu avais du talent.

La sonnerie de mon téléphone vient interrompre notre conversation. C'est Robert, mon producteur. Tu t'empresses de me dire « passe-lui le bonjour de ma part ». Il a vu la vidéo. Il est tout excité. Il a négocié pour que je passe en *prime time* demain sur France 2. Il se confond en excuses, mais je sens un détachement. Il ne cesse de répéter « trois millions », comme si les numéraires étaient plus importants que les émotions.

– Il va falloir que l'on enregistre un nouvel album. J'ai réservé le studio habituel la semaine prochaine. Une semaine complète, rien que toi et moi, on va créer un album de dingue ! Bien sûr, quand je dis « toi et moi », je n'ai pas besoin de préciser que ton ami cognac est invité.

En une phrase, il me renvoie à tout ce que j'essaie d'oublier de ma vie d'avant. Les soirées de solitude, les verres pour oublier, les alcools pour oublier les verres, les black-out dans mon appartement, les réveils à midi, les volets fermés, l'ennui…

– Robert ! je l'interromps.

Il marque une pause dans son excitation.

– Je te remercie, mais ça ne m'intéresse pas.

Je raccroche. Je contemple ses tentatives de me rappeler, ses multiples messages. Je fais une croix. Elle est définitive. Je peine à reprendre mon souffle de ton annonce. J'ai la sensation que toute ma vie n'a été qu'un mensonge.

– J'ai commencé à voir quelqu'un, m'annonces-tu.

Je m'en moque. Depuis Papa, je n'ai pas compté le nombre d'hommes que tu as eus pour essayer de l'effacer de ta mémoire. Ce n'est pas la quantité, ça, je m'en moque, c'est la qualité de tes relations. Tu suis un schéma sans t'en rendre compte. Tu commences des relations, tout se passe comme sur un nuage, puis tu leur montres ton vrai visage, et ton amie dépression révèle qu'elle est là aussi, au quotidien, les dimanches quand il fait beau, comme les lundis sous la pluie. Là, l'homme prend peur et il fuit.

– C'est bien. Je suis content pour toi.

– Je veux dire par là que je consulte un psy. J'ai été une mauvaise mère, Noël. J'ai accepté que ton grand-père te crée un monde différent, une vie avec un peu de magie, un peu de rêve et de poussière d'étoiles parce que je n'ai jamais été en mesure de t'en offrir. Je n'ai jamais été capable de t'offrir de belles histoires, des week-ends à raconter le lundi à l'école, des souvenirs qui forgent un homme.

Tes yeux s'embuent de larmes. J'ai l'habitude de te voir pleurer, mais ces larmes brisent ma carapace.

– J'ai toujours détesté que tu sois plus heureux avec eux, ça m'a fait beaucoup de mal, mais je n'avais rien de mieux à te proposer. Tu crois que je ne sais pas ce que tu disais de moi ? Je ne me suis jamais pensé une bonne mère. C'était un cercle vicieux. Ça l'est toujours. Je pense que je ne fais pas les choses assez bien, alors je culpabilise et ne fais plus rien. Ce qui est souvent pire que d'essayer. Mais je suis paralysée par cette peur de ne jamais réussir à bien faire.

Je ravale ma salive. Mes lèvres tremblent, mais je ne veux pas craquer devant toi. C'est trop facile. Tu ne peux pas venir un jour de soleil et demander pardon.

– Je pensais que les médicaments m'aideraient. J'ai, certains jours, atteint un point où je ne pouvais pas sortir du lit. C'est comme une douleur dans le cœur, une envie de mourir qui nous envahit, une impression que le ciel se charge en nuages noirs et épais, gorgés d'orages, et que jamais le vent ne se lèvera pour les faire partir. J'ai eu envie de mourir tellement de fois. Je suis désolée de t'avoir infligé ça. Aucun enfant ne devrait connaître ça. Alors c'était ainsi : à *La Mésange*, un nid douillet, et à l'appartement, une mère dépressive dans une spirale infernale. J'aimerais tellement revenir en arrière. Je ne ferais peut-être pas mieux, mais aujourd'hui j'y travaille. C'est dur. Mais je ne peux pas y arriver si tu me rejettes.

Tu baisses ton pont-levis. La forteresse n'est plus gardée. Je me love dans tes bras, dans l'amour que tu ne m'as jamais donné, dans les caresses que tu ne m'as jamais offertes. Je passe mes bras autour de ta taille. Tu vieillis. Tes racines blanches prennent le dessus sur ta couleur, sur certaines choses le temps nous interdit de mentir. Je réalise que tu m'as octroyé un peu de magie dans ton obscurité, que tu m'as donné la possibilité d'espérer, de faire un vœu sur une étoile filante.

– Je t'aime, Maman.

Non je ne te pardonne rien, je n'oublie pas ton malheur, ta dépression, les soirs où tu me laissais seul pour courir chez celui qui faisait vibrer ton cœur à ce moment-là, tes fausses promesses, tes faux-semblants, les goûters que tu ne mettais pas dans mon cartable, les week-ends que tu passais allongée dans ton lit. Non, je n'oublie rien. Mais j'avance, avec toi.

Chapitre 32

Sandrine est restée à la maison pour piloter les travaux. Les maçons ont commencé le gros œuvre de l'étage et délimitent les nouvelles frontières entre les pièces. Leur proposition était la plus intéressante et leur sourire le plus sincère. Un expert de l'assurance est venu la veille pour superviser le projet. Il a épluché tous les devis liés à la remise en état de la maison pour confirmer l'enveloppe budgétaire. « Bien sûr, monsieur Beaupré, nous ne pourrons pas prendre en charge les frais liés à la médicalisation de l'établissement. En qualité d'assureurs, nous avons la responsabilité de remettre la maison dans son état, pas de changer son utilité. » Il passera une fois par jour, pour encadrer et partager son expertise. J'ai surtout l'impression que c'est un commercial qui essaie de me vendre de nouvelles assurances à chaque fois que nous évoquons un sujet « Ah, si vous ouvrez un Ehpad, il vous faudrait une responsabilité civile professionnelle », « Vous le faites assurer par qui votre cabriolet ? », « Vous avez une mutuelle ? ». C'est un vautour qui rôde autour de l'argent que je n'ai pas. J'ai pris la décision de vendre mon appartement du boulevard Carnot. Adieu la vue sur la mer et les verres de cognac à deux heures du matin. Sa mise en location m'apportait un revenu constant, mais insuffisant au vu des travaux entrepris. Je me perds dans la réalisation du business plan, dans les calculs de coût de production, de coût de revient, de marge brute et marge nette. Je ne comprends pas que dans des établissements de santé, les coûts passent avant l'humain. Ce n'est pas le projet, mais la bureaucratie que nous avons créée qui impose une rentabilité de la vieillesse.

Sandrine et Eliott ont rendez-vous au collège Ludovic-Bréa. Tant pis pour la fin de l'année scolaire, Sandrine insiste sur le fait que l'école de la vie est plus intéressante que la pédagogie enseignée au primaire. Elle a commandé des livres pour continuer son apprentissage. Il est assidu, concentré sur ses devoirs, méthodique et rigoureux. Je n'en attendais pas moins de sa part. Il déteste la grammaire, la conjugaison, et apprendre des poèmes par cœur. Je le comprends, je n'ai jamais apprécié cette partie. Je me souviens d'un texte, d'une récitation que j'avais dû chanter au tableau.

Dans son nuage un ange
Choisit une mésange
Pour l'offrir à l'enfant
Qui joue avec le vent

Avant de la laisser
Descendre vers la terre
Il dépose un baiser
Sur ses plumes légères

L'oiseau vient effleurer
L'enfant qui s'émerveille
De voir le bleu du ciel
Sur sa tête et ses ailes[1]

Je l'avais récité à ma grand-mère, fièrement dans le jardin aux couleurs d'automne. Toi, tu n'as pas écouté, tu lisais un magazine.

Manon récite son très long poème aujourd'hui. C'est une pile électrique depuis ce matin. Elle passe devant le jury à quatorze heures, juste après l'heure du déjeuner. Elle a prévu d'être dynamique, de porter un discours intéressant sur sa recherche, et ne pas délivrer un mémoire monotone et ennuyeux. Nous serons tous dans la salle, assis au fond dans l'obscurité pour ne pas l'effrayer, la perturber ou la faire rire. En attendant ce moment, nous avons rendez-vous avec toi dans un restaurant du Vieux-Nice.

Assise en terrasse dans un bain de soleil, tu sirotes un cocktail et ne nous entends pas arriver. Sur ta table, ta boîte de médicaments respire les rayons lumineux, en évidence, puisque tu n'en as pas honte. Je suis gêné. J'aimerais que tu sois une mère normale parfois, que l'on puisse juste déjeuner ensemble, simplement, sans parler de ta maladie. Mais elle est là, comme une vieille amie trop bavarde que l'on croise dans la rue et qui s'invite à s'asseoir.

Nous nous attablons à tes côtés dans ce restaurant emblématique de la côte niçoise : *Le Plongeoir*. Ici, perchés sur deux rochers, les clients peuvent, entre les plats, utiliser les escaliers en béton qui montent jusqu'au plongeoir et

1. Poème *La Mésange*, auteur inconnu.

sauter dans la Méditerranée. Posées sur la mer, les terrasses atypiques proposent une cuisine conviviale élaborée avec des produits du marché. Au rythme des flots, les assiettes se succèdent et tu ne manques pas de toutes les prendre en photo pour les poster sur les réseaux sociaux. Tu captures même une photo du filet de bœuf de Manon et du saumon gravlax dans mon assiette.

– Mais tu ne vas pas poster ce que tu ne manges pas quand même ?

– Si, un jour où je ne me sens pas bien, ça permet de faire croire au monde que je suis heureuse face à une salade, alors que je croule au fond de mon lit.

Je réalise que toutes ces fois où je ne me suis pas inquiété pour toi, tu allais mal. Tu n'oses même pas crier à l'aide. Je n'aurais peut-être pas répondu, comme ce berger qui appelle au loup trop de fois pour tuer l'ennui, mais j'aurais su.

– Alors, racontez-moi comment vous vous êtes rencontrés ?

Tu as un grand sourire. Tu sembles vraiment t'intéresser à l'histoire de notre rencontre. Elle n'a pourtant rien d'extraordinaire. C'est l'histoire d'une femme qui vient seule à un concert pour remplir les pages de son mémoire, et d'un homme qui a préféré enivrer son cœur d'amour que remplir des salles vides.

– En parlant de salle vide, dit Manon en se levant, je dois filer. Je vous retrouve là-bas !

Elle m'embrasse sur les lèvres. Je suis timide devant toi. Je n'ose pas démontrer de gestes tendres. Elle part, ses talons claquent sur le sol. Dans son sac, elle a pris ses notes au cas où elle aurait un trou de mémoire, mais j'ai confiance en elle. Elle a tellement travaillé sa soutenance qu'elle n'est pas stressée. Mais bientôt, elle connaîtra les mains moites, la sudation intense, les dents qui se serrent, la crampe à l'estomac, ce stress qui nous envahit avant une représentation importante.

– Elle me plaît bien cette petite, me dis-tu comme si j'attendais ton approbation.

Tu te commandes une truffe glacée au chocolat et un café. J'abonde pour un second. La serveuse nous débarrasse la table et tu te penches en avant. Tu me prends les mains.

– On va essayer de rattraper le temps perdu, Noël.

Je hausse les yeux au ciel. J'ai déjà entendu cette promesse trop longtemps, mais tu es anesthésiée d'émotions.

– Viens avec moi, chéri, m'invites-tu à me lever.

Je te suis entre les tables, ta robe au coton léger épouse le rythme des vagues en contrebas. Tu montes les marches en béton blanc, une à une.

– Je n'ai pas envie de plonger Maman, je n'ai pas pris mon maillot et on ne devrait pas tarder si on veut rejoindre Manon pour sa soutenance.

– Tu connais mal ta mère. Tu t'imagines sincèrement que je vais sauter ?

Pourtant, tes pas nous guident sur le plongeoir au-dessus de l'eau. Les vagues éclatent sur la roche, laissant une écume blanche sur leur passage. Tu as dans ta main droite une petite boîte ronde. Tu la tiens de toutes tes forces entre tes doigts. Tu t'y agrippes comme à une bouée de sauvetage. Ce sont des cachets. Ces médicaments qui neutralisent tes émotions, tes sentiments, tes sensations. Ils te sauvent la vie depuis des années, et à la fois t'empêchent de vivre réellement. Tu vois la vie filer comme un film dans une langue étrangère sans les sous-titres. Tu n'en comprends pas tout, et tu passes à côté de l'essentiel.

– Tu es sûre de toi, Maman ?

– Plus que jamais.

Tu ouvres la boîte et tends ton bras au-dessus de la Méditerranée. Les barrettes d'anxiolytiques s'échappent de leur contenant pour plonger dans l'eau salée. Tu souris. Tu observes leur chute lente, comme au ralenti, et me prends dans tes bras. Certains poissons seront tranquilles cette nuit.

Ce ne sera pas si facile. Le combat n'est jamais facile contre la maladie, mais tu as pris la décision de monter sur le ring. Tu lèves les poings et te mets en garde, prête à te battre contre les orages. Je pense que jeter tes médicaments est stupide, tu ne peux pas te sevrer de trente ans de dépendance parce que tu le décides, tu ne peux pas choisir le traitement que tu voudrais, tu as besoin d'être encadrée, d'être suivie, d'avoir un médecin qui te conseille, mais tout ça, je ne te le dis pas. Je ne te le dis pas, car pour la première fois, je vois dans tes yeux de la détermination.

Nous sommes peu nombreux installés sur les fauteuils inconfortables de l'école de journalisme. Le jury s'est vêtu de ses plus beaux habits noirs, pour rendre la cérémonie encore plus solennelle. Tu t'es assise à ma droite et j'ai laissé deux sièges de disponible pour Sandrine qui ne devrait pas tarder à arriver avec son fils. La pièce est froide. Le carrelage lui donne des airs de salle polyvalente. Pour des raisons d'organisation, seules les familles sont autorisées à assister à la soutenance des étudiants. Les jurés ont le sourire à l'envers. Les sourcils froncés, ils prennent des notes au crayon à papier sur les grilles de barème. Ils posent plusieurs questions au jeune homme présent sur scène, dans la lumière du projecteur. Il semble avoir chaud, être très mal à l'aise. Il bafouille ses mots, bégaie certains débuts de phrase.

– Pourquoi avoir choisi de traiter le point de vue des influenceurs sur la presse papier ? N'est-ce pas restreindre votre ambition que de quantifier vos recherches à cette seule opinion ?

Le pauvre étudiant perd ses paroles. J'ai le sentiment qu'il va pleurer. Il clôture sa présentation et quitte l'estrade au parquet abîmé. Je me redresse sur mon siège, appuie mes bras dans les accoudoirs et te demande d'éteindre ton téléphone. Je suis heureux que tu sois là. On a presque l'air d'une famille normale. Sandrine pousse les portes battantes de l'entrée et court nous rejoindre. Eliott s'est assis un peu plus loin, sur un strapontin au premier rang, juste à côté du jury.

– Petit, tu ne peux pas rester ici, lui souffle un des membres.

Le juré ne sait pas que sa cause est perdue d'avance. Eliott a mis les mains sur ses oreilles et attend le début de l'oratoire. Il ne bougera pas. J'entends ses talons frotter la scène. Elle doit ressentir cette angoisse, ce stress intense avant une prise de parole publique. Elle entre dans la lumière chaude du projecteur. Les boucles de ses cheveux retombent parfaitement sur ses épaules. Elle plisse les paupières et nous aperçoit dans le fond de la salle. Elle sourit. Je suis heureux.

– Mademoiselle Lagarde, nous vous écoutons.

Manon pose ses mains sur le pupitre, à côté de ses notes. Elle avance ses lèvres du micro et salue son audience. Un larsen résonne dans les haut-parleurs.

– Depuis plusieurs décennies, l'artiste souffre d'une réputation de martyr pour atteindre la perfection dans ses créations. Cette idée reçue a suscité bien des passions et des débats, mais quoi qu'il en soit, elle est entrée dans nos mœurs et a modifié le point de vue des consommateurs, mais également des artistes eux-mêmes dans leur rapport avec leur œuvre. Pour autant, la situation actuelle des artistes contemporains n'est, sur la question de l'identité, guère différente de celle de leurs semblables non artistes, si ce n'est pour leur pouvoir de création, de composition et d'innovation.

Pendant vingt minutes, Manon développe son sujet qu'elle maîtrise parfaitement. Elle arrive même à happer Eliott, toujours assis au premier rang, sur le thème de la recherche identitaire de l'artiste au travers de son œuvre.

– J'ai notamment, dans ma thèse, orienté mes recherches sur un artiste en particulier. Adulé pendant des années, c'est pourtant sa crise identitaire, la perte de la reconnaissance convoitée dans son travail, qui lui fait perdre le goût de la musique. Noël Beaupré, célèbre pianiste du XXIe siècle, raconte l'homme qu'il est dans chacun de ses morceaux, jusqu'à ce que la critique le transforme en celui qu'il n'est pas : un technicien du clavier.

Manon continue d'évoquer mon histoire, les changements dans mes œuvres, mon parcours dans la création, la dualité entre cette volonté de bien faire, de transmettre une composition sans imperfection, alors que la vie en est bourrée. Les jurés semblent apprécier sa prose. Elle clôture son discours par une phrase qui résonne en moi :

– Alors pourquoi continuons-nous d'imaginer la vie des artistes différente de celle des autres ? Au nom de quelle muse créative sommes-nous intransigeants envers ceux qui créent, ceux qui se mettent à nu face à la critique, ceux qui mettent leur cœur à l'ouvrage, ceux qui ne dorment pas pendant des nuits dans l'unique but de structurer un tableau, une mélodie, une œuvre cinématographique, une photographie, une pièce de théâtre ou toute autre création dont la perfection demeure le but ultime ?

Le jury la remercie. Toi, tu n'as pas pu t'empêcher de regarder ton téléphone. La concentration n'a jamais été ton fort, mais tu te lèves pour l'applaudir, comme si tu assistais à un spectacle vivant. Eliott quitte son siège et cavale sur l'estrade pour applaudir Manon. Il la félicite. Il ne sait pas mentir. Il ne sait pas se contenir.

– Nous allons vous demander de répondre à quelques questions, si vous pouviez sommer votre petit frère de retourner à sa place, s'il vous plaît.

Les jurés restent dans leur rôle de professionnels et n'esquissent pas un sourire.

– Vous parliez de la transparence entre l'œuvre de Marcel Pagnol et l'homme derrière les écrits et la caméra, pensez-vous que son succès s'explique par la véracité que dégage chacun de ses textes ?

Question piège. Manon ne s'est pas suffisamment renseignée sur l'auteur de notre région. Elle l'a cité parce que je le lui ai demandé, parce que je trouvais qu'il était emblématique de son sujet. Mais, elle réussit à rebondir brillamment sur la définition de la biographie et sur l'identité culturelle et régionale qui est retranscrite dans ses œuvres. Ils n'en demandent pas plus et la remercient. Je n'en reviens pas. Elle a tenu son sujet pendant vingt minutes, a retracé mon parcours, ma carrière, mon histoire, et aucun membre du jury n'a oscillé le sourcil pour crier la supercherie. « Le célèbre pianiste du XXIe siècle. » Même ce groupe nominal n'a pas fait flancher leur tête. Papé serait si fier de moi.

Nous rejoignons Manon sur le parking de son école. Elle m'embrasse, soulagée de son stress. Ses mains se logent dans ma nuque et notre étreinte semble durer une éternité.

– Bravo Manon, s'écrie Eliott.

Il trépigne d'impatience depuis un quart d'heure. Il s'approche d'elle pour la féliciter. Je la regarde remercier l'enfant. Elle sait qu'il est mal à l'aise avec les gestes d'affection, alors elle se contente d'un « c'est très gentil à toi d'être venu ». J'observe son sourire, la couleur de sa peau qui dore avec le soleil, ses joues qui rougissent, sa robe qui vole légèrement avec l'air frais de ce début d'été, et je me dis qu'un jour, je l'épouserai dans une église rue Barillerie.

Chapitre 33

Les travaux continuent à *La Mésange*. J'ai le sentiment que nous nous sommes lancés dans un chantier qui nous dépasse déjà. Les cloisons de l'étage sont montées. Quand je marche sur le parquet et que j'arpente les couloirs, je réalise que dans chacune de ces pièces, une personne âgée nous confiera les clefs de ses derniers jours. Il y a un geste symbolique dans la maison de retraite. C'est un entre-deux particulier. Ce refus systématique d'y aller, la difficulté d'accepter, puis finalement cette crainte d'en partir trop tôt. Personne ne veut finir ses jours dans l'oubli. Aucun trentenaire ne rêve de mourir dans un établissement médicalisé, d'avoir été l'occupation des dimanches pluvieux de ses enfants. Et pourtant, ce lieu semble être devenu le passage obligatoire de notre société. La vie suit son cours, on est pris par le travail, par la routine qui va plus vite que l'on ne pensait, les dossiers pour la crèche à remplir, les courses de la semaine, les rendez-vous chez l'ophtalmologiste, le week-end à Venise prévu de longue date, cette série que l'on espérait terminer, la vérification des devoirs, la convocation au collège pour le grand, cet anniversaire-surprise, cet enterrement d'un cousin éloigné, les formulaires du boulot que l'on rapporte à la maison, l'appel à ne rien faire qui nous paralyse au fond du canapé, ce restaurant qui a ouvert juste en bas de la rue que l'on meurt d'envie d'essayer, cette envie de vivre tout simplement. Et nous passons nos jours, sans réaliser qu'ils filent plus hâtivement que le temps.

Mamé sort de l'hôpital dans quelques jours. J'ai hâte de surprendre ses yeux s'émerveiller en découvrant ce que sa maison est devenue. Lors de mes visites quotidiennes à l'hôpital, elle me demande de lui montrer des photos depuis mon téléphone. Elle est impressionnée de l'avancée des travaux, alors que je ne lui fais part que des bons côtés. Je ne lui évoque pas les soucis de plomberie dans la salle de bains de l'étage, la surfacturation pour la toiture, les plaintes non biseautées dans l'escalier qu'ils viennent de finir de déplacer, l'encadrement des portes qui n'est pas à la même hauteur selon les pièces, les fenêtres qui s'ouvrent vers l'extérieur et non pas vers l'intérieur. Tout ça, je ne lui raconte pas. À mon tour, je lui mets de la poudre de fée dans les yeux.

J'ai rendez-vous avec l'agent immobilier pour la signature de son mandat dans mon ancien appartement. Il s'est montré pressurisant sur l'émargement du contrat, il avait déjà de potentiels clients intéressés. *Tous des requins dans ce milieu !*

Je gare ma MX-5 sur le boulevard Carnot. L'agent est déjà là, l'accord préimprimé, le stylo à la main. Il tient sa chemise sous le bras, pile là où une auréole de transpiration se dessine. Nous montons les escaliers étroits des parties communes et arrivons sur mon palier. En regardant la porte en face de celle de mon appartement, j'ai une pensée pour Cécile. Cette femme que je n'ai croisée qu'une fois et qui a, pourtant, laissé une trace en moi, comme si elle avait semé une graine qui avait fini par éclore.

L'agent immobilier insère la clef dans la serrure. C'est un geste banal, mais j'ai déjà le sentiment de ne plus être chez moi. Il pousse l'obstacle et me demande de m'asseoir autour de la table basse. Je ne reconnais plus les lieux, vidés de toute leur personnalité. Il me présente les divers documents, me fait signer des mandats et des délégations de pouvoirs. J'appose mes initiales sans vraiment lire. Je souhaite juste me débarrasser de ma vie passée pour pouvoir aller de l'avant. À la seconde où ma signature est imprimée sur le papier, l'agent immobilier prend la poudre d'escampette et me promet des nouvelles promptement. C'était rapide. Je quitte cette pièce, sans aucune nostalgie, et inspire une dernière fois la vue sur la Méditerranée qui se dégage de la fenêtre du salon. J'ai admiré ce paysage trop longtemps avec les yeux fermés.

Je claque la porte sur le palier et entame ma descente des escaliers. À la première marche, le bois craque sous ma chaussure. Je me fige. Mes pensées m'ordonnent de remonter. Je pose mes pieds sur le paillasson.

– Je sais que vous êtes derrière la porte, Cécile.

Je peux entendre la clef, la gâche, la chaîne de sécurité, la poignée se tourner.

– On ne peut même plus espionner ses voisins tranquillement, sourit-elle.

Elle m'invite à entrer, me propose un café. Elle vient tout juste de moudre des grains. Son appartement est aussi exigu que dans mes souvenirs. Certaines choses ne changent pas.

– J'ai vu que vous avez rebondi.

– Vous parlez de la vidéo ? l'interrogé-je.

– Entre autres, mais on peut déjà lire dans la presse que vous avez refusé la proposition de votre producteur. Dans un torchon, ils ont dédié une colonne à ce pleurnichard qui racontait que sans lui vous ne seriez rien. Vous ne l'avez pas lue ?

La nouvelle ne me surprend pas. Robert a toujours été mauvais perdant.

– Je sais à qui je dois ma carrière, et ce n'est certainement pas à Robert.

Cécile m'invite à m'installer dans son canapé et elle tire son fauteuil pour me faire face. Un instant, nous rattrapons le temps perdu comme si nous étions les meilleurs amis du monde. Je lui parle de l'escapade des *Ombrages*, de la visite de Grignan et Lourmarin, puis l'hôpital et *La Mésange*, j'évoque Sandrine et Eliott, bien sûr je lui parle de Manon, de toi, de toutes ces choses qui ont changé en si peu de temps.

– On peut dire que vous n'avez pas chômé.

– Et vous ?

– Moi, vous savez, j'ai bientôt soixante ans, ça fait déjà vingt ans que je ne vois personne et ne travaille plus. Je n'ai pas grand-chose à raconter.

– Ce n'est pas vous qui m'avez interdit de m'apitoyer sur mon sort ?

Elle esquisse un sourire qui souligne les légères rides de son visage.

– Qu'est-ce que vous attendez, Cécile, pour changer votre destin ?

Épilogue

Six mois plus tard, les ouvriers finissent par quitter le chantier. *La Mésange* a été métamorphosée, les travaux ont connu des aléas, des désagréments en posant le nouveau parquet, des complications pour remettre l'électricité aux normes, des difficultés pour adapter les encadrements des portes aux fauteuils roulants. Mais quand je monte l'escalier pour la première fois depuis que tout est terminé, j'ai le souffle coupé. De cet espace se dégage une chaleur humaine, l'opposé de toutes les maisons de retraite que j'avais rouspété à visiter jusqu'alors. Le couloir est agrémenté de jolis cadres et de photographies hautes en couleur de Steve McCurry et chacune des chambres, malgré la neutralité exigée par ce genre de lieu, réussit à transmettre une émotion. Elles sont encore vides, personne n'a jamais dormi dans les draps propres, personne ne s'est encore installé autour de l'échiquier, de la table de tarot au rez-de-chaussée, ou de la table basse sur laquelle trônent divers magazines. Nous avons obtenu les autorisations, nous nous sommes battus pour signer la convention avec l'agence régionale de santé, pour qu'enfin *La Mésange* se transforme en une réelle maison médicalisée. Elle n'attend plus que ses premiers résidents, dont le premier arrive dans l'après-midi. La verdure a commencé à pousser autour de Coursegoules. Certains arbres calcinés sont tombés, et il faudra attendre encore quelques années avant de reboiser.

Au rez-de-chaussée, Mamé a pris possession du bureau de mon grand-père. Face à sa coiffeuse, elle vérifie son maquillage. Il n'y a pas d'âge pour être coquette.

– Tu as bientôt fini ? On va finir par être en retard.

– Ah, ne commence pas, tu vas me faire monter la bouffaïsse si tu continues !

Dans son fauteuil roulant, elle désire être la plus belle pour le concert de ce soir. Le théâtre affiche complet depuis déjà deux mois. Cécile a fait un travail génial dans ses nouvelles fonctions de productrice. Réservation de la salle, communication, relation avec la presse, diffusion sur toutes les ondes radio, entretiens avec les journalistes, vidéos promotionnelles, animation des réseaux sociaux... J'ai l'impression qu'elle s'est donné une seconde chance au jeu de la vie. Elle relance les dés sur le plateau et fait un double six.

– Mamé, je vais y aller, moi, on se voit après le concert ?

– C'est à quelle heure ?

Ses absences sont plus fréquentes, parfois plus longues aussi. Il est souvent impossible de lui faire entendre raison. Les docteurs viennent de lui administrer un nouveau traitement qui la fatigue moins que le précédent, mais n'améliore guère ses oublis.

À l'étage, Sandrine s'agite dans tous les sens. Elle repasse les draps, parfume les rideaux, époussette le buffet, désinfecte les boutons de l'ascenseur, elle veut que tout soit parfait pour l'arrivée de son premier résident. Elle a rendez-vous dans cinq minutes avec lui. Il habitait le village, juste à côté de la place de La Fontaine, et va venir vivre à *La Mésange* d'ici quelques jours. Il vient juste repérer les lieux, s'habituer à son nouvel environnement. Quand son véhicule avance dans l'allée, Eliott se précipite pour faire le guide et indique le préau où se garer. Il conduit nos invités dans l'enceinte de la maison, et appelle sa mère pour l'accueil. Elle porte un uniforme d'aide-soignante. Elle leur tend la main et se présente. Sa voix est rouillée, les mots ont du mal à sortir.

– Je vous présente mon père, dit l'homme. Il s'appelle Joseph. Tu dis bonjour, Papa ?

Depuis le salon, j'entends leur conversation et ne peux m'empêcher de sourire. Joseph. Un autre Joseph viendra faire ricocher des rires entre les murs. Sandrine fait visiter la pièce de vie commune, les différents aménagements, le piano, les jeux de société, la télévision.

– On dirait une vraie maison, commente le fils de notre premier résident.

– C'est exactement comme on l'a pensé, répond-elle, prenant son rôle de responsable très au sérieux. Je vous fais visiter l'étage, on va prendre l'ascenseur juste ici. Eliott, t'as fini tes devoirs ? Retourne travailler, sinon pas de concert ce soir ! Les enfants, vous savez ce que c'est.

Elle passe ses doigts dans ses cheveux courts. Sur son annulaire, l'alliance a disparu.

*

Dans ma loge, une bouteille de limoncello est posée sur le comptoir et je reconnais la délicate attention de Cécile par son écriture gracieuse : « Tu vas tout cartonner ce soir. J'aurais enfin la chance d'assister à un de tes concerts au premier rang. Merci de m'avoir fait confiance. »

J'observe l'homme dans le miroir. Son reflet a changé en un an. Parfois, la nuit, je pense à toutes ces personnes croisées sur mon chemin, toutes ces femmes que je pensais aider. Sandrine, Manon, Cécile, toi… J'ai à tort pensé que je vous venais en aide dans vos histoires personnelles, que je vous apportais une pièce manquante du puzzle. Mais c'est vous qui m'avez sauvé, c'est vous qui avez fait de moi celui que je suis ce soir : un homme et un artiste accompli qui n'a pas peur de monter sur scène et d'ouvrir son cœur face à son piano.

La mémoire a cela de formidable. On ne se souvient que de notre réalité, de notre point de vue. On garde malheureusement les mauvais souvenirs, mais le temps finit par les adoucir. Tout s'adoucit avec le temps, même la roche sous l'effet d'un ruisseau. Et puis, parfois, la mémoire passe de la lumière à l'ombre, obscurcissant tous nos souvenirs, tout ce que nous avons créé : la magie des moments, le soleil qui se pose sur notre peau, l'être que nous avons aimé. Nous pensons que notre mémoire nous appartient, que tout est éternel, mais tôt ou tard on réalise que la vie est passée trop vite, que la mort arrive trop rapidement. Je suis heureux de présenter mon dernier opus *La Mésange* ce soir. J'espère faire hommage à mon grand-père, cet illustre pianiste qui n'était célèbre que dans mon cœur d'enfant.

J'avance lentement sur la scène. Le rideau est tombé. Je m'assieds sur le tabouret, pose mes mains en suspens au-dessus du clavier. J'ai choisi un costume simple. Adieu les queues-de-pie dignes de la monarchie anglaise, je me présente simplement à vous. L'épais velours rouge se lève, mes doigts s'agitent. Je ferme les yeux. Je me concentre. Je ressens chaque note du bout des doigts. Les noires, les blanches. Chacune résonne dans le théâtre. La mélodie est douce, délicate. Je décompose les accords en arpèges, surprends avec des trilles, interroge avec une pentatonique et clôture mon morceau. J'ouvre mes paupières et salue mon public. Je vois mes proches au premier rang. Cécile, les larmes ruisselant sur ses joues, assise sur son fauteuil roulant dans l'allée. Eliott, qui reproduit de ses doigts les mouvements de mes mains sur le clavier. Il essaie d'avoir des gestes discrets. Sandrine et Manon sourient ensemble. Ma fiancée est élégante, elle a acheté une robe de gala pour la première. Elle scintille. Toi aussi, tu es là. Tu es venue seule. Aucun homme ne t'accompagne. Tu n'as même pas ton téléphone entre les mains. Tu as dû m'écouter, vraiment m'écouter. Et Mamé est assise dans son siège de velours. Je suis si fier qu'elle soit venue ce soir, que vous soyez tous venus. Je me lève et parle dans le micro :

– Ce morceau était le premier de mon album. Il s'appelle *La Mésange*. Je voulais vous remercier sincèrement d'être là. Vous ne pouvez pas imaginer ce que tout cela signifie.

Le public m'applaudit. Je vois vos sourires, vos yeux émerveillés. Seule Mamé ne réagit pas. Les paupières fermées, elle dort dans son fauteuil.

Remerciements

Ma grand-mère est née rue Barillerie – là où Jeannine et Joseph se sont dit « oui » –, une ruelle étroite de la ville de Nice, et elle s'extasiait de nous le raconter à chaque fois que l'on passait près de son lieu de naissance. J'ai passé une enfance heureuse dans l'arrière-pays niçois et j'ai souhaité retranscrire dans chaque détail le soleil qui illumine les cœurs de cette région. J'ai dévoré des soccas, gobé des tomates farcies, visité Villefranche, marché sur les galets de la plage des Ponchettes. J'ai, au travers de ce roman, souhaité écrire ma mémoire avant qu'elle ne s'efface un jour.

Je remercie Paul, mon mari. Parce que tu es mon premier lecteur, celui qui découvre les pages fraîchement noircies, les histoires fraîchement racontées, et continue de me pousser à devenir la meilleure version de moi-même.

Je remercie mon frère parce que, comme pour mon premier roman *Et l'amour continue*, il me laisse écrire sur notre histoire commune – bien que je ne lui aie jamais demandé la permission. Dans chaque œuvre, j'essaie d'effacer la frontière entre la fiction et la réalité, mais il y a beaucoup de moi, de nous, dans *La Mémoire de La Mésange.*

Je remercie Bérénice, parce que tu es là tous les jours, et que dans notre quotidien se cachent les meilleurs détails de toutes les histoires. Jamais je n'aurais pu choisir une meilleure associée.

Je remercie Léa Volène, amie, bêta-lectrice, qui sait me donner les meilleurs conseils pour mon histoire, qui est présente à chaque instant. Elle fait partie de ces noms qui, je l'espère, seront remerciés dans chacun de mes prochains livres, tant j'espère continuer cette route avec elle à mes côtés.

Je remercie Cynthia Kafka pour la lecture de mon manuscrit, pour sa bienveillance dans les corrections et la mise en lumière des passages qui nécessitaient un retravail. Son passé dans l'Éducation nationale et son présent de correctrice auront fait d'elle une alliée de premier choix dans cette écriture. Mais ce n'est ni à l'une ni l'autre à laquelle j'ai fait appel, c'est à l'amie. Tout simplement.

Je remercie Isabelle Lagarrigue, pour ses mots d'encouragements et pour m'emmener dans le plus petit théâtre de Paris nous enivrer de poésie. Nous partageons le goût des beaux mots.

Je remercie Jean-Laurent Poitevin, mon éditeur, de m'avoir fait confiance une nouvelle fois. Au même titre, je remercie Ambre Rouvière et Amandine Schmit de chez Prisma Media pour leurs conseils éditoriaux sur mon texte.

Je remercie ces gens qui me suivent dans l'ombre, qui m'encouragent à poursuivre l'écriture, la musique et l'art en général. Merci d'être présents aux salons, dans les séances de dédicaces, et bien sûr, sur les réseaux sociaux.

Enfin, merci à vous lecteurs, d'avoir lu ce roman, d'avoir partagé l'histoire de mes personnages. C'est grâce à vous, en premier lieu, que m'a été donnée la chance de poursuivre cette aventure livresque avec un deuxième roman que vous tenez entre les mains. Merci.

Avant de fermer ce livre, une dernière chose

Si vous avez lu ce roman jusqu'ici, j'adorerais en discuter avec vous. N'hésitez pas à venir converser sur mes réseaux :

Instagram : @joffrey.gabriel

Facebook : Joffrey Gabriel – Écrivain

Ou par e-mail, si vous le souhaitez : joffrey.gabriel.auteur@gmail.com

Si vous avez aimé ce roman, parlez-en autour de vous, incitez vos amis à se le procurer. C'est ainsi qu'il vivra, grâce à vous.

N'hésitez pas à laisser un commentaire sur les sites d'avis littéraires ou les plateformes d'achat aussi, la visibilité et les critiques encourageront d'autres lecteurs à se le procurer.

Merci du temps que vous m'avez accordé.

Dépôt légal : février 2022

Directeur des éditions Nouveaux Auteurs : Jean-Laurent Poitevin

Pour les éditions Prisma :
Responsable éditoriale : Ambre Rouvière
Éditrice : Amandine Schmit
Correction et composition : Nord Compo Multimédia
Conception graphique de la couverture : Nord Compo Multimédia
Illustration de couverture : © Shutterstock/Bachkova Natalia

ISBN : 978-2-8195-0679-9

Depuis 2009, Prisma Media met en place une politique d'achat éco-responsable. Ainsi, une majorité du papier de nos magazines est certifié (gestion durable des forêts). La fabrication des livres des Editions Prisma s'inscrit également dans cette démarche.